Gaito Gasdanow

SCHWARZE SCHWÄNE

Erzählungen

Ausgewählt, übersetzt
und mit einem Nachwort
von Rosemarie Tietze

Carl Hanser Verlag

Die Übersetzung stützt sich auf die
russische Gesamtausgabe von Gasdanows Werken:
Gajto Gazdanov, *Sobranie sočinenij v pjati tomach.*
Ėllis Lak, Moskva 2009.

Das vorliegende Buch erscheint im Rahmen des
TRANSCRIPT-Programms zur Förderung
der Übersetzung russischsprachiger Literatur
der Mikhail Prokhorov Foundation.

1. Auflage 2021

ISBN 978-3-446-26751-0

MIX
Papier aus verantwortungs-
vollen Quellen
FSC® C083411

Inhalt

Genossin Brack

Doch wirkt der Gram vergangner Zeit wie Wein
Auf mein Gemüt – je älter, desto stärker.

Puschkin

Mir schien es stets unbezweifelbar, dass Tatjana Brack vor unserer Zeit und in anderer historischer Umgebung hätte zur Welt kommen müssen. Sie hätte ihr Leben auf den weichen Betten des neunzehnten Jahrhunderts zugebracht, in Equipagen, bespannt mit holzschnitthaften Pferdchen, oder auf Schiffsdecks unter koketten weißen Segeln. An vielen Intrigen wäre sie beteiligt gewesen, hätte einen Salon und reiche Gönner gehabt, und gestorben wäre sie in Armut. Aber Tatjana Brack trat erst im zwanzigsten Jahrhundert in Erscheinung, darum verlief ihr Leben anders; und mit ihrer Biographie sind einige blutige Vorkommnisse verbunden, in die General Soikin, einer der sanftmütigsten Menschen, die ich je gekannt habe, wider Willen verwickelt war.

Zu der Zeit, als Tatjana Brack ihre traurige Karriere begann, war sie achtzehn Jahre alt, und wir hatten unser Wohlgefallen an ihrem weißblonden Haar und der erstaunlichen Vollkommenheit ihres Körpers. Sie war die außereheliche Tochter eines reichen jüdischen Bankiers und wohnte bei ihrer Mutter, einer kleinen, grauhaarigen Frau mit Augen voller Wärme. In der Wohnung war es immer düster; vor tiefblauen Tapeten hingen nichtssagende, finstere Bilder, in mattem Schwarz schimmerte das Klavier, auf schweren

Etageren glänzten vergoldete Buchrücken. Tatjanas Mutter gab Musik- und Französisch-Stunden.

Als Tatjana Brack auf die neunzehn zuging und ihre Augen plötzlich eine aufrührerische Härte annahmen, erkannten wir, dass sich die klebrigen Teppiche des Lasters bereits unter ihren Füßen ausbreiteten. Wir täuschten uns nicht; einmal kam Tatjana erst weit nach Mitternacht heim, und wir erfuhren, dass sie die Zeit zunächst im Restaurant Rumänien, dann im Hotel Europa verbracht hatte, und das in Gesellschaft des Geschäftsmanns Sergejew. Es gab allen Anlass, über die Folgen ihrer Bekanntschaft mit Sergejew in Sorge zu sein. Darauf wies uns General Soikin hin, ein athletischer Mann von vierunddreißig Jahren; der diente damals in keiner Armee und war auch gar kein Soldat, »General« war sein Spitzname. Unser »Wir« bestand aus drei Mann, Soikin selbst, seinem Freund Wila, einem ehemaligen Gymnasiallehrer, und mir.

Ich wäre nicht imstande, genau zu benennen, was unsere Existenz eigentlich mit dem Leben von Tatjana Brack verband. In diesem Punkt waren wir nicht mit Wila einverstanden, dem einzigen von uns, der für Erörterungen und Analysen etwas übrighatte. Er sagte, es gebe Frauentypen, die imstande seien, eine Epoche zu verkörpern, und in Tatjana Brack liebten wir das flexible Spiegelbild, das alles reflektiere, woran wir uns gewöhnt hätten und was uns teuer sei. Außerdem, behauptete Wila, liebten wir an Tatjana Brack ihre ungewöhnliche Ganzheit, ihre Festigkeit und Bestimmtheit, die auf unerklärliche Weise mit Fraulichkeit und Warmherzigkeit einhergingen. »Das alles trifft es nicht, Wila«, sagte der General, »nicht darum geht es.«

Ich weiß allerdings, dass General Soikin für Tatjana eine außergewöhnliche, verhaltene Liebe hegte – und weiß auch, dass Tatjana Brack davon nie etwas ahnte. Die Liebe des Generals glich überhaupt nicht den üblichen Liebesgeschichten draufgängerischer junger Männer; der Gedanke, Tatjana in Besitz nehmen zu können, hätte ihn wahrscheinlich erschreckt. Der General liebte Tatjana, weil seine uneigennützige Natur, die im Leben auf nichts als – ihn kränkende – Grobheit und Bedrängnis stieß, in Tatjana Brack eine Art sentimentaler Oase errungen hatte. Sein Leben lang war der General in die Musik verliebt, er sang Romanzen und spielte Mandoline. Und er hatte begriffen, dass wohl niemand seine schüchterne, kindliche Bescheidenheit, die Romanzen wie die billige Mandoline brauchen konnte; aber wenn Tatjana, die wir oft besuchten, ihn bat, noch etwas zu singen, kam es ihm auf einmal fast so vor, als wäre auch er, der General, nicht umsonst auf der Welt. Und für die maßlose Freude, die er in solchen Augenblicken empfand, hätte er alles gegeben, was er hatte.

Wila war ein Mensch vollkommen unbestimmten Typs. Er war ziemlich gebildet, aber trotz seines Hangs zum Philosophieren hatte er niemals eigene Überzeugungen und nicht einmal Gewohnheiten, also rein gar nichts von alledem, wodurch ein Mensch sich vom anderen unterscheidet. Seine einzige Eigenschaft war organische Furchtlosigkeit und wohl noch ein ungewöhnliches, instinktives Orientierungsvermögen – es ist mir unvorstellbar, Wila könnte sich irgendwo verirren oder irgendwas nicht finden. Mit General Soikin verband ihn fünfjährige Freundschaft und irgendeine uralte Geschichte, über die weder der General noch er sich auslassen mochte. Jedenfalls folgte er dem General überallhin, auch wenn wir Tatjana Brack besuchten, war er unser beständiger Gefährte.

Und schließlich – war nicht Tatjana Brack die strahlendste Heldin unserer Phantasie? Wir waren verzaubert vom Winter und der Außergewöhnlichkeit unseres Lebens; wir waren bereit zu allen erdenklichen Bewährungsproben, uns kümmerte weder unsere Sicherheit noch unsere Ruhe; hinterm steinernen Rücken des Generals wären wir zur Verteidigung Tatjana Bracks ebenso losgezogen, wie wir aufgebrochen wären, um Australien zu erobern oder Moskau in Brand zu stecken.

Andrerseits, was hatte der General schon zu verlieren? Er hatte weder Häuser noch Ländereien, noch Geld, hatte nur seine Mandoline, gekauft per Zufall, und seine Melancholie, beschienen von einer Petroleumlampe.

Doch erst viel später versuchten wir, unsere Liebe zu Tatjana Brack zu erklären; in früheren, besseren Zeiten mochten wir daran nicht denken. Und in dem Augenblick, über den ich schreibe, beschäftigte uns nur ein Gedanke, nämlich, wie wir Tatjana von dem Geschäftsmann Sergejew erretten könnten.

Niemand wusste, weshalb er Geschäftsmann war und was er verkaufte, denn seine Zeit verbrachte er meistens mit Frauen, im Theater, in der Operette und in Tingeltangels draußen vor der Stadt; er galt als jemand, der in höchst verwerfliche Dinge verwickelt war, sich aber nie greifen ließ, sondern entglitt, ihn direkt zu beschuldigen war unmöglich. Den Frauen gefiel er sehr, ich glaube, weil er mit honigsüßer Tenorstimme sprach, lange Wimpern hatte und einen unüberwindlichen Hang zu Igor-Sewerjanin-Zitaten besaß. Bei näherer Bekanntschaft stellte sich heraus, dass er dümmlich war, allerdings von einer besonderen, prätentiösen und koketten, ich würde sagen, einer unrussischen Dummheit. In seinem Vorgehen und unter schwierigen Umständen war er unerbittlich, bestialisch grausam; man erzählte sich, einer seiner Geliebten habe er die Körperhaare abgesengt und sie habe sich zwei Wochen lang nicht rühren können.

Obgleich wir sehr wohl wussten, dass Tatjana Brack Ratschläge überhaupt nicht mochte, schickten wir Wila mit dem Auftrag zu ihr, sie vor den gefährlichen Treffen mit Sergejew zu warnen. Tatjana hörte sich seine Argumente nicht bis zum Ende an, fast hätte sie Wila aus dem Haus gejagt.

»Nein«, sagte er seufzend. »Ein außerordentlich mutiges junges Mädchen. Nicht einmal vor Geschlechtskrankheiten hat sie Angst. Weißt du, General, das führt zu nichts. Du solltest dich persönlich mit Sergejew unterreden.«

»Gut, ich unterrede mich persönlich mit ihm«, erwiderte nachdenklich der General.

* * *

Dieser Tag war überhaupt einer der misslungensten in Sergejews Leben. Ein ferner Verwandter von ihm, ein kleiner, boshafter, zerlumpter Buckliger, kam angereist und verlangte Geld; andernfalls ginge er nicht fort. Sergejew suchte Ausgaben immer zu vermeiden, in dem Fall jedoch brachte ihn die tumbe Hartnäckigkeit dieser Missgeburt um den Verstand.

»Ich schmeiß dich aus dem Fenster«, sagte er leise und wutentbrannt zu dem Buckligen. Der fing an zu greinen.

»Na klar, ein Krüppel ist schnell rausgeschmissen! Gib mir Geld!«

Sergejew gab ihm Geld; danach verpasste er dem Zwerg ein paar Ohrfeigen, worauf der Zwerg, das Gesicht geschwollen, von der Straße gegen Sergejews Fenster Steine warf und die Scheiben kaputtschlug, und als Sergejew, rasend vor Zorn, aus dem Haus stürmte, nahm der Bucklige Reißaus, drehte sich aber rasch noch um, blickte auf seinen Verfolger und streckte ihm die Zunge raus, dann flitzte er davon. Der Zwerg rannte in ungewöhnlichem Tempo, er sah aus wie ein hässliches und grässliches Tier. Sergejew jagte ihm nicht nach.

Über irgendwelche unklaren Kanäle hatte Wila erfahren, dass Sergejew um neun Uhr abends Tatjana zum Rendezvous geladen hatte, wieder ins Restaurant Rumänien. Wir fanden, dieses Rendezvous dürfe nicht stattfinden, und um acht Uhr begab sich General Soikin zu einer persönlichen Unterredung mit Sergejew. Sergejew saß, in seinen Pelz gewickelt, im Zimmer mit den kaputtgeschlagenen Fensterscheiben, fror und haderte mit aller Welt. Den General attackierte er nach wenigen Worten mit Fäusten, bereute es aber sogleich, da der gewöhnlich sanftmütige General, der auf seine diplomatischen Fähigkeiten große Stücke hielt und zu nichts weniger neigte, als Körperkraft einzusetzen, mit einemmal fuchsteufelswild und gefährlich wurde. Er schlug die zahllosen Vasen mit Blumen, die in Sergejews Zimmer standen, kurz und klein, zerbrach die Stühle, zertrümmerte den Spiegel, riss die Teppiche von den Wänden und warf sie aus dem Fenster. Sergejew hätte er beinahe erstickt, lange schleifte er ihn durchs verheerte Zimmer, und die Vasenscherben bohrten sich in Sergejews Leib; dann wieder schüttelte er ihn, warf ihn angewidert auf den Boden – und als er nach einer halben Stunde das Zimmer verließ, lag Sergejew, den Mund mit den Goldzähnen geöffnet, stumm auf dem Rücken. Sergejews Nachbarn aus den möblierten Zimmern, wo das Ganze stattfand, empfingen General Soikin vor der Tür, alle bewaffnet mit Flaschen, Stöcken und anderen, mehr oder weniger wuchtigen Gegenständen, die dazu ausersehen waren, den General zu zerschmettern. Der General retirierte zügig, schloss hinter sich die Tür ab, stieg zum Fenster hinaus und rannte davon. Als er bei uns eintraf, wirkte er sehr verstört.

Überhaupt bestand Soikins gesamtes Leben durchweg aus Enttäuschungen. Im Prinzip war er Pazifist; Schlägereien ertrug er nicht, Menschen, die ihre Fäuste gebrauchten, verachtete er, und nichts auf der Welt mochte er mehr als höfliche Gespräche und die Mandoline. In einer idyllischen Republik des Humanismus wäre er der mustergültigste Staatsbürger gewesen. Doch ähnlich wie viele andere – wie Tatjana Brack zum Beispiel – war er in Verhältnisse geraten, die seinen harmlosen Vorlieben überhaupt nicht entsprachen. Ständig wurde er attackiert, irgendwer fühlte sich beleidigt, irgendwer suchte, betrunken, mit ihm eine Rechnung zu begleichen, und der friedliche Soikin war gezwungen, auf Schläge mit Schlägen zu reagieren; da er jedoch über außergewöhnliche Körperkraft verfügte, nahm es stets ein schlimmes Ende. Bisweilen allerdings, wenn den General die Verzweiflung packte ob der hartnäckigen Weigerung der Menschen, Konflikte durch höfliche Gespräche und Mandolinenspiel zu lösen, und wenn dieser bestialische Starrsinn ihn zur Weißglut brachte, geriet der General plötzlich in unbändige Raserei, und auch sehr mutige Menschen fürchteten dann, sich ihm zu nähern. Jedesmal wenn er darauf nach Hause kam, seufzte er, wiegte kläglich den Kopf und spielte nur Melodien in tiefstem Moll.

So geschah es auch diesmal. Wir warteten auf den General in seiner Wohnung; die Wohnung des Generals befand sich unmittelbar über einem Leichenbegängnisbüro, was den General andauernd in Betrübnis versetzte. Allerdings schätzte der General seine Wohnung, weil der Hauswirt ein

13

recht anormaler Mensch war. Er hatte mit einem Bekannten die Wette abgeschlossen, dass er ein Jahr lang von den Mietern keine Miete verlangen würde, und bestimmt werde sich zumindest ein Mensch finden, der trotzdem zahlte. Der Hauswirt täuschte sich nicht: Als dieser eine Mensch erwies sich der General, der sich danach dem Hauswirt ungewöhnlich verpflichtet fühlte und meinte, er habe kein Recht auszuziehen, zumal außer dem General überhaupt niemand zahlte, nicht einmal der Besitzer des Leichenbegängnisbüros, der dank der Spanischen Grippe hohe Summen eingenommen hatte.

Unter reumütigem Kopfschütteln und Händeringen berichtete uns der General, dass der Versuch, mittels höflichen Dialogs zu einer Einigung mit Sergejew zu kommen, aufs schlimmste gescheitert war. Die Schrammen an den Händen des Generals bezeugten es mit unanfechtbarer Klarheit. »Ins Rumänien kommt er jedoch nicht«, meinte der General finster.

»Was sind die Leute doch für ein Gesindel«, äußerte Wila teilnahmsvoll. »Da geht man zu ihm, um zu reden, doch er – gleich mit Fäusten. Muss eins in die Fresse kriegen, so ein Mensch, ist doch klar.«

Anstelle von Sergejew, der für längere Zeit der Möglichkeit beraubt war, zum Rendezvous zu laden, begaben wir uns ins Restaurant Rumänien. Tatjana Brack saß bereits an einem Tischchen auf dem Sofa; ein Wandleuchter mit gelbem Schirm beschien ihr wunderschönes Haar und die obere Körperhälfte. Sie trug ein Kleid mit großem Dekolleté. Lebemänner, den leichten Kopf von glänzenden Scheiteln durchschnitten, näherten sich ein paarmal Tatjana Bracks Tischchen, doch sobald sie die düstere Miene des Generals erblickten, gerieten sie in Verwirrung, wichen zurück, stießen mit dem Hintern gegen Stühle und verschwanden. Tatjana Brack saß vor Groll und Erwartung ganz zusammengekrümmt, die Scham lähmte ihre Bewegungen.

»Schaut doch nur«, sagte Wila, »wie die Liebe mit dem Menschen umspringt.«

»Was faselst du?«, fragte der General melancholisch. »Das Schicksal springt mit dem Menschen um, nicht die Liebe. Dabei warst du Lehrer! Sieht man gleich, dass du deinen Pflichten nicht gewissenhaft nachgekommen bist. Was hast du unterrichtet?«

»Geographie«, sagte Wila. »Und Geschichte in den unteren Klassen. Du sagst zu Unrecht, General, ich sei nicht gewissenhaft gewesen. Da du Mandoline spielst, kennst du natürlich das Lied ›Es loht und braust der Brand von Moskau‹. Frag ich dich aber, wo die Antillen liegen, sagst du – im Gouvernement Kostroma.«

»Antillen hin oder her, ist doch alles Krampf«, meinte der General.

»Tja, bei solch einem Pessimismus …«

In dem Augenblick bemerkten wir, dass ein unbekannter Mann in Reithosen an Tatjana Bracks Tischchen Platz genommen hatte. Wila blickte vorwurfsvoll zum General. Der unbekannte Mann sagte rasch etwas zu Tatjana, und sie lächelte.

Ich nahm allen Mut zusammen. »Sauber, wie der vorgeht«, sagte ich.

Wila rief den Kellner, steckte ihm einen Schein in die Hand und bat ihn, Tatjanas Gesprächspartner ins Ohr zu flüstern, eine sehr reizvolle Dame mit Schleier bitte ihn für einen Moment in den Vorraum. In den Vorraum ging der General, und wenige Sekunden nach ihm erschien Tatjanas Gesprächspartner. Er blickte auf den mattroten Samt der

Portieren, schaute sich ein paarmal um und wollte schon gehen, da hielt der General ihn auf.

»Verzeihen Sie bitte, gnädiger Herr«, sagte der General; mit dieser höflichen Anrede entschädigte er sich für die Verprügelung Sergejews, und er genoss vollauf die eigene Feinfühligkeit. »Ich bitte um Entschuldigung, dass ich, ohne Ihnen vorgestellt zu sein, so vermessen bin, Sie anzusprechen ...«

»Sind Sie das, die reizvolle Dame mit Schleier?«, fragte der Unbekannte mit stolzem Lächeln.

»Ja, und wenn Sie die Güte hätten, mich zu entschuldigen ...«

»Was wollen Sie?«, fragte der Unbekannte ungeduldig.

Der General lief rot an, beherrschte sich aber.

»Könnten Sie nicht ein wenig verbindlicher reden?«, sagte er in bittendem Tonfall. »Ich wollte Ihnen die Bitte vortragen, das Tischchen jenes jungen Mädchens zu verlassen, mit dem Sie gesprochen haben. Schauen Sie, ich sage Ihnen offen: Das ist ein sehr ehrbares und zutiefst anständiges junges Mädchen. Sie werden es ja nicht heiraten? Und, wissen Sie, ich bin gegen solche leichten Beziehungen.«

»Wer sind Sie eigentlich?«

»Sie weichen vom Thema ab«, entgegnete der General. »Wichtig ist doch, vor allem anderen, das Prinzip. Die Details aber? Die sind vollkommen unwesentlich.«

»Sie sind anscheinend betrunken?«

»Sie haben nicht ganz recht. Ich bin, wenn Sie gestatten, durchaus nüchtern.«

»Dann sind Sie ein Idiot und ein Rüpel«, sagte der Gesprächspartner des Generals, »und ich werde Sie lehren, sich nicht in fremde Angelegenheiten einzumischen.« Der Gesprächspartner des Generals holte aus. Der General erblasste, fing die ausholende Hand im Flug, hob dann den Unbekannten hoch, öffnete die Tür und trug ihn auf die Straße.

»Ich habe mit Ihnen wie mit einem Menschen gesprochen«, sagte er beim Blick auf die verdutzte Miene des Gesprächspartners. »Aber wenn Sie nicht verstehen können, müssen Sie fühlen.« Der General suchte sich zu erinnern, wie der Spruch auf Deutsch lautete, aber sein Gedächtnis ließ ihn im Stich. »Ich warne Sie: Wenn Sie dieses junge Mädchen nicht in Ruhe lassen und nicht in zehn Minuten aus dem Restaurant verschwunden sind, werden Sie das Ihr ganzes weiteres Leben bereuen. Haben Sie verstanden?«

Diesmal verstand der Unbekannte, und kaum war der General an unser Tischchen zurückgekehrt, war er bereits verschwunden.

»Der ist auch wie alle anderen«, befand der General träge. »Wann werden die Menschen endlich anständiger?«

Der Abend nahm ein gutes Ende. Tatjana Brack ging nach Hause. Wir folgten ihr durch den kräftigen, knarzigen Schnee, durch Wolken weißen Eisstaubs. Ihn jagte der Wind knisternd gegen die Straßenlaternen mit ihrer flackernden Flamme; in der langen Galerie melancholischer weißer Lichter bewegten sich schwarze Figuren vorbei an langsam fortschwimmenden, vielstöckigen Eisschollen aus Stein.

* * *

Viele Jahre später sagte mir General Soikin, für den gewichtigsten Umstand, der auf Tatjana Brack Einfluss hatte, halte er die Wetterbedingungen, also die Temperatur von zwanzig Grad unter null, den trockenen Winterfrost und die ungewöhnliche Reinheit der für jene Zeit typischen Eisluft.

17

»Nun«, sagte er, »da außergewöhnlich viel Wasser den Fluss hinabgeflossen ist, können wir das vollkommen leidenschaftslos bezeugen.«

Vielleicht hatte der General recht. Jedenfalls ist die schwarze Silhouette von Tatjana Brack, wie sie zwischen den weißen Straßenlaternen entlangging, uns als eines der überzeugendsten, der wunderbarsten Bilder im Gedächtnis geblieben. »Ich habe nicht vergessen«, sagte ich zum General, »und ich werde niemals vergessen können, dass sich das im Winter in unsrer Stadt ereignet hat. Weißt du noch, General, wie sogar die Romanze ›Gerätst du ins Sinnen in frostiger Nacht‹, die du auf der Mandoline gespielt hast und die hier, im poesielosen Westen, natürlich keiner Kritik standhält, uns damals von tiefer Bedeutung erfüllt zu sein schien? Überhaupt, damals waren wir besser, General. Erinnere dich an die ungewöhnlichen Schneepyramiden der Bäume, an die Lichter der Restaurants, wo die Spekulanten sich trafen, an die spärlichen und scharfen Windstöße der Freiheit und die Blasorchester der Revolution, die dir als Musiker besonders am Herzen liegen müssten. Natürlich ist diese Romantik verschwunden, ohne Spuren zu hinterlassen, und nur Tatjana Brack könnte diese Schneeöden der Poesie, in deren blauem Weiß wir nach wie vor die triumphale Musik jener Zeit vernehmen, vor uns wiedererstehen lassen. Aber Tatjana Brack ist leider tot – und du bevorzugst deine Mandoline, General?«

»Nein, wieso die Mandoline?«, sagte der General. »Ich bevorzuge sogar, wenn du es wissen möchtest, das Klavier.«

»Ja, ein Klavier ist auch keine schlechte Sache. Weißt du noch, General, wer gut Klavier gespielt hat?«

»Lasar Raschewski?«

Ich nickte. Lasar Raschewski war der Mann, der Tatjana

Brack ins Verderben stürzte. Seine Vorzüge haben wir nie bestritten: Tapferkeit, Rednergabe und großes musikalisches Talent. Von Herzen zuwider war uns aber seine lange, hagere, biegsame Gestalt, die ungewöhnlich dünnen und klebrigen Finger, die raschen, affenartigen, widerwärtigen Bewegungen. Der General konnte sich nicht mit seiner Härte abfinden, mit den scharfen, beißenden Bemerkungen und seinem radikalen Unwillen, die Regeln der Höflichkeit anzuerkennen. Wila verachtete ihn wegen ungenügender Geschichtskenntnisse, und ich hatte meinerseits ebenfalls Anlass, Lasar nicht gewogen zu sein, denn ich konnte ihm nicht verzeihen, wie bereitwillig er sich der absurden Exaktheit einer politischen Doktrin unterworfen hatte. Das Schicksal behandelte ihn freilich unbarmherzig: Im Winter neunzehnhundertneunzehn wurde er auf Befehl des Generals Siwuchin als Machno-Spion an der Eisenbahnbrücke der Station Sinelnikowo aufgehängt. Doch von seinem Tod und der unerschrockenen Haltung als Gefangener der Weißen sollte uns erst später Wila erzählen.

Lasar Raschewski, den damals niemand von uns kannte, hatte Tatjana Brack auf einem politischen Meeting kennengelernt, wo er als Verteidiger des Anarchismus auftrat. Tatjana erklärte nicht, weshalb er ihr gefiel, aber als wir einmal zu ihr kamen, erblickten wir Lasar, der mit einer Miene im Sessel saß, als sei er seit mindestens zehn Jahren Stammgast im Hause Brack. Wir wechselten untereinander Blicke.

»Genossin Brack«, sagte Lasar; seine Stimme war sehr harsch, den Buchstaben »r« sprach er französisch knarrend aus. »Ich vergaß, Ihnen zu sagen, was ich denke: Sie haben einen schicksalsträchtigen Namen. Erinnert an ›Wrack‹. Oder ›Ausschuss‹. Daher klingt ›Genossin Brack‹ paradox.« Tatjana erwiderte darauf nichts. Lasars Blick blieb am Klavier hängen. »Ach, Sie treiben Musik? Spielen Sie gut? Ich spiele ebenfalls gut.«

»Na, spielen Sie doch«, sagte misstrauisch der General, der bislang geschwiegen hatte. Lasar setzte sich ans Klavier, und wir hörten Musik, wie wir sie noch nie gehört hatten. Der General blinzelte fassungslos, und als Tatjana ihn später bat, etwas zur Mandoline zu singen, setzte er sich sogar über seine – sonst absolut vollendete – Höflichkeit hinweg und lehnte aufs kategorischste ab.

Gleich am ersten Tag unserer neuen Bekanntschaft erfuhren wir alles, was über Lasar zu erfahren war. Er war Anarchist und Terrorist, hatte lange in Frankreich gelebt und war erst einige Wochen zuvor nach Russland gekommen. Hier beabsichtigte er, Genossen zu organisieren, um gegen die Machthaber und für Expropriation zu kämpfen. Seiner Energie musste man Gerechtigkeit widerfahren lassen; innerhalb von zehn Tagen war die Organisation aufgebaut, irgendwoher beschaffte Lasar Maschinengewehre, und zu unserem Erstaunen wurde bekannt, Genossin Brack sei in der »achten Sektion der Allrussischen Partei der Anarchisten und Terroristen« zum Sekretär gewählt worden.

* * *

In tiefer Dezembernacht bog die Kampfeinheit der achten Sektion auf die Hauptstraße, schwenkte dann nach rechts und ritt hinauf zum Aristokratenviertel der Stadt. Die Einheit war mit Gewehren, Revolvern und zwei MGs bewaffnet. Sie bestand aus zehn Mann, und vorneweg, neben Lasar Raschewski, ritt, mit Eisfingern ungeschickt an die Pferdemähne geklammert, Genossin Brack. Der Schatten einer schwarzen Fahne wankte über den festgefahrenen Schnee.

Gemäß einem Beschluss des Exekutivkomitees wurden die Geldvorräte der Bank Kerner & Co, einer Aktiengesellschaft, expropriiert. Die Beute war schon fast auf die Fuhren geladen, da hörten wir eine heftige Schießerei. Wir saßen zu der Zeit in General Soikins Wohnung und hatten uns aufs friedlichste unterhalten. Als wir die Schüsse hörten, gingen wir hinaus auf die Straße. Maschinengewehre ratterten jenseits der Ecke, kein Quartal von uns entfernt, und bevor wir noch ein paar Schritte tun konnten, sprengte auf einem Pferd Tatjana Brack an uns vorüber. Bestürzt sahen wir ihr nach. Die Schießerei hörte nicht auf. Kurz darauf rannte Lasar Raschewski vorbei, einen Revolver in der Hand. Danach war Getrappel zu hören, die Schüsse häuften sich, und schließlich wurde es still. Wir begaben uns dorthin, wo der Lärm hergekommen war.

Vor der Tür der Aktiengesellschaft standen vier Männer und schauten auf zwei getötete Milizionäre, obwohl es da nichts zu schauen gab: Beide waren tot. Im Schnee waren zahllose Hufspuren zu sehen. Die Sachlage ließ sich leicht klären: Als die Miliz zur Bank hastete, um die Anarchisten zu verhaften, wurde sie mit MG-Feuer empfangen. Zwei Milizionäre wurden getötet, vier verwundet, und die Anarchisten waren allesamt nicht nur entwischt, sondern hatten auch alles Expropriierte fortgebracht.

* * *

Von da an wurde der Name der Genossin Brack bekannt. Einige Tage nach Plünderung der Aktiengesellschaft wurde noch eine Expropriation unternommen, wieder mit menschlichen Opfern. Wir bekamen mit, wie man sich über Genossin Brack Legenden erzählte, die sie in den schwärzesten

Farben schilderten. Ihre Mutter weinte tagelang. Tatjana kam all diese Zeit nicht nach Hause, und keiner von uns wusste auch nur das geringste über ihren Aufenthaltsort. Daraufhin machte sich Wila, der eine Spürnase hatte wie ein Hund, auf die Suche nach Genossin Brack. Drei Tage trieb er sich in der Stadt herum, danach kam er zu uns und berichtete, Tatjana habe er nicht gefunden, aber erfahren, wo Lasar sich oft aufhalte.

»Also, weißt du, so eine Konspiration«, sagte Wila zum General. »Richtig komisch. Ja, und Lasar wäre in der ehemals Dodonow'schen Pastetenbude anzutreffen.«

Die ehemals Dodonow'sche Pastetenbude kannten wir gut. Sie unterhielt der Buchbinder Wanja, ein schweigsamer und verdächtiger Mensch. Aber die letzten drei Wochen war die Pastetenbude geschlossen, Wanja selbst war verschollen, und wir wunderten uns sehr: »Ach, hat sie wieder auf?« Noch am selben Abend gingen wir hin.

Die Pastetenbude erkannten wir nicht wieder. Aus einer hundsgewöhnlichen Spelunke mit schmutzigem Wachstuch auf den Tischen und fliegenbesetzten Wasserkaraffen hatte sie sich in ein properes Restaurant mit einem gewissen Anspruch auf orientalischen Stil verwandelt. Wir traten ein, schauten uns um und erblickten an die acht Gäste, die wir alle kannten und von denen, weder von allen zusammen noch von jedem einzelnen, niemand irgendwas Gutes hätte sagen können. Lasar war nicht da.

Wir setzten uns an ein Tischchen und bestellten eine Flasche Limonade, worauf der Kerl, der mit seinem um den Kopf geschlungenen grünen Tuch und dem dunkelhäutigen, blatternarbigen Gesicht eher einem orientalischen Trickkünstler als einem Kellner glich, verächtlich prustete, und zwar Wila ins Gesicht. Der General wechselte einen Blick mit Wila und trat dem Kellner auf den Fuß, er quetschte ihn mit solcher Kraft, dass das dunkelhäutige Gesicht unter dem grünen Stoff purpurrot wurde vor Schmerz. Wila kippte mit dem Stuhl nach hinten und stieß dem Kellner die Faust in den Bauch; der Kellner knickte in der Taille ein und ließ sein Tablett fallen, das im übrigen leer war. Wanja schaute hinter dem Tresen vor und lächelte unfroh.

»Mit den Gästen sollte man höflicher umgehen, Freundchen«, sagte der General sanft. »Bestellen sie Limonade, ist es eben Limonade. Das idiotische Gepruste sollte man sein lassen, das gehört sich nicht.«

Der Kellner entfernte sich unsicheren Schrittes. Die Gäste schauten auf den General, schwiegen aber.

Fünf Minuten später kam Lasar. »Genosse Raschewski!«, rief der General. »Dürften wir Sie kurz sprechen?« Und der General erklärte Lasar, die Mutter der Genossin Brack gräme sich sehr; es wäre gut, wenn Tatjana zu Hause vorbeikäme; er, der General, werde die Unversehrtheit der Genossin Brack garantieren. Lasar runzelte die Stirn, als hätte er in eine Zitrone gebissen, und erwiderte:

»Ich kann der Genossin Brack das nicht erlauben. Wissen Sie, Genosse, diese dumme Sentimentalität muss überwunden werden. Erst die Mutter, dann der Bruder, dann der Vetter … Ich kann das nicht erlauben.«

Der General beharrte: »Seien Sie so gut, ich bitte Sie sehr.«

»Ich habe nein gesagt, also nein.«

»Tja, dann«, sagte der General, »lasse ich Sie so lange nicht frei, bis Genossin Brack ihre Mutter besucht.«

Lasar lachte und wollte vom Tisch aufstehen. Aber der General hielt ihn auf.

»Nein, Genosse Raschewski, so gehen Sie mir nicht.« Lasars Gesicht wurde ernst. Er riss sich mit einem Ruck vom Stuhl, aber die Hand des Generals ließ nicht locker. »Es gibt noch einen Ausweg«, sagte der General. »Geleiten Sie uns zu Genossin Brack, und wir reden mit ihr.«

»Das kann ich machen«, erwiderte Lasar.

Wir verließen die Pastetenbude durch den Hinterausgang, überquerten eine Straße und gelangten in ein hell erleuchtetes sechsstöckiges Haus mit vielen Wohnungen. Im dritten Stock blieb Lasar stehen, sperrte mit dem Schlüssel eine Tür auf und ließ uns eintreten. Im Wohnzimmer saßen auf einem Sofa zwei Frauen und zwei Männer – und von weitem schon erkannten wir das weißblonde Haar der Genossin Brack.

Eine halbe Stunde später trat Tatjana, in einen Pelz gehüllt, aus ihrem Zimmer.

»Wohin?«, fragte Lasar.

»Ich bin bald zurück.«

»Ich erlaube Ihnen das nicht.«

»Ich habe Sie nicht um Erlaubnis gebeten.«

Lasar, sonst nicht auf den Mund gefallen und um keine Antwort verlegen, war diesmal betreten:

»Verzeihen Sie.«

Und wir fuhren zu Genossin Bracks alter Wohnung. Ihre Mutter weinte vor Freude, küsste Tatjana unablässig und hielt ihr vor:

»Hab Mitleid mit mir, Tanetschka, ich werde doch weinen um dich. Wozu soll ich noch leben, wenn du nicht mehr bist?«

»Ich kann nicht, Mama«, sagte Tanja, »es muss sein, da lässt sich nichts machen.«

Das Gesicht der Mutter verschwand in lauter Falten, sie begann still zu weinen. Der General blickte düster, in seinen

Augen stand ausufernde Verzweiflung. Wila schluckte Spucke, ich schaute aus dem dunklen Fenster – vor mir funkelten unglaubliche Frostornamente, aus der Ritze wehte es kalt.

»Tja, Gott sei mit dir, Tanetschka«, stieß die Mutter hervor.

Als wir auf dem Rückweg im Schlitten durchgerüttelt wurden, hob der General mehrfach an:

»Ach, Genossin Tanja … ach, Genossin Tanja …« Doch vor Aufregung sagte er dann nichts weiter.

»Klare Aussage, nichts einzuwenden«, murmelte Wila spöttisch.

Der General blitzte ihn zornentbrannt an, doch Wila ruckte schnell zur Seite.

»Dein Glück.« Der General beruhigte sich wieder. »Begreif doch, Wila, es dauert mich.«

* * *

Dann verließ die Kampfeinheit der Anarchisten und Terroristen unsere Stadt. Das fiel mit der Ankunft der Roten Armee zusammen. Die Truppen erschienen im weißen Morgennebel, nach einer öden, erwartungsvollen Nacht, sie überfluteten die Stadt mit zottigen, reifbedeckten Pferdefellen, platten Soldatennasen, roten Kommissarsternen und den geschminkten Gesichtern der Prostituierten, die zu dieser – für Prostituierte späten – Stunde auf die Straßen hinausdrängten. Regimenter bunt gekleideter Menschen zogen an zugenagelten Geschäften vorüber; stolze Fahnenträger schleppten dünne Stecken mit roten Stofffetzen auf den Schultern; triumphierende Offiziere, vor Befriedigung übers ganze Gesicht strahlend, schritten außerhalb der

Marschkolonnen auf dem Trottoir und lächelten liebenswürdig auf die gefühlsseligen Blicke von Hausmädchen, Kokotten und Krämerinnen mit roten Händen und heiseren Kehlen. In der Stadt herrschte ein hektisches Treiben, nach wenigen Stunden waren viele Gebäude requiriert, und auf den Schreibmaschinen hackten nun Legionen junger Mädchen – sie verkörperten die ideale Verbindung von feinen Lippen, fröhlichen Näslein und Äuglein und unermüdlichem Eifer im Dienste des Proletariats und der Internationale, dieser rätselhaften Fremdwörter, mit denen die Remington-Tippfräulein sich nicht unbedingt auskennen mussten. Eine Armee sowjetischer Heiliger war das; der General und ich liebten sie für ihr Nichtdenken, für ihr Nichtverstehen vieler Dinge, für jenes glückselige Nichtwissen und die seelische Schlichtheit, die für die gigantischen Zirkusvorstellungen des Himmelreichs als Freikarte taugen. Der anspruchsvollere Wila bezeichnete die Remington-Tippfräulein verächtlich als die Geschlechtsfunktionen des Staatsapparats. Die Stadt hustete, die Stadt seufzte – und lebte erneut ihr früheres Leben; wir aber fanden unsere Ruhe nicht wieder: Genossin Brack war nicht mehr mit uns.

Sie ritt zu dieser Zeit auf ihrem Pferd, neben Lasar Raschewski, über verschneite Wege gen Süden. Wila teilte uns das mit, denn einer seiner Bekannten, ein Arbeiter, hatte ihm gesagt, die Einheit der Genossin Brack habe in der Nacht zum ersten Januar die Stadt verlassen. Wie gewöhnlich saßen wir beim General und unterhielten uns, aber nach Wilas Worten verstummten wir. Ich weiß nicht, worüber der General nachdachte, jedenfalls bin ich mir sicher, dass jeder seiner Gedanken aufs liebenswürdigste formuliert und redigiert war. Wila schüttelte heftig den Kopf, rich-

tete sich gerade auf und starrte aus gläsernen, verständnislosen Augen vor sich hin.

Ich dagegen dachte über die Amazonen nach. Schon damals empfand ich eine Abneigung gegen die klischeehafte
Heroik dieser Kämpfer im Rock, doch über Genossin Brack
dachte ich anders. Das Schicksal hatte sie in den albernen
und grausamen Quatsch von Russlands Revolutionsschlach-
ten hineingezogen, ihr eigentliches Bild aber blieb für mich
ohne Fehl. »Genossin Brack! Ich rufe General Soikin und
Lehrer Wila zu Zeugen auf: Unritterliches Verhalten Ihnen
gegenüber kann uns niemand vorwerfen.« Das murmelte
ich vor mich hin, der betrübte General hob den Kopf und
sagte:

»Genossen, morgen früh reisen wir Tatjana Brack nach.«

Nachts waren wir geschäftig, packten, und morgens stiegen wir bereits in einen Zug, der gen Süden fuhr. Als der
Hauswirt von der Abreise des Generals erfuhr, kam er an-
gelaufen und bat ihn, doch zu bleiben, worauf der General
erwiderte:

»Ihr Haus gehört Ihnen jetzt nicht mehr, Geld darf man
Ihnen nicht mehr zahlen. Ich habe meine Pflicht erfüllt.«

»Aber wohin fahren Sie denn?«

»In unbekannte Richtung«, sagte der General.

* * *

Uns war jedoch beschieden, zu spät zu kommen – und danach gedachte der General stets voller Hass dieses grausamen Fehlers der Zeit, wobei er die Zeit derart beschimpfte,
als ob dieser sperrige und lärmige Begriff ein lebendiger
Mensch wäre und uns maßlos beleidigt hätte.

Wir kamen zu spät. Als wir uns der Station Pawlograd

näherten, erfuhren wir die niederschmetternde Nachricht: Ein Vergeltungskommando der Regierungstruppen, angeführt vom Genossen Sergejew, hatte die Einheit der Anarchistin Brack gefasst. Die Einheit wurde erschossen, nur ein Mann rettete sich – Lasar Raschewski. Der General saß einige Zeit schweigend auf einer langen Bank im Wartesaal dritter Klasse. Dann traten wir hinaus aufs freie Feld, sahen die Toten und, etwas abseits, die Leiche der Genossin Brack. In Unterhosen und Hemd lag sie da. »Tote sind ohne Schande!«, schrie Wila. Der Kopf der Genossin Brack war von Kugeln durchlöchert; eine Kugel war durch die Achselhöhle gedrungen, und über dem zerfetzten Fleisch ragten vereiste Haare. Die weißen Beine der Genossin Brack lagen gespreizt auf dem gefrorenen Schnee; im halbgeöffneten Mund schimmerte dunkel die nun reglose kleine Zunge.

»Bestimmt ist Genosse Sergejew noch auf der Station«, sagte der General. Wila fuhr erschrocken zur Seite, als er das hörte, obwohl der General leise und eindringlich gesprochen hatte.

Tatsächlich war Genosse Sergejew noch nicht abgereist. Der Waggon erster Klasse stand auf dem zweiten Gleis, bewacht von einem baumlangen Posten. Wir umrundeten das Bahnhofsgebäude. Das gesamte Kommando hatte sich in die Stadt begeben, um das große Weinlager zu plündern, nur Genosse Sergejew und der Posten waren auf der Station zurückgeblieben. Ohne zu zögern, schritt der General zum Waggon, und der Posten versperrte ihm den Weg.

»Kein Eintritt, Genosse«, sagte er. Im Fenster tauchte flüchtig das sauber rasierte Gesicht Sergejews auf.

»Kein Eintritt«, wiederholte der Posten, aber nach einem prüfenden Blick auf den General senkte er die Stimme und flüsterte:

»Ich schrei laut um Hilfe.«

Der General riss ihm das Gewehr aus den Händen und schlug ihm mit Wucht ins Gesicht. Der Posten sackte zusammen, sein Rücken rutschte am lackierten Holz des Waggons herab, die Beine verschwanden im Schnee, und der blutbesudelte Kopf schlug leise gegen das Gleis. Der General betrat den Waggon. Als Sergejew ihn erblickte, griff er nach dem Revolver, schaffte es aber nicht, ihn herauszuholen, denn schon umklammerten die Finger des Generals seine Hand.

»Sie haben die Genossin Brack erschossen«, sagte der General. Sergejew schwieg und blickte verzweifelt nach allen Seiten. »Sie können sich nicht vorstellen, was für ein Mensch das war«, sagte der General und schluchzte. Er ließ Sergejews rechte Hand los, sie hing hilflos herab; ihre weiß gewordenen Finger regten sich nicht. Dann umfing er mit beiden Händen Sergejews Hals und begann, ihn langsam zuzudrücken. Sergejew wurde puterrot, ruckte und zuckte. »Widersetzen Sie sich nicht«, sagte Wila, der gerade in den Waggon trat. »Er ist ein körperlich sehr starker Mann – General Soikin, meine ich. Wissen Sie, einmal habe ich sogar mit ihm gewettet …« Aus Sergejews Augen strömten Tränen. »Glaubst du, ich hätte nicht geweint?«, sagte der General. Eine halbe Minute später gab es den Geschäftsmann, Don Juan und Chef des Vergeltungskommandos Sergejew nicht mehr. In seinem Waggon lag eine Leiche mit vorgetretenen Augen und tiefen blauen Fingerspuren am Hals.

»Mein Gott«, murmelte der General, »welche Grausamkeit!«

* * *

29

Und wir verschwanden in den schwarzen Nebeln der wirren Zeit. Es verschlug uns von einer Seite zur anderen, unter dem Knattern der Gewehre und dem Pfeifen der Kugeln. Von Erde und Funken überschüttet, stolperten wir durchs Verderben, unsere Augen klammerten sich an leere blaue Himmelstiefen oder an geschweifte Sterne, die aus schrecklichen astronomischen Höhen herabfielen. Wir lebten in dunstenden Schneewehen und gesprengten Pumpwerken, wir überquerten unzählige Brücken, die unter unseren Füßen einstürzten; wir gelangten in lärmige Städte, wo dem Untergang geweihte Orchester fröhliche Operettenarien erdröhnen ließen; wir sahen unglaubliche Frauen, die sich an den finsteren Hängen der Kohleberge unweit der Bahnhöfe für englische Schuhe hingaben, wir sahen tobsüchtige Kühe und übergeschnappte Priester – wir blickten weit hinein ins schlimme Jenseits der Zeiten, wo Dutzende verstümmelter Bohèmes ergeben vor unseren Augen starben: Menschen, die an hohen russländischen Querbalken baumelten, blickten schweigend auf uns herab.

Auch Lasar Raschewski überstand eine solche Reise nicht. Er wurde von Soldaten der Weißen gefasst und der Spionage angeklagt. Entkleidet brachte man ihn zum Stab des Generals Siwuchin, hieb ihm in einem Güterwaggon, wo der Ofen brannte, einen glühenden Ladestock auf den rasierten Kopf, aber er verriet niemanden. Am Morgen des nächsten Tages sollte er aufgehängt werden. Er ging tapfer in den Tod, seufzte nicht und klagte nicht. Aber das nahe Ende ließ ihn, glaube ich, Tatjana Brack und ihren Tod, an dem er schuld war, bedauern. Und Lasar unternahm noch einen sentimentalen Schritt, den er selbst bedauert hätte, wäre er am Leben geblieben. Er bat, zu General Siwuchin geführt zu werden, und sagte, ihm persönlich wolle er ein paar wichtige Informationen übermitteln. Aber das war unwahr. Er stellte sich vor den grauhaarigen Mann mit dem Quadratschädel und sagte mit seiner harschen Stimme:

»Herr General, morgen werde ich aufgehängt.« Der General nickte. »Ich möchte Sie um einen Gefallen bitten. In Ihrem Zug gibt es ein Klavier, ich habe gehört, wie jemand spielte. Ich bin ein sehr guter Pianist, Herr General, erlauben Sie mir, heute abend zu spielen.«

»Spielen Sie nach Lust und Laune«, sagte der General.

Als Wila uns das erzählte, saß ich, den Kopf gesenkt, und suchte mich angestrengt an etwas zu erinnern. Erst als Wila endete, tauchte vor meinen Augen die Zeile von André Chénier auf:

»Au pied de l'échafaud j'essaye encore ma lyre.«*

Lasar Raschewski spielte den ganzen Abend. Ich weiß nicht, wie er spielte – ich denke, viel schlechter als gewöhnlich. Ihm lauschten die Barmherzigen Schwestern in den weißen Häubchen mit dem Kreuz und die Offiziere des Generalstabs. Alle waren gerührt, die Schwestern weinten sogar ins Taschentuch.

»Trotzdem, die Rechtsprechung steht über allem«, sagte der General, und am nächsten Morgen haben sie Lasar an einer Eisenbahnbrücke aufgehängt, und an die Brust hatten sie ihm einen Zettel geheftet:

»Wegen Spionage zugunsten des Banditen und Anarchisten Machno«.

* * *

* Am Fuße des Schafotts greif' ich erneut zur Lyra.

31

Tja, und nun – haben die heroischen Zyklen ein Ende und fließt außerordentlich viel Wasser die Flüsse hinab, wie der General sagt, und wir sehen uns erneut in bettlerhaftem Wohlbefinden. Der General verbringt seine Zeit mit lyrischen Nekrologen, Wila studiert die Geschichte des Parlamentarismus. Und ich sehe, wie aus dem zerfallenen Trödel der Kalender sich die schwarze Silhouette der Genossin Brack erhebt und durch die öden Straßen geht.

Martin Raskolinos

In der Taverne Au Grand Turenne saß der verlotterte Musiker Rossignol, ein Greis mit grünem Gesicht und verfilztem Bart, seit Jahren vom Pech verfolgt und dem Trunk verfallen, und spielte wie üblich auf der Ziehharmonika; Anjuta Priwlekatelny tanzte mit der verträumten Marguerite stets ein und denselben Tanz, und Anjuta war traurig und nachdenklich. Marguerite schloss oft die Augen, der Tavernenwirt las Dickens und schüttelte sich lautlos vor Lachen, und alles ging wie immer seinen Gang; schon war zwischen zwei Stammgästen, der eine dick, der andre dünn, wie jeden Abend der Streit entbrannt, und der dünne machte dem dicken Vorwürfe wegen seines Müßiggangs und nannte ihn eine dumme Seifenblase; schon wütete hinterm Tresen erneut die ruppige Verwandte des Wirts, erst unlängst aus der Provinz eingetroffen; schon greinte die Falsettstimme des riesigen Jean, eines Lastträgers vom Zentralmarkt; schon hatte der Krüppel, der den Gästen aufwartete, Rossignol eine Flasche Rotwein und ein steinhartes Sandwich mit Pferdefleisch gebracht; schon wollte Andrée, Marguerites Schwester mit der weißen Haut und den wilden Augen, das dritte Glas Kaffee mit Kognak bestellen; und natürlich würde zwei oder drei Minuten später die tagtägliche Schlägerei losgehen und noch eine halbe Stunde später der Wirt »Oliver Twist« beiseite legen, um bei sämtlichen Gästen fürs zerschlagene Geschirr Geld einzusammeln und sich über sein schwieriges Gewerbe zu beklagen – da erschien auf der Türschwelle plötzlich der heilige Martin. Rossignol brach sofort die Musik ab, und in der Taverne kehrte Stille ein; nur noch das Gas zischte in den weißen Lampen, und die Dogge des Wirts jaulte ein paarmal unterm Tresen.

Der Heilige hatte einen neuen schwarzen Anzug an; seine Füße steckten in sanftfarbenen Seidensocken, das Weiß des Hemdes blendete; und nur der überraschende Ausdruck seiner kleinen Augen bezeugte, dass der außergewöhnliche geistige Spannungszustand, in dem er sich ständig befand, mit einemmal umgeschlagen war in Müdigkeit und Schwermut. Er rief Anjuta Priwlekatelny beiseite, sagte ein paar Worte zu ihm und ging fort; und im Grand Turenne brandete der Lärm so stark auf wie zuvor. Ich saß allein in der Ecke; das Lampenlicht spiegelte sich in der himbeerfarbenen süßen Flüssigkeit in meinem Glas. Ziemlich lange saß ich dort, sinnierte über das sonderbare Schicksal des heiligen Martin; und als ich nach Hause ging, donnerten schon die morgendlichen Lastwagen durch die Straßen und waren Unmengen von Bettlern auf dem Weg zur Place de la Bastille.

* * *

Martin Raskolinos war eigentlich kein Narr in Christo; doch ab und zu kochte das Blut des Sektierers und Starrgläubigen in ihm hoch. Sein Großvater war zunächst ein abtrünniger Altgläubiger gewesen, dann ein Geißler, der verbannt wurde; Martins Vater war Tischler und trunksüchtig, an die Mutter erinnerte sich Martin nicht. Er war ein stiller Junge, schmächtig, aber zählebig, und bis zum Alter von fünfzehn unterschied er sich kaum von Gleichaltrigen. Im sechzehnten Lebensjahr bekam er eines Sonntags in der Kirche einen hysterischen Anfall. Von dem Tag an wurde er noch stiller, noch einzelgängerischer, und einige Monate später lief er fort von daheim, ging in ein Kloster und blieb dort bis zur Revolution.

Er drückte sich vor keiner Arbeit, übertrat kein Fastengebot, ihn fochten keine weltlichen Versuchungen an; auch zog es ihn nicht wie andere in die Stadt. Der Mönch, der mit ihm zusammen arbeitete, der schwarzbärtige Gerassim, ein Faulpelz und Weiberfreund, wie der Abt ihn einmal nannte, sagte zu Martin mit schwerem Seufzer:

»Ein unschuldiger Mensch bist du, Martin. Lebst im Winterschlaf wie ein Bär.« Aber er hatte nicht recht; Martin trug in seinem Inneren zweifellos die unbewusste Kraft tiefen Glaubens. Anderen Menschen gegenüber war er gutmütig und schlicht wie ein Kind; und als im Kloster einst Tischka, der Dieb, gefasst wurde – ein Spitzbube, Wüstling, Landstreicher und Lump, der Martin Geld gestohlen hatte –, da ging Raskolinos, als er von dem Befehl erfuhr, Tischka solle, obwohl im Kloster, totgeprügelt werden, zum Abt und flehte ihn an, den Unglücklichen freizulassen, er verwies sogar auf Texte aus dem Evangelium. Tischka wurde dennoch geprügelt bis zur Bewusstlosigkeit. Raskolinos schaute lange auf Tischkas reglosen Körper, auf sein verändertes, blutunterlaufenes Gesicht, und plötzlich kam er sich ungewöhnlich einsam vor, wie wenn er nachts im Wald zurückgelassen worden wäre, fern von allen anderen.

* * *

Durch öde Straßen, an schwarzen, niedrigen Häusern vorbei trieben im Spätwinter des Jahres neunzehnhundertsiebzehn Soldaten der Roten Garde mit Peitschen zum Kriegsdienst einberufene Mönche, unter denen sich auch Martin befand. Die Mönche schritten in einem für sie ungewohnten Tempo und wurden begleitet von den Pfiffen mutwilliger Buben und dem Lachen städtischer Kleinbürgerinnen, die ihre frierenden Arme unter warmen Umschlagtüchern verborgen hielten. Sie wurden zum Stadtrand geführt, in einer Kaserne einquartiert, wo es von Ratten wimmelte, und davor wurde eine Wache aufgestellt. Nachts ging Raskolinos auf die Straße, unbemerkt vom dösenden Wachposten, fand aus der Stadt hinaus und schritt so lange über freies Feld, bis er ein winziges Dörfchen erreichte, wo er eine Zeitlang in einem Versteck lebte. Dann reiste er zu seinen Verwandten, die im Gouvernement Poltawa wohnten, und dort wurde er von neuem zum Kriegsdienst einberufen, diesmal auf Anordnung eines Generals, der regierungsfeindliche Truppen befehligte. So geriet Martin in die Weiße Armee; aber kämpfen wollte er nicht, er nahm kein Gewehr in die Hand und wusste es einzurichten, dass er sich in der schweren Batterie, zu der er abkommandiert war, mit Tischlerarbeiten befasste: Er zimmerte Koffer für die Soldaten. Den ganzen Tag arbeitete er, über kreischende Bretter gebeugt, hob ab und zu die kleinen Augen und sang Psalmen, getragen und näselnd, und abends las er in der Bibel, bekreuzigte sich und drückte die riesigen, von der Arbeit versehrten Finger gegen die Stirn. Raskolinos' feine Brauen hoben sich, fast bis zu den spärlichen Haaren über der Stirn. »Heiliger Gott«, sprach er, »Heiliger Allmächtiger, Herrgott, erbarme dich, Hochheilige Gottesmutter.«

So lebte Raskolinos, bis der letzte Rückzug der Weißen Armee begann. Tausende Pferde, Soldaten und Fuhren hasteten gen Süden, stampften die gefrorene, tönende Erde, und weithin zu sehen und zu hören war in der Eisesluft diese kompakte Masse, die aus zuckenden Pferdefellen, vor Kälte blauroten menschlichen Gesichtern und beunruhigend klappernden Radfelgen bestand. Martin war mit den anderen auf dem Rückzug.

An dem Tag, als die südlichen Truppen aus der Krim evakuiert wurden, stand er an der Landungsbrücke in der langen Menschenschlange, die auf einen Dampfer wartete. Auf den Holzbohlen der Landungsbrücke kam es zu Gedränge, Leute wurden ins Wasser gestoßen, Frauen weinten; jemand räsonierte lauthals: »Herrschaften, wir verlassen doch Russland ...« – »Erst komm mal auf den Dampfer, dann kannst du es verlassen«, wurde aus der Menge erwidert. – »Selig seid ihr, wenn ihr geschmähet werdet ...«, sprach Raskolinos plötzlich mit fester Stimme. Die vom Warten müden Menschen drehten zu ihm den Kopf. Er bekreuzigte sich und begann – warum, wusste er selbst nicht – das Gebet Ephräms des Syrers zu singen. Fuhr auch weiterhin fort, Gebete zu singen und sich zu verneigen, bis zu dem Augenblick, als er, schon auf dem Dampfer, den Feuerschein der brennenden Stadt erblickte. Und erst als der Dampfer sich lautlos fortbewegte, aufs Meer hinausfuhr und sprühende Phosphorlinien hinter seinem Heck vorüberglitten, da schluchzte Raskolinos, legte sich auf das Bündel mit seinen Sachen und schlief, tief seufzend, sofort ein.

* * *

Im Ausland verschlug es ihn nach Serbien, dort lebte er ziemlich lange, bis er überredet wurde, nach Frankreich zu fahren. Er kam nach Paris, und in den kleinen Vorortstraßen, wo er sich niedergelassen hatte, in den Fabrikhallen, im Lärm und Gedröhn geriet er aus dem Gleichgewicht;

erst nachdem er ein halbes Jahr gearbeitet, sich einen blauen Anzug genäht und Hemden, Krägelchen und Krawatten gekauft hatte, wagte er sich schließlich in die Stadt. Er landete auf der Avenue d'Orléans, schaute sich die Auslagen der Wäschegeschäfte an, die Fischläden, welche Riesenhummer feilboten, und die Stände der Straßenhändler, welche unterschiedlichste Waren verkauften. Und eines Abends verschlug es ihn zufällig in das größte Café von Montparnasse.

Paris lebte wie immer, es funkelten und leuchteten die roten Reklamen, die am kalten Himmel hingen; es tanzte die Glut der Zigaretten, die sich in den Fensterscheiben der Cafés spiegelte; jenseits der Drehtüren, zwischen den Tischchen, Stühlen und Mahagonisofas, wiegten sich wie Bällchen auf Wasserstrahlen die Orchesterklänge lyrischer Foxtrotts; und das Licht quadratischer weißer Lampen ergoss sich melancholisch über Glatzen; viele Frauen mit bemalten Gesichtern, eine Mischung aus Anspannung und Verachtung in den Augen, trugen ihre Brüste, ihre Pelze an den Männern vorüber; sie schienen jene trüben Wolken verirrter Gefühle, die sich wie allzu schwere Gase auf dem Boden ausgebreitet hatten, aufzusaugen und zu verdichten. Kurz und tödlich klang das Pochen auf dem glänzenden Zink des langen Tresens, vor dem hohe Hocker standen; und eine betrunkene Engländerin mit erstaunten Augenbrauen schlummerte an der Schulter von jemandes Smoking, der schon manches durchgemacht hatte und mehrfach mit Fett bekleckert war; und der Lichtstaub der Elektrizität erfüllte die entkräftete Luft, durch die sich blaue Zigarettenrauchströme wanden, den blauen Flüssen gleich, die über die Karte Europas schwimmen. Und zwischen diesen trügerischen elektrischen Wolken, durch den Parfümdunst und den Regenbogen der Getränke erblickte ich den Mönch Raskolinos. Im blauen Anzug und weichen Hut, die Lippen mit jener besonderen, kirchlichen Koketterie zusammenge-presst, wie es die Heiligen auf den Ikonen tun, bewegte er sich langsam durch die Menge; hinter ihm schritt die nun erwachte Engländerin, begleitet von einem hageren, unauf-hörlich lächelnden Kerl mit Melone. Sie verschwanden, tauchten kurz an der Glastür auf, und durchs Fenster war zu sehen, wie der Hut des Mönchs langsam in der Luft schwank-te, ohne sich vorwärts oder rückwärts zu bewegen, als ob der Mönch am Deck eines riesigen Dampfers stünde, unter welchem, dumpf schluchzend und schwappend, der nächt-liche Ozean wogt.

* * *

Anton Wassiljewitsch Priwlekatelny, den überall der weib-liche Spitzname Anjuta verfolgte, war einer jener begab-ten Müßiggänger, deren Heimat ein für allemal Russland bleibt. Er verstand sich reineweg auf alles, aufs Tanzen, Bü-geln, Kochen, Singen, Rezitieren, sogar aufs Sticken, sogar aufs Dichten. Alles ging ihm ungewöhnlich leicht von der Hand; ohne etwas gelernt zu haben, konnte und wusste er viel. Er war schön, fröhlich und freigebig, war erfindungs-reich und spottlustig – und er kannte durchaus seinen Wert; nur zu gut war ihm bewusst, dass ihm zwei Unzulänglich-keiten ein ordentliches Leben verwehrten: Faulheit und Wollust. Darin war er unverbesserlich.

Er hatte eine Vielzahl von Berufen und Orten auspro-biert, sich aber nirgends lange aufgehalten. Als er in einer großen Pariser Wäscherei tätig war, verführte er die Chefin, eine geizige und dreiste Französin; sie vernachlässigte ihr

Geschäft und versank mit Anjuta in den Restaurants von Montmartre – und vier Monate später stand sie ohne Geld da, ohne Wäscherei und ohne Anjuta; der war überraschend und vollkommen spurlos verschwunden. Nach längerer Suche fand sie ihn in einem kleinen Café, wo er abends als Klavierspieler angeheuert hatte. Die Französin, die nach dem Verlust ihres gesamten Vermögens sogleich abgeschlafft und abgesackt war, weinte lange zu Anjutas Spiel; und da Anjuta vertraglich das Recht hatte, im Café welche Getränke auch immer zu verlangen, machte er sie betrunken und betrank fast täglich sich selbst; und gegen Ende des Abends brachte sein Klavier so seltsame Töne hervor, dass sogar der Garçon, das Tablett in der Hand, oft stehenblieb, verwundert ob ihrer Ungewöhnlichkeit. Anjuta war gezwungen, das Café zu verlassen, und danach führte er eine phantomhafte Existenz, wechselte oft die Hotels und die Frauen und brachte es noch fertig, sich an der Sorbonne einzuschreiben, Karten zu spielen, zu tanzen und immer picobello gekleidet zu sein.

Zu der Zeit, als Martin Raskolinos, den Anjuta gut kannte, weil er in derselben Batterie gedient hatte – als Raskolinos in Paris auftauchte, war Anjuta bereits Stammgast in der Taverne Au Grand Turenne und ständiger Begleiter von Andrée und Marguerite, zwei Schwestern, die in einer bequemen Wohnung unweit der Place de la République lebten. Zunächst hatte es sich ergeben, dass Anjuta sich im nahgelegenen Hotel einmietete, dann blieb er einmal über Nacht bei Andrée, danach zog er ganz zu ihr. In der Wohnung der beiden Schwestern gab es einen Papagei, der »Pas vrai!«[*] schrie, einen kolossalen Kater mit hungrigen Augen

[*] Gelogen!

und ein Grammophon, zwar klitzeklein, doch mit äußerst
harschem und heiserem Klang.

* * *

Das sonderbare Schicksal des Martin Raskolinos war Andrée, deretwegen der Mönch sich bei Anjuta Priwlekatelny einfand, vollkommen gleichgültig. Andrée war Sängerin
und trat während der Pausen in Kinematographen auf; sie
konnte sich ein Leben außerhalb des Milieus von Debüts,
Vorschüssen und der Gier nach Liebe und Geld, woran sie
gewöhnt war, überhaupt nicht vorstellen, und Martin war
ihr so fremd wie der Bewohner eines anderen Planeten. In
ihrem Verstand war die Existenz solcher Menschen nicht
vorgesehen. Sie war unfähig oder jedenfalls nicht vorberei-
tet, Dinge zu begreifen, deren Vielschichtigkeit und Sonderbarkeit jene Alltagsphänomene überstieg, die sie vor
sich sah und auf deren Kenntnis sie sehr stolz war. Als vierzehnjähriges junges Mädchen war sie nach Paris gekommen, hatte drei Jahre bei einem alten Kaufmann als Hausmädchen gedient, dann in einer elenden Spelunke in der
Rue de Calais angeheuert, wo sie singen lernte, und allmählich stieg sie auf bis zu dem Status, den sie innehatte, als sie
zuerst Anjuta begegnete, dann Raskolinos. Zu der Zeit war
ihr bereits jegliche Sentimentalität abhanden gekommen,
ihre einzige Sorge war, sich nicht die Kehle zu verkühlen
und möglichst viel Geld zu verdienen. Anjuta half ihr uneigennützig, er organisierte ihr, weiß der Himmel auf welchen Wegen, in einem sehr reichen Privathaus ein Konzert.
Andrée wurde seine Geliebte; nur so konnte sie Anjuta danken, und auch das entsprach den ungeschriebenen Geset-
zen im Pariser Milieu der Schauspielerinnen, Sängerinnen

und Tänzerinnen, dem Andrée mit Leib und Seele angehörte. Ihre Schwester Marguerite, ein sanftes und empfindsames junges Mädchen, war in einem großen Büro angestellt; gegenüber Andrées Flirt mit Anjuta verhielt sie sich gönnerhaft, denn Neid war ihr fremd. Sie lebten zu dritt in derselben Wohnung, neckten gemeinsam den Papagei, gingen jeden Abend in die Taverne Au Grand Turenne und tanzten zur Ziehharmonika von Rossignol, dem verlotterten Musiker.

* * *

Dass es Raskolinos, der Menschen stets gescheut hatte, Frauen nicht kannte und fürchtete und seiner Gesinnung nach dem Lärm und der Hetze des Großstadtlebens zutiefst feindlich gegenüberstand, erst in ein Café von Montparnasse, dann in einen Kinematographen verschlug, war der Auftakt zu einer ganzen Reihe unerwarteter und sonderbarer Ereignisse. Es war das erste Aufflackern von Raskolinos' Seelenleiden; zuletzt war der Mönch nie mehr frei von einer ständigen und vagen Unruhe, wie sie Pechvögeln und Spielern wohlvertraut ist und ebenso Menschen, die ihre Taten bereuen und bedauern, dass alles nicht so verlaufen ist, wie sie gewollt hatten.

Als Martin den Kinematographen betrat, sich an den ihm zugewiesenen Platz setzte, ins lebhafte Dunkel des Saales eintauchte und hörte, wie das Orchester zu spielen anhob, wurde ihm gleich ganz anders zumute. Aber da erschienen galoppierende Cowboys auf der Leinwand, dann nahm ein blasses Frauengesicht ungewöhnliche Ausmaße an und näherte sich einer Fensterscheibe, während Regentropfen über die Scheibe rannen, und vor dem Fenster spielte ein

Bettler Geige; und durch die Tür eines reich ausgestatteten Zimmers trat ein junger Mann im Smoking. Den ehemaligen Mönch schauderte es plötzlich vor der Existenz dieser Menschen. Unten aber spielte ständig das Orchester, und Martin seufzte unablässig, da er fast erstickte an dieser Klangflut, diesem aufreizenden Leuchten der Leinwand. Ab und zu ging dem Mönch durch den Sinn, er müsste aufstehen und fortgehen, doch er konnte nicht, und so saß er bis zur Pause. Als nach langem Klingeln, Füßescharren und Sitzeklappern die Lampen im Saal von neuem erloschen, erblickte der Mönch auf der Leinwand die gebeugte Gestalt eines Greises mit langem Haar, der in der linken Ecke das große graue Quadrat verließ, weil er irgendwohin abbog, und am anderen Ende gleich wieder erschien. Dann verschwand er; statt seiner kam ein Jüngling mit den Bewegungen eines Mondsüchtigen. Im Gesicht hatte der Jüngling schreckliche schwarze Augen; er schritt rasch über einen ebenen Weg, und die Zinnen einer phantastischen Stadt bewegten sich ihm entgegen. Seine hohe Gestalt kam unmittelbar auf die Zuschauer zu; der Saal erstarb in gespanntem Schweigen; und eine Dame, die hinter dem Mönch saß, stöhnte plötzlich schwer und schloss die Augen. Ein Raunen und verhaltenes, befriedigtes Gerede rauschte durch den Kinematographen. Raskolinos erhob sich und bekreuzigte sich.

Von diesem Tag an sollte Raskolinos' Leben sich spürbar ändern. Jeden Abend opferte er einige Stunden Schlaf, erarbeitetes Geld und überwand seine Furcht vor der Metro, um zu dem oder jenem Kinematographen zu fahren.

Einmal hatte er sich am Boulevard Barbès einen fröhlichen amerikanischen Film angeschaut. Als der Film zu Ende war, erleuchteten blaue Scheinwerfer die Bühne, und es erschien ein junges Mädchen in glitzerndem Kleid. Ihre

Augen glänzten, ihr Körper bog und beugte sich, von ihrem Rock ging ein langsames Flimmern aus; und eine ferne Stimme, fremd und zart, sang zur gedämpften Musik von Geigen und Klavier. Eine ungewöhnliche, unerklärliche Verzückung überkam auf einmal Raskolinos; und die Nachbarn schauten verwundert auf den älteren Mann mit der runzligen Stirn und den kleinen Augen, der in einem fort bald prustete, bald lachte.

* * *

Er sah ein, dass diese französische Sängerin für ihn stets unerreichbar bliebe; und zugleich fühlte er, dass er ohne sie nicht leben konnte. Alles, was ihm bislang als unumgänglich und unverzichtbar wie Luft und Wasser vorgekommen war, all seine früheren Gedanken, Gewohnheiten und Wünsche – all das hatte plötzlich seine Bedeutung verloren. Und als es fort war, fühlte er eine beängstigende Einsamkeit, vollkommen jener gleich, die er vor vielen Jahren empfunden hatte, als er vor Tischkas besinnungslosem Körper kniete und auf sein verunstaltetes Gesicht blickte. Ein vielschichtiges Netz unbewusster, klarer und für Martin unanzweifelbarer Lebensregeln war auf einen Schlag quasi verfault und zerfallen; und dessen beraubt, wurde Raskolinos hilflos und kraftlos. Und in dieser beängstigenden Leere ballte sich ein trüber Wahn zusammen; dergleichen hatte Raskolinos nie erlebt. Martin kam sich vor wie ein Schwerkranker, der im Bett liegt und fiebert, mühsam Luft holt, ein unverständliches, dumpfes Tosen hört – und das Tosen reißt ihn mit fort; durch seine unerbittliche Bewegung huschen nur ab und zu bekannte Erinnerungsfetzen: ein Brunnenschwengel, herbstgelber Wald, ein Fluss, eine Bucht, ein Nebelfeld überm Kopf. Raskolinos wurde nun andauernd verfolgt von diesem Tosen, das hie und da aufhörte, aber nur, um sich gleich mit der früheren Wucht zu erneuern; es war ebenso unabwendbar wie der schreckliche alte Doktor, der von der Leinwand ging und im nächsten Moment auf der anderen Seite wieder auftauchte. Jede Woche zog Raskolinos, der Sängerin folgend, in einen anderen Kinematographen um – bis sie völlig verschwand und er sie nicht mehr finden konnte. Stundenlang wanderte er durch die Stadt, suchte ihr Porträt auf den Kinoplakaten, dann kehrte er müde und tief bedrückt nach Hause zurück und legte sich ins Bett, und mit Tränen in den Augen schlug er das Leintuch um, damit er es nicht befleckte; und in dem Rauschen, das ihn sofort erfüllte, waren erstmals klägliche menschliche Schluchzer zu hören.

✳ ✳ ✳

Als Raskolinos sich an seine früheren Armeekameraden wandte, die mit ihm in der Fabrik arbeiteten, und sie bat, ihm einen Russen zu nennen, der gut Französisch könne, gaben sie ihm Anjutas letzte Adresse. Gleich am nächsten Morgen machte sich Raskolinos dorthin auf den Weg.

Anjuta empfing ihn im Pyjama, eine Zigarette im Mund. Auf dem Bett, dem er soeben entstiegen war, lag noch jemand, den Kopf unter der Decke. Dem Mönch wäre natürlich nie in den Sinn gekommen, dass Andrée in Anjutas Bett schlief, aber so war es. Raskolinos erblickte ein weißes Frauenbein mit gefeilten, lackierten Nägeln und wandte die Augen ab. Er erklärte Anjuta, dass er irgendwie, und sei es von fern, eine französische Singerin wiedersehen wolle, die er in verschiedenen Kinematographen gehört hatte. Er

45

sagte »Singerin«, weil er kein anderes Wort wusste, und verschluckte sich vor Aufregung.

Sein Gesicht lief rot an, die Augen schauten zu Boden. Als Raskolinos Anjuta den Nachnamen Andrécs nannte – er sprach ihn beinahe richtig aus, sagte nur »Jali« statt »Joli« –, begann Anjuta zu lachen und zu husten und hätte sich fast verplappert: Da ist sie, liegt im Bett – aber er beherrschte sich. »Das richten wir ein, Vater«, sagte er und betrachtete dabei die Linien seiner Hand; auf einem Schemel lag ein Buch über Handlesekunst, das er gerade las. »Keine Bange. Komm morgen vorbei.«

Raskolinos kam um neun Uhr morgens. Anjuta trank Schokolade im Esszimmer. Ihm gegenüber saß Andrée und neben ihm Marguerite, die gefesselt war von einem dicken Roman: »Eine Seite der Liebe«; sie wollte die Schokolade mit dem Löffelchen umrühren, ohne den Blick vom Buch zu heben, doch statt im Glas landete sie mal im Aschenbecher, mal in der Zuckerdose und ärgerte sich sehr; deshalb meinte sie, der Held des Romans rede auf einmal Unsinn, was er davor nicht getan hatte. Raskolinos erblickte Andrée, und im ersten Augenblick begriff er es gar nicht. Dann hatte er ein Gefühl, als ob ihm ein Eisbröckchen rasch von der Kehle in den Magen rutsche, und darum brachte Raskolinos kein Wort heraus.

»Setz dich, alter Freund, trinken wir Schokolade«, sagte Anjuta gastfreundlich. »Ton admirateur«[*], bemerkte er zu Andrée. Die richtete ihre wilden Augen auf Martin. Er trug einen blauen Anzug mit engen Hosen, ein hohes, gestärktes Krägelchen mit runden Enden und eine Krawatte, deren ein für allemal gebundener Knoten an einer unsichtbaren

[*] Dein Verehrer

46

Metallspange befestigt war, die der Mönch bei einem Hausierer gekauft hatte, weil sie ihm wunderbar schlicht und praktisch vorgekommen war; er selbst konnte keine Krawatte binden. »Qu'est-ce que c'est que ce type là?«[*], sagte Andrées ferne Stimme, und wieder rutschte ein Eisbröckchen durch Raskolinos' Brust. Anjuta zuckte die Schultern und sagte: »C'est un saint«[**], als ob die Bekanntschaft mit einem Heiligen kein bisschen verwunderlich wäre. Gleich danach standen beide Schwestern vom Tisch auf und gingen, nickten Raskolinos noch zum Abschied zu. Raskolinos blieb mit Anjuta allein.

»Also, Vater«, hob Anjuta an, »die Sache ist nicht einfach.« Raskolinos seufzte. »Ich kann alles für dich einrichten, aber nicht sofort. Schau dich doch mal an, Mönch!« Anjuta schrie plötzlich. »Gehörst zum Bettelpack und willst in die Hautevolee! Ja, wer wird denn«, fuhr er gemäßigter fort, da er sah, wie Raskolinos erschrak, »ja, wer wird sich denn, so, wie du aussiehst, Freund, in dich verlieben? Du brauchst einen Anzug, Freund, brauchst Geld. Arbeitest gar noch in der Fabrik?«

»Habe ich vorläufig aufgegeben«, erwiderte Raskolinos.

»Na bitte. Wovon willst du sie ernähren? Ihr Strümpfe kaufen?«

»Arbeiten werde ich.«

»Groschen wirst du verdienen, Vater. Nein, ich habe mir etwas anderes für dich ausgedacht. Ich werde, Freund, dein Glück machen. Du musst bloß auf mich hören. Wo wohnst du, Martin?«

»In Montrouge«, stieß Raskolinos mühsam hervor.

[*] Was ist das denn für ein Typ?
[**] Das ist ein Heiliger

47

»In drei Tagen ziehst du in diese Wohnung um. Ich lass dir einen Anzug nähen, besorge Kleider, Schuhe. Wirst mit dem Automobil herumfahren. Ein Hausmädchen stell ich ein. Wirst dich jeden Tag rasieren. Iss und trink, soviel du willst.«

»Ich begreife nicht, Anton Wassiljewitsch. Weswegen wollen Sie mich derart unterhalten?«

»Deiner Heiligkeit wegen, Martin«, sagte Anjuta erregt. »Wir richten ein Büro ein«, flüsterte er. »Ein Büro für religiöse Ratschläge. Zu dir kommen die verschiedensten Menschen. Werden dich fragen: Martin, was tun? Warum ist das Leben so schwierig, Martin? Und du erklärst. Ich sag dir alles. Bin dein Dolmetscher. Wirst Geld verdienen, Freund, wirst die Singerin heiraten. Sonst gehst du in der Fabrik vor die Hunde, krepierst vor lauter Sehnsucht nach ihr. Na, Martin, einverstanden?«

»Einverstanden«, bestätigte Raskolinos mit fremder Stimme.

* * *

Alles, was Anjuta gesagt hatte, erschien Raskolinos völlig unverständlich. Er hatte keine Vorstellung, was für religiöse Ratschläge er geben könnte, wie alles ablaufen würde und weshalb er viel Geld verdienen sollte. Auf dem Rückweg von Anjuta dachte er unablässig darüber nach. Aber jedesmal wenn er so weit war, Anjutas Ansinnen abzulehnen, zurückzukehren und zu sagen: Nein, Anton Wassiljewitsch, ich kann das nicht – da fiel ihm Andrée ein, und ohne innezuhalten, ging er weiter. Er war derart verstrickt in seine Gedanken, dass er vergaß, sich zur Metro zu begeben, und ziemlich lange durch unbekannte Straßen schritt; nach Hause gelangte er später als nötig.

Aber zugleich wirkten Anjutas entschiedener Tonfall und seine Worte – wirst die Singerin heiraten – auf ihn beruhigend. Und am nächsten Tag erschien Raskolinos alles viel einfacher als am Vorabend. Ihn verwunderte lediglich, was für einen Weg Anjuta sich ausgedacht hatte, um reich zu werden; aber die Möglichkeit, Andrée zu heiraten, erschien ihm ganz natürlich. Raskolinos hatte sein Leben lang noch nie eine Frau gekannt.

* * *

Eine Woche später tauchte am Tor des Hauses, in das Martin Raskolinos umgesiedelt war, ein schwarzes Schild mit goldener Inschrift auf: »Bureau de confessions et consultations religieuses Mr Martin«[*]. In Zeitungen hatte Anjuta unter dem Titel »Pourquoi souffrir?«[**] Inserate veröffentlicht. Ein französischer Dichter, Anjutas Bekannter, hatte für ein verbreitetes Abendblatt einen dummen Artikel geschrieben, »Besuch beim Heiligen«, der aus kurzen Zeilen und unsicher fragenden Sätzen bestand: »Vielleicht ein Heiliger, vielleicht ein Sünder … Vielleicht er, vielleicht wir … Vielleicht das Paradies, vielleicht die Hölle …« Besucher und Besucherinnen ließen nicht auf sich warten. Empfangen wurden sie von Anjuta, der ein zweireihiges schwarzes Sakko trug und weitestbeinige Hosen. Er führte die Besucher ins große Zimmer, dort saß im tiefen Sessel unbeweglich Raskolinos. Der Heilige beantwortete die Fragen nachdenklich, mit geschlossenen Augen, aber wonach die

[*] Büro für Glaubensbekenntnisse und religiöse Konsultationen von Monsieur Martin
[**] Weshalb leiden?

49

Klienten ihn fragten, erschien ihm jedesmal klar und verständlich. Er sagte, Schulden müsse man erlassen, untreue Frauen lieben und seinen Feinden helfen. Und dass er von der Lehre, der die Menschen so lange schon abgeschworen hatten, zutiefst überzeugt war, rief unwillkürlich Achtung und Ehrfurcht bei den Besuchern hervor, bei rachsüchtigen, engherzigen Franzosen, Geizhälsen und Schwerstarbeitern; und ebenso erschien es denen verwunderlich, die vom russischen Heiligen gehört hatten und ihn aus Neugier aufsuchten, den Damen in teuren Kleidern, Herren im Smoking, ignoranten und selbstbewussten Journalisten oder einfach Müßiggängern aus den besseren Kreisen.

* * *

Anjuta hatte sich nicht getäuscht, als er Raskolinos Reichtum vorhersagte. Immer mehr Leute holten sich religiöse Ratschläge vom heiligen Martin. Jetzt musste man sich schon zwei Wochen vorher zur Beratungsstunde anmelden. Bei der Beobachtung der vielen verschiedenartigen Menschen, die durch Anjutas Hände gingen, fiel ihm auf, dass sie alle sich auf kindliche Weise vor dem Geheimnisvollen fürchteten. Korpulente Advokaten und Notare, hagere Detektive, Studenten, Ärzte, Apotheker wie auch die anderen, schlichteren, die Arbeiter und Marktweiber, sie alle zuckten gleichermaßen zusammen, wenn der Heilige plötzlich die Augen zu ihnen hob und abgehackt ein paar Worte in einer ihnen unverständlichen Sprache sagte. Raskolinos nötigte sogar Anjuta allmählich Hochachtung ab. Anjutas und Martins Geschäfte liefen prächtig, und Raskolinos dachte bereits, die Zeit sei nicht mehr fern, da er Andrée heiraten würde. Sie schaute täglich beim Heiligen vorbei, ihr Augenausdruck wurde weich, und dieweil sie wusste, dass der Heilige kein Wort Französisch verstand, sagte sie lächelnd:

»Il est quand même dégoûtant.«[*]

Und Anjuta übersetzte:

»Sie sagt, Freund, sie habe dich mittlerweile liebgewonnen.«

Aber schon nahten die Tage jener Ereignisse, die Raskolinos' sämtlichen Hoffnungen ein Ende setzten – die allerschrecklichsten Ereignisse seines Lebens.

* * *

Einmal erwachte Raskolinos in einem völlig anderen Zustand, als er sich sonst morgens befand. Er hatte von seinem Land geträumt, vom Kloster und dem Wald ringsum, von silbrigen Fischen in zuckenden Netzen und von den, wie ihm schien, gütigen Greisengesichtern der Gottesknechte. Einer von ihnen sagte:

»Sieh um dich, Martin!«

Er sah um sich – und erblickte ein Flüsschen, auf dem weiße Wolken schwammen. ›Ach, so ist das!‹, sagte sich Martin und freute sich. Und noch bevor er anderes erblicken konnte, erwachte er.

Er stand auf, wusch sich, zog sich an, und plötzlich überlief es ihn kalt, da ihm die religiösen Ratschläge einfielen, das gottlose Leben, das er führte, Anjuta Priwlekatelny und Andrée. »Sieh um dich, Martin!« Hatte der Gottesknecht nicht das gemeint? Ihm war, als hörte er diese Worte noch, aber jetzt sprach die Stimme sie streng:

»Sieh um dich, Martin!«

[*] Trotz allem ist er widerlich.

Und Martin erkannte sogleich, was ihn so lange Zeit gequält hatte. ›Um Vergebung flehen muss ich‹, sagte er sich. ›Fortgehen. Den Pilgerstab nehmen.‹ Das Wort »Pilgerstab« erinnerte ihn an die heiligen Bücher, die er gelesen hatte, von den heiligen Büchern wechselte die Erinnerung zum Kloster; und als ihm das Kloster einfiel, verglich er unwillkürlich sein früheres Leben mit dem jetzigen, und wieder wurde ihm unaussprechlich schwer ums Herz. »Ich gehe fort«, sagte er laut. »Warte noch mit dem Fortgehen, Martin!« Zu ihm drang plötzlich Anjutas Stimme. »Die Beratung beginnt.«

Martin senkte den Kopf und verließ zusammen mit Anjuta den Raum. Als der Knopf seines Sakkos an der Portiere hängenblieb, entschied er, für ihn selbst überraschend, heute nacht fortzugehen, und als er diese Entscheidung getroffen hatte, beruhigte er sich.

Diesmal besuchte den Heiligen eine Französin von vielleicht achtundzwanzig Jahren im gestreiften braunen Pelzmantel, mit einem kleinen Schirmchen, das einem Spazierstock glich, und mit schnurgeradem Scheitel auf dem Kopf. »Eine moderne Dame, Martin«, sagte Anjuta halblaut, »interessant, was sie dir vorsingen wird.«

»Pontius Pilatus hat Christus gefragt«, hob die Besucherin rasch an, »was ist Wahrheit? Und Christus hat nicht geantwortet.«

»Sie will was aus dem Evangelium«, übersetzte Anjuta.

»Was denn?«, fragte der Heilige, nach einem Blick auf die Besucherin.

Anjuta gab ihre Worte wieder.

»Also«, fuhr sie fort, »ist alles, was im Neuen Testament steht, nicht richtig. Wenn Christus selbst nicht wusste, was Wahrheit ist, wie konnte er dann uns lehren?«

Anjuta übersetzte.

»Wie – er wusste es nicht?«, sagte Martin. »Christus, der wusste es, bloß du weißt es nicht.«

»Und warum hat er es nicht gesagt?«

»Nicht gesagt hat er es deshalb« – Raskolinos seufzte –, »weil du es sowieso nicht begreifen wirst. Du kannst nicht begreifen«, sagte er sanft. »Er hat begriffen, der Mensch aber kann nicht begreifen. Der soll nur Lieder singen und beten.«

»Was redest du?«, widersprach Anjuta auf Russisch. »Lieder singen? Dann kämen ja alle französischen Midinetten ins Paradies, von den Wäscherinnen ganz zu schweigen.«

»Du sei still, Anton Wassiljewitsch«, entgegnete der Heilige streng. »Du hast kein Verhältnis zu Gott. Du übersetze nur.«

»Was soll ich ihr denn übersetzen?«

»Übersetze: Als der Apostel Paulus nach Russland gekommen war und in Kiew gelebt hat … und so etwas wie der Gehilfe des Gouverneurs war, befahl einmal der Gouverneur, zwei Verbrecher hinzurichten. Einen, der acht Menschen erstochen hatte, und einen anderen, unschuldigen. Da kamen sie zum Apostel und verlangten: Sag dem Gouverneur, er soll den Unschuldigen nicht hinrichten. Der Apostel ging zum Gouverneur und kam zurück und sagte: Also, der eine, sagt er, wird nicht hingerichtet. Dann wurden die Verbrecher zum Richtplatz geführt. Und der Unschuldige wurde hingerichtet, der Schuldige freigelassen. Nun fragten sie den Apostel, warum er befohlen habe, den Unschuldigen hinzurichten. Er antwortete: So hat Gott es mir gesagt. Was für uns die reine Wahrheit ist, ist für ihn vielleicht weder Wahrheit noch rein. Und niemals, sagt er, sollt ihr über Gott richten, weil nämlich alles so kommt, wie er will. Anton Wassiljewitsch, sag ihr, sie soll gehen und Lieder singen und vor allem über nichts nachdenken.«

Und Raskolinos schluchzte auf, unklar weshalb, küsste der Französin die Hand, und mit bläulich angelaufenem, zerquältem Gesicht lehnte er sich im Sessel zurück.

Als Anjuta nach der Mittagspause die Wohnung des Heiligen betrat, fand er niemanden vor. Anjuta war sehr verwundert. Er schaute in Martins Schlafzimmer, ins Bad, ins Vorzimmer – der Heilige war nirgends. Auf einmal bemerkte er auf dem Tisch eine Nachricht. Er faltete das Blatt auf: »Suchen Sie mich nicht, Anton Wassiljewitsch«, schrieb Raskolinos, »ich bin fortgegangen, um für meine Sünden zu beten. Sei mir nicht bös, Anton, vergib mir um Christi willen.« Und unten stand krumm und schief dazugekritzelt: »Ich werde auch für Andrée beten.« Und noch eine Zeile tiefer: »Auch für Sie, Anton Wassiljewitsch.«

»Für mich, also, das ist pure Höflichkeit«, sagte sich Anjuta. »Doch wo, zum Teufel, steckt er?«

Martin schritt währenddessen durch die Straßen und schaute mit fröhlicher Schlichtheit nach allen Seiten. Ihm erschien alles gut und angenehm, und eine liebevolle Stimme sagte:

»Jetzt sieh um dich, Martin.«

Und er sah um sich und erkannte, dass das gottlose Leben hinter ihm zurückblieb. Er empfand tiefe seelische Genugtuung, und als er, gedankenverloren, fast unter eine Straßenbahn geraten wäre und der Fahrer ihn ärgerlich anschrie, lächelte er ihn an und sagte:

»Ärgere dich nicht, Christus sei mit dir.«

Und ging weiter, ständig lächelnd.

Zwei Tage später saß er, hungrig und müde, in einem kleinen, an Paris grenzenden Städtchen auf einer Bank und dachte, dass er wohl wieder in der Fabrik anfangen müsse. Plötzlich sagte über ihm eine bekannte Stimme:

»Was Übles hast du dir da einfallen lassen, Martin.«

Raskolinos hob den Kopf und erblickte Anjuta. Den Mönch überkam tödliche Schwermut.

»Übel, Martin«, wiederholte Anjuta. »Dass du von mir fortgegangen bist – ach Gott, sei's drum. Doch Andrée weint sich den dritten Tag die Augen aus. Sagt: Wo ist der Heilige? Er wird mich doch nicht verlassen haben? Also hat er mich nicht sehr gebraucht, hat mich also nicht sehr geliebt. Und weint. Weshalb kränkst du das Mädel, Martin? Ein Kind und ein Mädel kränken ist die schwerste aller Sünden.«

Und Martin vergaß alles und stellte sich Andrées verweintes Gesicht vor, ihre feuchten Augen mit den blauen Wimpern, vernahm ihre Stimme und die wunderbaren Worte in der unverständlichen Sprache, die sie zu ihm gesagt hatte. »Sieh um dich, Martin«, klang es schwach, von weit her. Er aber stand auf und sagte zu Anjuta:

»Verzeih mir, Anton.«

Und schritt neben ihm her. Anjuta ließ ihn im Automobil Platz nehmen, sie kehrten zur Wohnung des Heiligen zurück, die weinende Andrée warf sich ihm an den Hals – er wurde kreidebleich und konnte vor Aufregung nicht sprechen, und am nächsten Tag ging alles seinen Gang wie zuvor.

Eines Abends entschloss sich der Heilige, als er allein geblieben war, zu einem Besuch im Kinematographen. Ein Programm wählte er nicht aus. Er kam vor Beginn, setzte sich auf seinen Platz, und den Blick zu Boden gerichtet, dachte er lange über seine Heirat mit Andrée nach. Allerdings verflüchtigten sich alle seine Überlegungen, sobald er sich Andrée vorstellte; dann versagte sein Denken den

Dienst, und der Mönch fühlte derart verworrene Gefühle in sich aufsteigen, einen derartigen Durst in seinem Inneren, dass es ihn große Anstrengungen kostete, wenn er sich in die Realität zurückzuholen suchte; verschwommen sah er dann die Stuhlreihen und die noch nicht erleuchtete Leinwand und den Geiger, der mit dem Taschentuch den Bogen abrieb. In einem dieser Augenblicke bemerkte er, dass zwei oder drei Reihen näher zum Orchester Anjuta saß, den er am Hinterkopf erkannte, und neben Anjuta saß ein junges Mädchen in einem neuen, welligen weißen Pelzmantel und mit breitkrempigem Hut. Der Mönch blickte auf Anjuta und seine Nachbarin und wandte sich ärgerlich ab. Bald fesselte der Film seine Aufmerksamkeit, und erst kurz vor der Lösung des Konflikts schaute er wieder in Anjutas Richtung. Anjuta saß seitwärts auf dem Stuhl, mit dem Gesicht zur Nachbarin; sie tat es ihm gleich. Raskolinos konnte ihr Gesicht nicht sehen, weil ein riesiger Arbeiterkopf mit Mütze den Kopf der Frau verdeckte. Aber im letzten Moment vor der Pause presste Anjuta auf einmal schnell seinen Mund auf die Lippen der Nachbarin. Als das elektrische Licht den Saal erhellte, wurde Anjuta zurückgestoßen von Andrée – denn Anjutas Nachbarin war Andrée, die der Heilige wegen des neuen Pelzmantels und neuen Huts erst nicht erkannt hatte. Anjuta lächelte, strich sich übers Haar, schaute um sich, wandte sich dann nach hinten – und erblickte die wahnsinnigen Augen des Heiligen.

Anjuta erschrak derart, dass er aufstöhnte, und seine geschmeidige, wunderschöne Stimme glich auf seltsame Weise nun einem Schafsblöken. Der Heilige sprang vom Sitz auf und stürzte zum Ausgang. Es regnete, die Bürgersteige glänzten. Der Mönch rannte nach Haus.

Zwei Stunden verbrachte der heilige Martin in Besinnungslosigkeit. Es war kein Ohnmachtszustand, der Mönch spürte einfach sich selbst nicht mehr, wie wenn er nicht anwesend wäre in diesem Raum, wo ein vierzigjähriger Mann in schwarzem Anzug und Lackschuhen saß, der unablässig ein und denselben Laut »a« von sich gab. Manchmal tauchte in dem Dunkel, das der Mann vor Augen hatte, etwas quasi Bekanntes auf; aber dieses Etwas war derart entsetzlich, dass der Mann es durch eine unbewusste Willensanstrengung verjagte und nur noch lauter sein »a« ausstieß.

Dann kam der Heilige allmählich zu sich. Ihm war, als kehrte er verwundert von einer unendlich weiten Reise zurück, die gerade stattgefunden hatte und die er nun rasch vergaß. Er erblickte den Tisch, an dem er saß, dann das Tapetenmuster – eine Frau mit einem Korb voller Trauben auf dem Kopf –, dann fühlte er seine Schultern, Arme und Beine. Er schaute noch einmal zu der Frau – irgendwo hatte er sie wohl schon gesehen –, und ihm fiel alles ein, was geschehen war. Er stand auf, und ohne die Tür hinter sich zu schließen und ohne das Licht auszulöschen, ging er hinaus. Der Papagei schrie ihm nach: »Pas vrai!«

Der heilige Martin betrat die Taverne Au Grand Turenne. Er hörte nicht, dass Rossignol zu spielen aufgehört hatte, achtete nicht auf die ungewöhnliche Stille. Er ging zu Anjuta und blieb stehen; was er sagen wollte, hatte er vergessen, aber es fiel ihm gleich wieder ein.

»Anton«, sagte der heilige Martin und spürte eine Schwäche in den Beinen. »Anton, es ist aus.«

Anjuta stellte dem Mönch keine Frage. Und erst als die Gestalt des Mönchs hinter der geschlossenen Tür verschwunden war, fasste er Marguerite um die Taille und ging tanzen. Er war traurig und nachdenklich.

Martin kehrte zurück nach Haus. Er betrat die Wohnung und ließ sich in jenem Sessel nieder, in dem er gewöhnlich saß, wenn Besucher kamen. Dann erhob er sich plötzlich und rannte zur Tür, hielt auf der Schwelle jedoch inne, stand eine Weile, kehrte zurück und setzte sich wieder. Der Papagei, nun erwacht, schrie erneut: »Pas vrai!« Der Heilige warf ihm einen verstörten und verständnislosen Blick zu.

Der Papagei lebte sein unverständliches Vogelleben, flog im Traum und hüpfte auf der Stange. Er verstand nichts von den Ereignissen, die bei den Menschen geschahen, er wusste nicht einmal, dass er diesen Menschen gehörte. Doch ähnlich wie er vor einem Gewitter stets erregt war, empfand er jedesmal Beklemmung und Beunruhigung, wenn das normale Leben rings um ihn sich plötzlich veränderte, bald heller, bald düsterer wurde. Dann schrie er noch öfter »Pas vrai!«, wie wenn er die Möglichkeit schlechter Neuigkeiten oder allzu großer Freuden bestritte – ein gefiederter Weiser, dem schon lange und nur zu gut bewusst war, dass es nichts Bedeutsames auf Erden gibt und dass sowohl Freuden als auch Kummer gleichermaßen nichtig sind vor seiner dreihundertjährigen Unsterblichkeit.

Der kolossale Kater kam hinter der Portiere vor und schritt schwer und lautlos durch den Raum. Ohne es selbst zu bemerken, verfolgte der Heilige seine sämtlichen Bewegungen. Das gelbe Auge des Papageis irrte erregt durch den Käfig. Zu Boden geduckt und den Schwanz schwenkend, schlich der Kater langsam zu der Wand, wo der Käfig mit dem Vogel hing. Dort angelangt, legte er sich auf den Boden und lag einige Minuten reglos. Dem Heiligen stockte der Atem. Und plötzlich schwang sich der schwarze Schatten des Katers durch die Luft; im gleichen Augenblick ertönte Flügelschlagen, Geschrei und Geknurre: Der Kater saß auf dem Käfig und schlug mit der Tatze auf die Stäbe, suchte den Papagei zu erreichen. Rasch ging der Heilige zur Wand und zerrte den Kater am Schwanz herab; der Kater fauchte und biss ihn. Die kleinen Augen des Heiligen wurden, für sie ungewöhnlich, rot vor Zorn. Der Heilige stürzte sich auf den Kater, packte ihn mit den Händen am Rücken – der Kater hatte ihm die Finger schon bis aufs Blut zerbissen –, drückte den Kater zu Boden und trat mit dem Fuß auf seinen Kopf. Der Kater kreischte sehr laut; dieser Schrei war so durchdringend und schrecklich, dass der Papagei, der sich eigentlich beruhigt hatte, ebenfalls losschrie, im selben Ton wie der Kater, als ob er ihn nachahmte. Der Körper des Katers warf sich von einer Seite zur anderen, und die langen, ausgefahrenen Krallen an seinen Pfoten scharrten über den Boden. Der heilige Martin, auf dem Gesicht eine erstarrte Grimasse des Entsetzens und Ekels, welcher sein unbeweglicher Augenausdruck nicht entsprach, presste weiterhin den Fuß auf den Kater; und selbst als der Kater sich bereits nicht mehr regte, stand er noch in derselben Haltung über ihm, plötzlich in Nachdenken versunken. Dann holte er tief Luft, hob langsam den Fuß, warf einen zerstreuten Blick auf den schwarzroten Fleck mit den ausgespreizten und plötzlich abgemagerten Pfoten, an denen deutlich die Adern zu sehen waren, und begab sich erneut zu seinem Sessel. Und als er bereits im Sessel saß, sah der Heilige, dass der Körper des Katers sich regte. Der Heilige runzelte die Stirn, er suchte sich zu erinnern und zu begreifen, was soeben geschehen war. Kurz darauf schaute er wieder zum Kater und nahm die schwache Bewegung einer Pfote wahr, als ob der Kater schliefe, etwas träumte und sich regte, ohne es selbst zu merken. »Es geht zu Ende«, sagte die Stimme des Heiligen, und der Heilige hatte das dumpfe

Gefühl, ein anderer Mensch, dessen Anwesenheit er vergessen hatte, spräche statt seiner. Und als der mittlerweile stille Papagei vertraute Laute hörte, schrie er forsch: »Pas vrai!«

Nun war klar, dass der Kater noch lebte. Seine Pfoten zitterten und streckten sich, der Rücken regte sich; und da stand er auch und machte blind ein paar Schritte durchs Zimmer, wobei der zertretene, blutbeschmierte Kopf bis zum Boden hing. Im gleichen Augenblick schlug die Tür, und auf der Schwelle erschien Anjuta Priwlekatelny. Mit einem Blick hatte er die Blutlache auf dem Teppich, den Kater, in dem eine übernatürliche Zähigkeit so etwas wie Leben bewahrt hatte, und Martins zerkratzte Hände erfasst. Die kleinen Augen des Heiligen schauten auf Anjuta, und darin lag eine solche Schwermut, dass Anjuta fühlte, wie Tränen ihm die Wimpern versengten. Der arme Heilige! Anjutas Blick blieb am schwarzen Sakko des Heiligen hängen, die linke Schulter bauschte sich ein wenig über dem mageren Körper. ›Wozu braucht er jetzt das Sakko?‹, fuhr es Anjuta durch den Sinn. »Wozu jetzt das Sakko?«, fragte er laut.

Martin sagte leise:

»Geh fort, Anton.«

Und er senkte den Kopf; und als er ihn wieder hob, war Anjuta nicht mehr da. Am Fuß des Sessels lag der Kater, sein sterbendes Auge klappte auf und zu.

* * *

Im freien Feld legte sich der Heilige auf die Gleise. Auf dem kalten Schotter ausgestreckt, wartete er lange auf einen Zug; von der Berührung der eisernen Schiene am Nacken begann ihm der Kopf zu schmerzen. Mit einemmal übermannte ihn der Schlaf. In schwerem Nebel, ohne recht bei

Bewusstsein, schlug er, eine halbe Stunde nachdem er ein-
geschlafen war, die Augen auf und erblickte unmittelbar vor
sich, so schien ihm, die weiße Lampe an einer schwarzen
Lokomotive. Er wand sich wie eine Schlange und glitt von
den Gleisen, den Kopf voraus in Richtung Bahndamm. Ein
schwerer Schlag traf seinen Arm. Der Lokführer bremste
derart, dass sämtliche Waggons kreischten und knirschten,
und der Zug hielt. Der Heilige wurde hochgehoben und auf
die Beine gestellt, sein Anzug war zerknittert und verdreckt,
die linke Hand stark zerkratzt. Die rechte Hand war nicht
mehr da, das Rad der Lokomotive hatte sie abgeschnitten.

Hawaiigitarren

Ich übernachtete in einem fremden Haus, wo ich nach einer Zufallsbegegnung gelandet war, bei Bekannten, die mich zum Bleiben überredeten, da es sehr spät war und kalt. Ich blieb und schlief auf einem tiefen, schwabbligen Sofa, und im Schlaf war mir unruhig zumute, unbehaglich, denn auf diesem Sofa saßen gewöhnlich die Gäste, niemand lag darauf, deshalb war es unbequem; außerdem spürte ich nicht die übliche Wärme meines Betts, in das ich zurückzukehren pflegte wie in ein unveränderliches Dasein – dort störte mich niemand, und keine fremde Anwesenheit setzte mir zu. Erst spät hatte ich mich hingelegt, und wäre es zu Hause gewesen, wäre ich nicht vor zwölf Uhr mittags aufgewacht, meiner üblichen Aufstehzeit; hier jedoch schlug ich die Augen auf, als es noch sehr früh war, ich sah durch eine Fensterecke, die nicht ganz vom Vorhang bedeckt war, dass auf dem Hof noch die Müllkästen standen, folglich war es vor sieben Uhr. Meine Lider waren schwer, ich hatte Kopfschmerzen; in dem großen Zimmer war es kalt, und ringsum schien mir alles in tiefen Schlaf versunken zu sein – so kam es mir immer vor, wenn ich selbst aus irgendeinem Grund nicht ausgeschlafen hatte und unbewusst neidisch war auf andere, die schlafen konnten; das war eine rein körperliche Mattigkeit, die mich überall, wo mein Blick hängenblieb, Schlafschwere spüren ließ, sogar an Häusern oder Bäumen. Ich drehte mich um auf meinem Sofa, in dessen Innerem dabei leise eine Feder knackte, und beschloss, unter allen Umständen wieder einzuschlafen, schlief auch allmählich ein, meine Gedanken verwirrten sich; schon entdeckte ich einen unleugbaren Zusammenhang zwischen der knackenden Feder und dem gestrigen Gespräch – als plötzlich das Zimmer von langgezogenen, vibrierenden Klängen erfüllt wurde, deren Flut augenblicklich meine Phantasie überströmte. Aufwachen und die Augen aufschlagen konnte ich nicht; aber ich hörte die Klänge deutlich und lauschte ihrem Klagegesang. ›Träume ich womöglich?‹, fragte ich mich. ›Wahrscheinlich nicht, denn eine solche Musik könnte ich mir niemals ausdenken.‹ Ich hörte sie lange, vermutlich länger, als sie andauerte; aber sie wurde leiser und leiser und vermengte sich mit einem anderen Geräusch. Und ich hörte sie nicht mehr.

Im Haus stand man spät auf; und als ich erzählte, frühmorgens sei irgendwo, nicht weit von hier, eine ungewöhnliche Melodie gespielt worden, erwiderte man, ich täuschte mich wohl, dergleichen könne es nicht gegeben haben. Aber ich war mir vollkommen sicher, dass dies nicht stimmte und dass es die Melodie, die frühmorgens erklungen war, gegeben haben musste; oder, dachte ich, selbst wenn es sie nicht gegeben haben sollte, würde sie trotzdem bald auftauchen, denn sie lebte ja schon in meinem Gedächtnis. So verließ ich die Bekannten, und dieser Morgen wie die Musik wie das ungemütliche Sofa machten auf mich keinen bleibenden Eindruck, und wenn ich daran dachte und es mir vergegenwärtigte, redete ich mir selbst etwas ein von dem unbehaglichen Gefühl bei unterbrochenem Schlaf und von einer unbekannten Melodie, aber damit es glaubhaft und interessant wurde, musste ich mich hinters Licht führen und mir Dinge ausdenken, die damals nicht stattgefunden hatten, mir aber, so oder so, poetisch erschienen, meine Erinnerung deshalb nur bereichern konnten und ihr zugleich das äußerlich Selbständige und Überraschende nahmen, was meinem Bewusstsein stets unangenehm war. Diese allmähliche Verzerrung der Erinnerung geschah unwillkürlich; bereits nach wenigen Tagen hatte ich der Musik einen Flamingo beigegeben, der quasi durchs Zimmer spaziert war, und den roten Abendhimmel über einer unbekannten Stadt – was ich damals ja nicht gesehen hatte, was ansonsten diesen Klängen vielleicht sehr nahe lag und bloß in jenem Augenblick nicht bis zu meiner Wahrnehmung vorgedrungen war. Aber selbst das verschaffte mir nicht mehr das frühere Vergnügen; sosehr ich mich auch anstrengte, mir die Melodie, die ich gehört hatte, ins Gedächtnis zu rufen, es war unmöglich. Nur eines wusste ich sicher, nämlich dass ich, sollte ich sie irgendwo wieder hören, sie unbedingt erkennen würde. Und so vergaß ich alles.

Zu jener Zeit war meine Schwester schwerkrank, es bestand keine Hoffnung auf ihre Genesung. Einmal musste ihr Mann für zwei Wochen ins Ausland reisen, und ich blieb, um für sie zu sorgen. Gewöhnlich saß ich in der Nähe ihres Betts und erzählte ihr alles, was mir in den Sinn kam. Sie antwortete nicht, denn zu sprechen machte ihr große Mühe, und ein einziger ausgesprochener Satz ermattete sie ungeheuer, wie mich viele Stunden zermürbender körperlicher Arbeit nicht ermattet hätten. Ihre Augen hatten jedoch eine ungewöhnliche Ausdruckskraft erlangt, und es war schlimm und beschämend für mich, ihr in die Augen zu schauen, denn ich sah, dass sie begriffen hatte, sie würde sterben, und wusste, dass auch ich es begriffen hatte; in ihren Augen kam das mit einer Klarheit zum Ausdruck, die es mir nicht erlaubte, sie direkt anzusehen. Im Lauf eines ganzen Tages sprach sie kein Wort; manchmal gelang es mir, sie zum Lächeln zu bringen, aber ihr Lächeln machte einen noch niederdrückenderen Eindruck als die allesbegreifenden Augen; meine Schwester schien sich bereits in einem Zustand zu befinden, wenn der Mensch nichts mehr zu lächeln hat, und wenn er es tut, so nur dem Gedächtnis nach, denn für das, was dem Gedächtnis vorausgeht, fehlen ihm bereits Gefühl und Fähigkeit. Nur einmal, als sie zusah, wie ich, die Ärmel bis zu den Schultern aufgekrempelt, im Waschbecken ein Glas spülte, rief sie mich mit den Augen herbei und sagte etwas kaum hörbar. Ich verstand sie nicht; und war es auch hart von mir, sie zu bitten, das Gesagte zu wiederholen, da ihr vor lauter Anstrengung bereits Schweißtropfen auf der Stirn standen – ich murmelte dennoch:

»Verzeih, Olja, ich habe es nicht gehört.«

Sogleich traten ihr Tränen in die Augen.

»Ich sage«, flüsterte sie, »was hast du für dicke Arme.«

Und ihre feuchten Wimpern senkten sich. Darauf warf ich rasch, damit sie es nicht mitbekam, einen Blick auf ihre nackten Arme, die auf der Bettdecke lagen und unmenschlich abgemagert waren; sie hatte sie mit meinen verglichen, und von diesem Vergleich war ihr Denken, kurzzeitig vom Tod abgelenkt, mit ungewöhnlicher Kraft und Schnelligkeit dorthin zurückgekehrt – deshalb die Tränen.

»In einer Woche kommst du ins Sanatorium«, sagte ich, »und du wirst sehen, gleich geht es dir besser.«

Sie öffnete und schloss ein paarmal die Augen, um meine Worte zu bestätigen – vielleicht aus unbewusstem Mitleid mit sich selbst, vielleicht auch, um mir nicht zu widersprechen und mich nicht zu veranlassen, ihr wieder quälenden und verlogenen Trost zu spenden. Dann richtete sie erneut ihre grauenhaften Augen auf mich, aber ich sagte mit Bestimmtheit: »Ja, ja, davon wirst du dich bald überzeugen.« Und redete von anderem.

Der Arzt, der zu ihr kam, untersuchte sie und sagte, als er zur Tür hinausging:

»Eine Frage von wenigen Tagen, Monsieur, eine Frage von wenigen Tagen.«

Und als er die Treppe hinabstieg, kam es mir vor, als ginge er mit gewissem Stolz, weil er ebenfalls einen Teil der Verantwortung für den baldigen Tod meiner Schwester auf sich nahm.

Danach kehrte ihr Mann, Wolodja, aus dem Ausland zurück, ich besuchte sie seltener, einmal in zwei oder drei Tagen, und blieb niemals lange, denn jeder war befangen und niedergeschlagen, und jegliche Anwesenheit eines überflüssigen Menschen war unangenehm.

Eines Morgens erhielt ich dann einen Brief von Wolodja, in dem er mich bat, ihm bei der Überführung der Schwester ins Sanatorium zu helfen. Ich ging abends hin, doch auf mein Klopfen wurde nicht reagiert; darauf öffnete ich einfach die Tür und trat ins Zimmer. Der Schwager war nicht zu Hause. Die Schwester, die offenbar ein starkes Schlafmittel erhalten hatte, schlief und hörte nichts.

Sie lag in ihrer üblichen Haltung auf dem Bett, die Arme längs des Körpers ausgestreckt; ihr Unterkiefer hing hilflos herab wie bei einer Toten; sie war bereits unfähig zu jener Muskelanspannung, die den Kiefer an Ort und Stelle hält. Ihr Atem ging schwer; doch ihre Brust hob sich nicht, und nur eine leere Tasse, die auf der Bettdecke geblieben war, senkte und bewegte sich; sie stand auf dem Teil der Decke, der über dem Bauch lag, und der zur Seite gerutschte Teelöffel klirrte leise. Eine starke Glühbirne erhellte das Zimmer. Ich nahm die Tasse von der Decke, stellte sie auf den Tisch und blickte noch einmal zur Schwester. Es war nicht das erste Mal, dass ich auf einen schlafenden Menschen blickte und dabei Entsetzen und Bedauern verspürte; jener geheimnisvolle Zustand, in dem ein Mensch gleichsam blind und ohne Gedächtnis lebt und sich bemüht, aus einem qualvollen Schlaf zu erwachen, es nicht kann und stöhnt, weil ihm schwer zumute ist – dieser Zustand weckte jedesmal für einen Moment meine Angst, und manchmal fürchtete ich mich einzuschlafen, da ich mir unsicher war, ob ich wieder aufwachen würde. Der Anblick der eingeschlafenen, schon fast toten Schwester war jedoch besonders schrecklich. Ich schaute auf ihr schmal und lang gewordenes Gesicht und die schwarzen Haare, die unbeweglich auf dem Kissen lagen, und merkwürdigerweise fiel mir ein, wie ich vor langer Zeit, vor gewiss zehn Jahren, mit meiner Schwester, die damals gerade geheiratet hatte, einen Spaziergang machte, wie wir in einer Konditorei Kuchen aßen und sie mich erschrocken zurückhielt:

»Iss bitte nicht so viel, das ist ja furchtbar. Weißt du, noch ein paar Kuchenstücke, das reicht, und du kriegst einen Darmverschluss und stirbst in aller Öffentlichkeit und kompromittierst mich endgültig.«

Danach gingen wir in den Park, und als sie müde wurde, versuchte ich sie auf den Armen zu tragen, schaffte es aber nicht lange und schlug vor:

»Setz dich auf meine Schultern, auf den Armen ist es nämlich sehr schwer.«

Zwei Stunden verweilte ich in ihrem Zimmer; in dieser Zeit regte sie sich nicht, und ich wollte sie nicht wecken; der Schwager tauchte nicht auf. Am übernächsten Tag sollte ich morgens kommen, um Wolodja zu helfen, ihre Sachen zu packen, die Schwester zum Auto zu tragen und mit ihr ins Sanatorium zu fahren.

Um zehn Uhr morgens traf ich ein; es war kalt und neb-

68

lig. Am Vortag hatte ich mir neue Schuhe gekauft, verfügte jedoch nur über zweiundachtzig Franken, und die Schuhe hätten hundertfünfzig gekostet. Deshalb kaufte ich mir ein Paar der fin de série[*] und bezahlte dafür neunundsiebzig Franken. Sie waren nicht sehr schön, außerdem zu klein; aber andere konnte ich mir nicht leisten und war gezwungen, diese zu tragen. Es war tatsächlich eine Qual. Solange ich ging, ließ es sich ertragen; aber ich brauchte mich nur ein paar Minuten hinzusetzen, um beim Aufstehen dann einen Schmerz zu spüren, der mir den Schweiß auf die Stirn trieb. Dafür war mir draußen nicht mehr kalt; vor dem Kauf dieser Schuhe hatte ich derart gefroren, weil ich nur einen leichten Mantel besaß – jetzt litt ich Schmerzen, mir war aber nicht kalt. Manchmal hielt ich auf der Straße inne und stand nur auf einem Bein, ließ das andere ausruhen; nach ein paar Schritten stellte ich mich auf das andere Bein, dann setzte ich den Weg fort.

Ich stieg die Treppe hoch und malte mir aus, wie ich mich endlich setzen würde und der ständige Schmerz aufhörte. Die Concierge fragte mit wichtiger Miene:

»Zu welcher Zimmernummer, Monsieur?«

»Zur Zwölf.«

»Madame erwartet sie.«

Wieder reagierte niemand auf mein Klopfen; ich bemerkte, dass die Tür nur angelehnt war. Aus dem Spalt drang der starke Geruch von quelques fleurs[**]. Ich trat ein. Der Spiegel am großen Schrank war mit dem karierten grünen Plaid der Schwester verhängt; auf dem Tisch standen in einer schmalen blauen Vase weiße Blumen. Da sich das Bett

[*] von den Restposten
[**] irgendwelchen Blumen

69

ein wenig abseits befand, erblickte ich es nicht gleich. ›Weshalb ist der Spiegel verhüllt?‹, dachte ich. Noch bevor ich mir antworten konnte, spürte ich, dass meine Schwester tot war. Darauf blickte ich zum Bett. Es war von einem dünnen, durchsichtigen weißen Stoff überdeckt, der sich an der Stelle zu einem Buckel hob, wo die Kerze stand, die meiner Schwester in die Hände gesteckt worden war. Meine Schwester trug Brokatschuhe, weiße Strümpfe und ein weißes Kleid, das so geschnitten war, dass eine große Falte von der linken Schulter diagonal bis zur Taille verlief und an der Gürtelschnalle endete, einer Perlmuttschnalle, über die ein Schlänglein kroch, so unnatürlich dargestellt wie üblich – also drei schwarze, fast gleichartige Zickzacke, die in einem aufgerissenen Rachen mit herausgestrecktem Stachel mündeten. Der Blütenduft war so stark, dass im Zimmer das Atmen mühsam wurde. Ich ging hinaus auf den Flur und stieß auf einen gebrechlichen Greis in schwarzem Mantel; er stand, hielt sich am Geländer fest und atmete so schwer, dass ich befürchtete, ihm drohe womöglich ein Herzschlag. Seine grauen Augen waren in zorniger Kraftlosigkeit auf mich gerichtet; er wollte etwas sagen, doch ihm fehlte die Kraft. Schließlich stieß er atemlos und stockend hervor:

»Je suis envoyé par le commissariat du quartier. C'est pour l'acte de décès.«[*]

Er trat ins Zimmer und nahm unwillig und behutsam seine Melone ab. Dann schlug er den weißen Stoff zurück, der die Leiche meiner Schwester überdeckte, und wollte nach ihren Fingern greifen, bemerkte aber die Kerze und tat es nicht; er hob den Ellbogen, hielt ihn in der Luft und ließ

[*] Ich wurde vom Polizeikommissariat des Viertels geschickt. Es geht um den Totenschein.

ihn fallen; der Ellbogen fiel leblos herab, und die Kerze in den Händen der Schwester neigte sich zur Seite.

»Oui, elle est bien morte«, sagte der Greis. Dann wandte er sich an mich: »C'est vous le mari de cette femme?«[*]

De cette femme? In diesem Augenblick empfand ich besonders stark, dass ich in einem fremden Land und einer fremden Stadt lebte. Natürlich war meine Schwester für diesen Greis bloß »cette femme« und »bien morte«. Ich wurde rot vor Scham und Wut, und ich hätte dem Greis am liebsten gesagt, sehr bald werde er genauso tot sein wie meine Schwester. Ich konnte nicht an mich halten und erwiderte:

»Vous êtes trop vieux vous-même, monsieur. Pourquoi parlez-vous de cette façon?«[**]

Sogleich dachte ich, das zu sagen sei unnötig gewesen, von einem Polizeiarzt Feingefühl zu verlangen sei albern, wie auch von einer Concierge keine Bildung oder von einer Prostituierten keine Tugend zu erwarten sei.

Aber der Greis hatte mich verstanden.

»Oui, je suis très vieux. Je mourrai aussi, jeune homme, ne vous en faites pas. Mais qui êtes-vous? Vous n'êtes pas le mari de cette femme?«[***]

»Non, je suis son frère.«[****]

»Bon. Donnez-moi des renseignements.«[*****]

Er notierte sich, was er brauchte, und ging, die Melone in

[*] Ja, sie ist wirklich tot. … Sind Sie der Ehemann dieser Frau?

[**] Sie sind selbst schon viel zu alt, Monsieur. Warum reden Sie auf diese Weise?

[***] Ja, ich bin sehr alt. Ich werde ebenfalls sterben, junger Mann, machen Sie sich da keine Sorgen. Aber wer sind Sie? Sie sind nicht der Ehemann dieser Frau?

[****] Nein, ich bin ihr Bruder.

[*****] Gut. Geben Sie mir Auskunft.

der Hand. Einige Minuten nach ihm kam Wolodja angefahren; er weinte unaufhörlich und sagte, die Beerdigung sei morgen um neun Uhr früh.

Niemals werde ich diese endlose Reise durch Paris hinter dem rasch dahinrollenden Katafalk vergessen. An jenem Morgen schmerzten mir die Füße wie noch nie, ich schritt aus und fiel zurück und holte den Leichenzug dann wieder ein. Menschen, die ich vorher nicht gekannt hatte, folgten dem Sarg der Schwester; viele kannten sich auch untereinander nicht. Meinen Schwager hatte eine vielleicht dreißigjährige Dame untergehakt, die an seinem Kummer warmen Anteil zu nehmen schien; er schritt, den Kopf gesenkt, und hie und da blickte er mit dankbaren Augen, aus denen Tränen flossen, zu seiner Gefährtin auf. Dass er die ganze Zeit weinte, wunderte mich ein wenig; schon vor einem Jahr hatte er mit Bestimmtheit gewusst, dass seine Frau sterben würde, und die letzten Wochen und Monate hatte er sie schon fast gestorben erlebt. Aber auf ihn wirkten, wie wahrscheinlich auch auf viele andere Menschen, die Umstände – die Beerdigung und das Totenamt für die Schwester in der Kirche, wo ein geschäftiger Priester ausführlich darlegte, eine Seelenmesse mit Chor koste soundsoviel; ohne Chor sei es billiger, aber er empfehle mit Chor, seiner Meinung nach sei das besser. Alle kauften Kerzen; der Kirchendiener, ein vierschrötiger Mann mit rotem Gesicht, der mich erstaunlich an eine trunksüchtige alte Köchin erinnerte, die ich in Russland gekannt hatte – dieser Kirchendiener kassierte später hastig die kaum zu einem Viertel abgebrannten Kerzen wieder ein und schaffte es noch, während der Seelenmesse zwischen den Anwesenden hindurchzugehen und auf einer Art Tellerchen Geld zu sammeln; in der Kirche war alles exakt und tadellos organisiert, aus kommerzieller

Perspektive. Ich war viele Jahre nicht mehr in einem orthodoxen Gotteshaus gewesen und hatte darum schon halb vergessen, wie das ist; jetzt befremdete mich besonders die dumpfe Selbstsicherheit all dieser Priester, Diakone und der anderen, quasi zur Kirche gehörenden Leute. Sie hatten alle, vielleicht für sie selbst unmerklich, einen Ausdruck im Gesicht, als wüssten sie etwas Wichtiges, das die Uneingeweihten nicht wüssten; auf mich wirkte das peinlich. Sie hingegen machten alles sehr selbstsicher, trafen Anordnungen, wohin der Sarg zu stellen sei, und der Priester, der gerade mit normaler Stimme über die Kosten für das Totenamt geredet hatte, wechselte plötzlich und ohne jede Pause in jenen sonderbaren und unnatürlichen Tonfall, wie in der Kirche Gebete gesprochen werden. Und ich sah, dass die meisten Anwesenden Zaghaftigkeit befiel vor diesem dicken Mann in seiner langen und komischen Kleidung, der allein weiß, was zu tun ist, und richtig versteht, was vor sich geht. Ich habe während eines Gottesdienstes stets Abscheu und Langeweile empfunden; deshalb verließ ich bald die Kirche und wartete draußen auf das Ende des Totenamts. Es war sehr nass und neblig.

Dann begann das Geleit des Sargs. Wenn ich früher in Paris Trauerzügen begegnet war, kam es mir stets vor, als bewegten sie sich langsam; schon die ersten Minuten, nachdem der Katafalk von der Straße der Kirche abgebogen war, überzeugten mich davon, dass ich mich geirrt hatte. Alle schritten sehr rasch. Der Priester, der die Leiche meiner Schwester zum Friedhof begleitete, um dort am Grab weitere Gebete zu sprechen, hatte ein Auto verlangt, da seine »geistliche Kleidung«, wie er sagte, bei den Franzosen Aufmerksamkeit erregen würde. Ihm wurde ein Auto gemietet; zu seinem Pech stieg jedoch eine wissbegierige Französin

73

mit ihm ein, eine Bekannte meiner Schwester, die ihn aus-
fragen wollte, was er über den Unterschied zwischen der
orthodoxen und der katholischen Kirche denke. Er sprach
allerdings kein Französisch; sie stieg mit verstörter Miene
aus dem Auto und sagte zu mir:

»Der ist ja verrückt, euer Pope. Er wedelt mit der Hand
gegen mich und sagt kein Wort. Entweder ein Verrückter
oder ein Barbar.«

Mir ging es so schlecht, ich hatte solche Schmerzen, weil
die Schuhe mir unerbittlich die Füße einzwängten, dass ich
ihr einfach nichts erklären konnte und mich mit der Antwort begnügte:

»Ja, ja, das ist gut möglich.«

Zum zweiten Mal innerhalb vergleichsweise kurzer Zeit
kam mir der Gedanke in den Sinn, wie lange und hoffnungslos ich schon im Ausland lebte. In Russland war eine
Beerdigung etwas ganz anderes gewesen; dort gab es verwil-
derte Friedhöfe, stille Vorortstraßen, Bauern, die ihre Mütze zogen; und der Trauerzug bewegte sich langsam, in Stille
und Bedeutsamkeit. Hier dagegen überquerten alle Augenblicke Autos, Straßenbahnen und Busse den Weg; durch
den Nebel drang ein unaufhörliches Dröhnen; ringsum
ragten hohe Häuser, und alles glich so wenig dem in Russland, dass mir das plötzlich auffiel und ich mich wunderte –
obwohl ich schon viele Jahre in Paris lebte, es besser kannte
als jede andere Stadt und mir an seinem Aussehen nie etwas
überraschend und neu erschien.

Schließlich begann die Vorstadt, eine Fabriksiedlung mit
Schornsteinen und eintönigen Werksgebäuden; auf den
Straßen begegnete man nun schlecht gekleideten Leuten
mit Schirmmützen, in kragenlosen Hemden und Hausschu-
hen; manchmal auch schmuddeligen Frauen mit dicken

Zöpfen am Hinterkopf, mit großen roten und vor Kälte
blauen Händen; das Straßenpflaster wurde holpriger, und
ich merkte das sofort, da mir das Gehen noch mehr weh
tat. Nach weiteren zehn Minuten bog der Katafalk auf den
Friedhof. Die Erde war lehmig und nass, die Gräber überaus
klein, schmal und schlecht geschachtet; aus den Grabwän-
den ragten lange Baumwurzeln, an denen der Sarg hängenblieb, als er an sehr zerzausten Seilen hinabgelassen wurde.
Die Arbeiter sagten zueinander:
»Doucement, mon vieux, doucement! Là!«[*]
Plötzlich wurde es ganz still. Dichter Nebel zog langsam
über den Friedhof; von den kleinen Holzkreuzen hoben
sich die immer gleichen Inschriften ab, »geb. am soundsovielten, gest. am soundsovielten«, und man musste ein wenig Konzentration aufwenden, um zu erfahren, wer da begraben lag, ob Greis oder Kleinkind. Alle, die den Leichnam meiner Schwester begleitet hatten, standen schweigend
um das Grab; ihre Füße sackten tief in den weichen, lehmi-
gen Morast. Die Arbeiter hatten den Sarg hinabgesenkt und
blieben ebenfalls stehen. Mir haben sich diese unbewegliche Menschengruppe und die Lehmwände der Grube ein-
geprägt, deren vorstehende lange Wurzeln mir auf einmal
schrecklich und fremd erschienen wie die Flora eines unbekannten Landes; denn was meiner Schwester im Leben von
Bedeutung gewesen war, dachte ich, hatte sie nun alles zurückgelassen, um da verscharrt zu sein, umgeben von diesen Wurzeln, die hier genauso notwendig und natürlich waren wie die Stämme und Blätter oben, auf der Erde, wo sie
bisher gelebt hatte und wo wir jetzt noch lebten.
    Wie langsam der Nebel dahinzog! Ich hätte mich nicht

[*] Sachte, Kumpel, sachte! Ja, so!

gewundert, wenn in diesem Moment vor meinen Augen alles verschwunden wäre und sich verborgen hätte, ebenso wie, für mein Bewusstsein unmerklich, ein Bild meinem Gedächtnis entfällt, wenn ich über anderes nachzudenken beginne. Gewiss wäre diese Empfindung noch stärker gewesen, hätten die unaufhörlichen Schmerzen von den engen Schuhen mein Denken nicht ständig auf ein und dieselbe Frage zurückgeführt: Wann habe ich die Möglichkeit, mich zu setzen? Ich hoffte, es würde bald geschehen, doch hatte ich völlig den Priester vergessen, der, die lange Soutane mit der Hand raffend, zum Grab trat und mit der Liturgie anhob. Einer der Totengräber fragte leise den anderen:

»Qu'est-ce que il chante, ce type là?«[*]

»C'est un pope probablement«[**], antwortete der andere.

Und sie verstummten.

Das Grab wurde zugeschüttet, Blumen wurden darauf gelegt, auch der verwelkte weiße Blumenstrauß, der im Zimmer der Schwester auf dem Tisch gestanden war, jemand hatte ihn offenbar mitgenommen. Die Dame, die meinen Schwager begleitete, steckte ein dickes Bündel Mimosen in die Erde; sie erinnerten mich an die unschön blühenden, für mich namenlosen Pflanzen, die bei uns in Russland zwischen Steppengras und Wildkräutern wuchsen. Kaum hatten wir uns zehn Schritt entfernt, war das Grab des Nebels wegen nicht mehr zu sehen.

Als wir zum Tor des Friedhofs kamen, lud die Dame meinen Schwager und mich zu sich ein. »Ihn darf man nicht allein lassen«, flüsterte sie mir auf Französisch zu, und wir fuhren zu ihr. Ein Dienstmädchen mit rötlichem Gesicht

[*] Was singt der Typ da?
[**] Das ist bestimmt ein Pope

und unglaublich kleinen Augen half uns aus dem Mantel, und wir nahmen Platz, ich im Sessel, Wolodja und die Dame auf dem Sofa, und sie begann ihn zu trösten. Ihre Rede glich einem gleichmäßigen Rauschen ohne jedwede Änderung, unwillkürlich schweifte die Aufmerksamkeit ab, nur hie und da fiel mir auf, dass sie ziemlich sonderbare Dinge sagte – sofortiges Vergessen sei vonnöten, und zwar zu dem Zweck, damit später die Erinnerung durch nichts getrübt werde; normalerweise hätte diese offenkundige Ungereimtheit meinen Schwager bestimmt verwundert; aber er hörte kaum, was ihm gesagt wurde, wiegte nur ständig den Kopf nach rechts und links, dabei stützte er sein geschwollenes und verändertes Gesicht auf die Hände. Bloß einmal murmelte er rasch:

»Was reden Sie da, was reden Sie da?«

Aber dann senkte er wieder den Kopf und sagte nichts mehr.

Unterdessen war die Dämmerung angebrochen. Vom langen Sitzen waren meine Schmerzen fast vergangen, nun bemerkte ich, dass es im Zimmer ganz düster und kühl war. Aber da flammte im Esszimmer Licht auf.

»Sie müssen sich unbedingt stärken«, sagte die Dame, und so erhoben wir uns und gingen zu Tisch. Die Dame ließ Wolodja vortreten und sagte zu mir, wieder leise:

»Er sollte Champagner trinken, um zu vergessen. Dann wird ihm leichter.«

›Champagner?‹, dachte ich. ›Wie absurd!‹

Und entgegnete:

»Das erscheint mir nicht unabdingbar. Aber wenn Sie meinen, das sei besser …«

»Ja, ja«, flüsterte sie, »ich weiß es aus Erfahrung.«

Ich zuckte die Schultern; ihr Verhalten war mir immer

weniger verständlich. Aber mit ihr diskutieren wollte ich nicht.

Wir saßen, schwiegen; die Dame füllte stets erneut Wolodjas Glas, er trank und war sich offenbar nicht recht bewusst, was er tat. Bald war er beschwipst, nun lächelte er unter Tränen und sagte sogar:

»Wie nett Sie sind. Danke.«

»Trinken Sie, trinken Sie«, flüsterte sie und nickte. »Sie sollten trinken, dann wird Ihnen leichter.«

Ihre rosa Fingernägel, bedeckt von einer dicken Lackschicht, blitzten im Lampenlicht, wenn sie zur Flasche griff und einschenkte. Ihre Augen, sehr schwarze Augen, hatten sich belebt; es sah aus, als ob die sonderbare Situation ihr ein seltenes und verbotenes Vergnügen bereitete.

Ich trank fast nichts; aber das Fleisch, das noch dasselbe Dienstmädchen auftrug, war stark gewürzt, mit einem mir ungewohnten, jedoch nicht unangenehmen Beigeschmack; ein Gericht aus süßsaurem Gemüse, reichlich mit Pfeffer bestreut, war ebenfalls ungewöhnlich. Dann wurden riesige Birnen serviert, die Dame aß sie langsam, doch mit derart sichtlichem Genuss, dass mir war, als hätte ich in ihren Augen einen Ausdruck ruhiger Wollust bemerkt. Nach den Birnen gab es Kaffee; leere Flaschen wurden sofort durch neue ersetzt. Dann schlug eine Tür; das Dienstmädchen war schlafen gegangen, und wir blieben zu dritt. Mir war ungewöhnlich beklommen zumute, bald wurde mir heiß, bald kalt; ich hatte ein Gefühl, als wären wir in dieser Wohnung allein geblieben, um etwas Unrechtes zu begehen. Ich schluckte Spucke und erinnerte mich, dass ich mich ganz genauso gefühlt hatte, als ich zum ersten Mal mit einer Frau allein blieb.

Mein Schwager saß, den Kopf schwer auf den Tisch gesenkt; er konnte nicht mehr trinken. Darauf erhob sich die Dame, trat zu mir, und ihre Pupillen näherten sich rasch den meinigen – obwohl ich klar sah, dass sie sich nicht herbewegte, sondern unbeweglich dastand, erstarrt, die Arme aufgestützt, und nur die Finger mit den blinkenden Nägeln leise auf den Tisch klopften; die Luft zwischen ihr und mir wurde spürbar und sanft, und da begann ihr Körper in dem eng anliegenden Seidenkleid sich langsam vor mir zu wiegen. ›Sollte ich betrunken sein?‹, überlegte ich. Es bedurfte der ganzen Anspannung meines Willens, damit ich auf meinem Platz sitzen blieb. Besonders schwer fiel mir, die Hände von einer unwillkürlichen Bewegung abzuhalten; darauf umklammerte ich mit den Fingern fest die Tischkante. Die Augenbrauen der Dame schnellten hoch, und als sie die Augen weit öffnete, erblickte ich darin denselben Ausdruck, den ich während des Diners, bei den Birnen, wahrgenommen hatte; nur war er jetzt tausendfach stärker. Ich merkte, dass ich unbedingt reden musste, andernfalls würde ich die Beherrschung verlieren. Ich sagte:

»Sie sind betrunken, das steht völlig außer Zweifel.«

»Ich bin auch betrunken«, sagte plötzlich mein Schwager und hob den Kopf.

Sie entfernte sich und setzte sich an ihren Platz. Meine Hände wurden wieder gehorsam und die Finger geschmeidig, ich trommelte sogar auf den Tisch. Dann wandte ich mich an den Schwager und sagte, meines Erachtens sei es Zeit, nach Hause zu gehen; ich schaute auf meine Uhr – es war halb zwei. ›Wir sollten einen Wagen nehmen‹, dachte ich, ›die Metro fährt nicht mehr.‹

»Warten Sie«, sagte die Dame. »Sie müssen doch nirgends hin. Gehen wir in den Salon.«

Ich ließ mich wieder im Sessel nieder. Rechts von mir

stand ein kleiner Bücherschrank; sein oberer Teil war mit einem leichten, aber undurchsichtigen grünen Stoff verhängt. Im Schrank befanden sich Bücher von Baudelaire, Huysmans, E. A. Poe, E. T. A. Hoffmann und eine Luxusausgabe von Gogols Petersburger Erzählungen. Dann schob ich den grünen Vorhang beiseite und blickte auf das obere Regal. Darauf standen fünfundzwanzig oder dreißig Figürchen aus Elfenbein, unzüchtige, aber sehr gut gefertigte Figürchen. Doch nicht sie fesselten meine Aufmerksamkeit. In der Ecke lagen, von einem winzigen Paravent abgeschirmt, drei Statuetten aus Ebenholz. Die eine stellte eine auf dem Rücken liegende Frau dar, die andere Menschen, die sich umarmten, und die dritte einen Drachen. Die Statuetten waren aus sehr schwarzem und glänzendem Holz gefertigt. Die liegende Frau hatte schwere, steinerne Augen und schien auf dem Rücken zu schwimmen; der Alkohol stieg mir in den Kopf, während ich sie betrachtete, und ich stellte mir sofort vor, sie schlafe und schwimme und träume von schwarzen Ufern mit unbeweglichen Bäumen und schlummernden Ungeheuern, und dann gehe ihr Traum in Visionen einer grausamen und düsteren Liebe über. Nun richtete ich den Blick auf den Drachen. Menschliche Körperteile, männliche und weibliche, waren auf seiner Brust ineinander verschlungen; die glatten schwarzen Hände eines Mädchens, das unter ihm lag, umfingen seinen Rücken. Der hölzerne Schwanz des Drachen endete in Schlangenköpfen. Daneben lag das sich umarmende Liebespaar; die Körper waren so vereint, dass nur Rücken, Beine und Köpfe zu sehen waren; ihre Knie hatte die Frau nach rechts und links gespreizt, in jener unendlich vertrauten Bewegung, die jede Frau gemacht hätte – und mich frappierte, wie ungewöhnlich gut die Haltung getroffen war; zugleich hatte sie ihren Kopf mit dem schweren Haar stark zurückgebogen. Der Gesichtsausdruck des Mannes jedoch war zerstreut und feindselig, wie auf der bekannten Zeichnung von Leonardo, die der japanische Bildhauer womöglich gar nicht gekannt hatte.

Es war spät in der Nacht, längst schon drang kein Lärm mehr von der Straße; ich saß noch genauso im Sessel und hatte mich an diese Wohnung und eine Situation, in die es mich zum ersten Mal verschlagen hatte, vollkommen gewöhnt; ich meinte, längst schon würde ich das alles kennen, sei es aus jemandes fremden Erinnerungen, sei es, weil ich derartige Bilder und Dinge geträumt und morgens dann vergessen hätte. Und als ich nicht weiter nachdachte und bloß manchmal noch den Blick auf das zerstreute Gesicht des Mannes oder die steinernen Augen der Frau richtete, da erhob sich die Dame rasch vom Sofa, auf dem mein Schwager lag, ging an mir vorbei und schob in die Mitte des Zimmers ein Grammophon.

»Sie beide schweigen«, sagte sie, »im Raum herrscht eine unangenehme Stille. Jetzt schalten wir Musik ein.«

»Eine wunderbare Idee«, sagte ich und schloss die Augen; vor mir schwamm auf dem Rücken die Frau vorüber. Ich vergaß sogar, dass die Dame das Grammophon aufzog, als ich plötzlich, bei den ersten Tönen der Musik, jene Melodie erkannte, die ich einige Wochen zuvor, in der Nacht bei den Bekannten, gehört hatte. Erneut umfing mich der erregte Klagegesang, das metallische Beben in der Luft; und mir fiel ein, was einer meiner Freunde, ein ungewöhnlich begabter Künstler, zu mir gesagt hatte, als er jemandes Bild kritisierte:

»Was wir sehen, ist Einbildung, und Einbildung, das ist Musik, das sind Töne, auch wenn das kaum glaubhaft klingt.

So stelle ich mir Hiob vor: Er sitzt in der Tiefe der Zeiten, schabt sich mit einer Scherbe die Schwären ab und seufzt ausgiebig. Die Kunst sollte doch naiv sein, oder? Erinnern Sie sich, wie Gott über die Macht seines Zorns spricht und dass ihn sogar das Nilpferd fürchtet, das stark ist und unverletzlich? Erinnern Sie sich, wie er die Unverletzlichkeit des Nilpferds umreißt? Er sagt: ›Es spottet der bebenden Lanze.‹ Nein, das ist alles nicht so einfach. Wenn ich in der Bibel lese, spüre und höre ich Kriegsgeschrei, das Klagen der Frauen, die Gott mit Unfruchtbarkeit gestraft hat, das Gerede in den Truppen wie Davids Schritte auf dem Sand. Natürlich kommen auch Momente der Lautlosigkeit vor. Schauen Sie sich das einmal an.«

Und er zeigte mir ein Bild, gezeichnet mit drei Farbstiften, einem roten, einem schwarzen und einem braunen. Dargestellt war eine Schlacht. Ich erblickte Ägypter mit hageren, dunklen Gesichtern, die braune Haut jüdischer Krieger, und rotes Blut, das in gleichmäßigem und breitem Strom aus der Brust eines Mannes floss, den ein Speer durchbohrte. An einer Festungsmauer in der Ferne, einer aus schlichten kindlichen Linien gezeichneten Mauer mit Zinnen und runden Öffnungen, saß eine unglaublich abgemagerte Frau und biss in einen fetten Knochen, ihr spitzes und dünnes Gesicht verschwand fast dahinter.

Das fiel mir alles ein, während ich der Musik lauschte; ich beachtete gar nicht, dass das Grammophon knackte und rauschte. Als die Schallplatte zu Ende war, fragte ich die Dame:

»Was ist das?«

»Das sind Hawaiigitarren«, sagte sie.

Hawaiigitarren! Einige Jahre später hatte ich vieles, was in jener Zeit meines Lebens geschehen war, vergessen oder brachte es durcheinander. Diese Luftschwankungen aber sind für mich heute in einem durchsichtigen Kasten eingeschlossen und auf unerklärliche Weise aus Ereignissen zusammengesetzt, die in jener Nacht begannen, als ich zum ersten Mal, ohne zu wissen, was das ist, Hawaiigitarren hörte, und die am Tag der Beerdigung meiner Schwester endeten. Oftmals ging mir das durch den Sinn: die Grube, der Nebel, das seltsame Fleisch beim Diner, der Champagner, die Statuetten aus Ebenholz – und dazu der ständige, bohrende Schmerz in den Füßen von den zu engen Schuhen, die ich später einem Schuhmacher zur Reparatur brachte und zuletzt dort ließ, teils, weil ich tatsächlich nichts hatte, um ihn zu bezahlen, teils auch, weil es sich nicht lohnte, sie abzuholen.

Schwarze Schwäne

Am sechsundzwanzigsten August vorigen Jahres schlug ich morgens die Zeitung auf und las, im Bois de Boulogne, unweit des großen Sees, habe man eine Leiche gefunden, den Russen Pawlow. In seiner Brieftasche steckten hundertfünfzig Franken; dort fand sich auch ein kurzer Brief, adressiert an seinen Bruder:

»Lieber Fedja, das Leben hier ist schwer und uninteressant. Ich wünsche Dir alles Gute. Mutter habe ich geschrieben, ich sei nach Australien gereist.«

Ich kannte Pawlow sehr gut und wusste, dass er sich genau am fünfundzwanzigsten August erschießen würde: Dieser Mensch log nie und prahlte nie.

Um den Zehnten des Monats hatte ich ihn aufgesucht, denn ich musste mir hundertfünfzig Franken leihen.

»Wann können Sie mir das Geld zurückgeben?«

»So um den Zwanzigsten, Fünfundzwanzigsten.«

»Am Vierundzwanzigsten.«

»Gut. Warum genau am Vierundzwanzigsten?«

»Weil es am Fünfundzwanzigsten zu spät wäre. Am Fünfundzwanzigsten werde ich mich erschießen.«

»Haben Sie Unannehmlichkeiten?«, fragte ich.

Ich wäre nicht so lakonisch gewesen, hätte ich nicht gewusst, dass Pawlow seine Entschlüsse niemals umstieß und ihn umstimmen zu wollen bloße Zeitverschwendung war.

»Nein, besondere Unannehmlichkeiten habe ich nicht. Aber wie Sie wissen, lebe ich ziemlich schlecht, erwarte auch in Zukunft keine Veränderungen und finde das alles höchst uninteressant. Ich sehe keinen Sinn darin, weiterhin zu essen und zu arbeiten wie jetzt.«

»Aber Sie haben Verwandte ...«

»Verwandte?«, sagte er. »Ja, habe ich. Es wird sie nicht sonderlich betrüben, das heißt, eine Zeitlang wird es ihnen unangenehm sein, aber eigentlich braucht mich keiner von ihnen.«

»Na gut«, sagte ich, »dennoch meine ich, dass Sie nicht recht haben. Darüber sollten wir uns ganz objektiv unterhalten, natürlich nur, wenn Sie mögen. Sind Sie an den Abenden zu Hause?«

»Ja, wie immer. Kommen Sie nur. Im übrigen glaube ich zu wissen, was Sie mir sagen wollen.«

»Das werden wir sehen.«

»Gut, auf Wiedersehen«, sagte er, dabei hielt er mir die Tür auf und lächelte sein übliches, kränkendes und kaltes Lächeln.

Nach diesem Gespräch war ich fest davon überzeugt, dass Pawlow sich erschießen würde; ich zweifelte daran ebensowenig wie an der Tatsache, dass ich, als ich Pawlow verließ, das Trottoir entlangging. Hätte mir allerdings jemand anderes von Pawlows Entschluss berichtet, wäre es mir unwahrscheinlich vorgekommen. Sogleich fiel mir ein, dass gewiss schon zwei Jahre zuvor einer unserer gemeinsamen Bekannten zu mir gesagt hatte:

»Sie werden sehen, er wird schlimm enden. Ihm ist nichts mehr heilig. Er wird sich unter einen Bus oder einen Zug werfen. Sie werden sehen ...«

»Sie phantasieren, mein Freund«, hatte ich erwidert.

Von allen Menschen, die ich kannte, war Pawlow in vielerlei Hinsicht der erstaunlichste; natürlich war er schon rein physisch der widerstandsfähigste. Sein Körper kannte

86

keine Erschöpfung; nach elf Stunden Arbeit ging er noch spazieren und schien nie Müdigkeit zu empfinden. Er konnte sich monatelang allein von Brot ernähren, ohne sich dabei unpässlich oder unbehaglich zu fühlen. Zu arbeiten verstand er wie niemand sonst, und genauso verstand er es, Geld zu sparen. Er konnte mehrere Tage ohne Schlaf auskommen; im allgemeinen schlief er fünf Stunden. Einmal begegnete ich ihm um halb vier Uhr morgens auf der Straße; er ging im Schlenderschritt den Boulevard entlang, die Hände in den Taschen seines leichten Mantels, dabei war es Winter; aber er schien auch gegen Kälte unempfindlich zu sein. Ich wusste, dass er in der Fabrik arbeitete und bis zum ersten Signal der Fabriksirene nur noch vier Stunden blieben.

»Spät gehen Sie spazieren«, sagte ich, »Sie müssen ja bald zur Arbeit.«

»Ich habe noch vier Stunden Zeit. Was halten Sie von Saint-Simon? Meines Erachtens war er ein interessanter Mann.«

»Wieso auf einmal Saint-Simon?«

»Ich werde in Politischer Geschichte Frankreichs geprüft«, sagte er, »und wie Ihnen bekannt ist, figuriert da auch Saint-Simon. Ich habe den ganzen Abend und bis jetzt studiert, nun wollte ich mich ein wenig bewegen.«

»Arbeiten Sie heute denn nicht?«

»Doch, wieso, ich arbeite. Gute Nacht.«

»Gute Nacht.«

Und er schritt genauso langsam weiter den Boulevard entlang. Als unwesentlich und unbedeutend erschienen seine körperlichen Vorzüge jedoch angesichts seiner Seelenstärke, die völlig sinnlos verpuffte. Er hatte wohl nie herausgefunden, wie er seine ungewöhnlichen Talente einsetzen könnte, und so blieben sie ungenutzt. Er hätte sich, glaube ich, als unübertrefflicher Schiffskapitän bewährt, doch nur unter der Voraussetzung, dass dem Schiff ständig Unfälle passiert wären; er hätte sich auch als Reisender in einer von Erdbeben erschütterten Stadt bewährt oder in einem pestverseuchten Land oder einem brennenden Wald. Aber nichts dergleichen geschah, es gab weder Pest noch Wald, noch Schiff; Pawlow wohnte in einem elenden Pariser Hotel und arbeitete wie alle anderen auch. Einmal kam mir der Gedanke, vielleicht habe seine eigene Stärke, auf der Suche nach einem Ausweg oder einer Nutzung, ihn zum Selbstmord bewogen; wie ein verschlossenes Gefäß sei er aufgrund eines fürchterlichen Innendrucks geplatzt. Aber jedesmal wenn ich die Gründe für seinen Freitod zu begreifen suchte, musste ich aufgeben, denn auf Pawlow passte kein einziges der Muster, die menschliches Verhalten in den unterschiedlichsten Fällen bestimmen; zuletzt stand Pawlow immer wieder außerhalb des ganzen Systems von Überlegungen und Mutmaßungen, er stand abseits, er glich niemandem.

Er hatte ein besonderes Lächeln, das einem zunächst unangenehm war, ein Lächeln der Überlegenheit, bei dem man spürte – das empfanden fast alle, sogar die stumpfsinnigsten Menschen –, dass Pawlow ein gewisses Recht hatte, so zu lächeln.

Niemals sagte er die Unwahrheit, das war höchst erstaunlich. Außerdem schmeichelte er niemandem und sagte tatsächlich jedem, was er von ihm hielt; das war stets belastend und peinlich, und die findigeren Menschen suchten es ins Scherzhafte zu wenden und lachten; und er lachte mit, sein besonderes, kaltes Lachen. Nur einmal in der ganzen Zeit meiner langen Bekanntschaft mit ihm hörte ich in seiner

Stimme eine plötzliche Weichheit, deren ich ihn für unfähig gehalten hätte. Wir sprachen über Diebstahl.

»Ja, das ist interessant«, sagte er. »Wissen Sie, ich war früher Dieb. Dann entschied ich, das sei es nicht wert, hörte auf, und nun werde ich nichts mehr stehlen.«

Ich staunte. »Sie waren ein Dieb?«

»Was ist daran seltsam? Die meisten Menschen sind Diebe. Wenn sie nicht stehlen, so aus Furcht oder Zufall. Doch innerlich ist fast jeder Mensch ein Dieb.«

»Das habe ich mir schon sehr oft anhören müssen. Und neige mehr und mehr zu der Ansicht, dass es sich um einen der verbreitetsten Irrtümer handelt. Ich glaube nicht, dass jeder Mensch ein Dieb ist.«

»Aber ich glaube es. Für Diebe habe ich ein besonderes Gespür. Ich sehe sofort, ob ein Mensch stehlen könnte oder nicht.«

»Ich zum Beispiel?«

»Sie durchaus«, sagte er. »Hundert Franken werden Sie nicht stehlen. Aber einer Frau wegen könnten Sie stehlen, und wenn viel Geld Sie verführt, dann auch.«

»Und Ljowa?«, fragte ich. Ich war mit Pawlow zur Schule gegangen, schon im Ausland; wir hatten viele gemeinsame Kameraden, und einer davon war Ljowa, ein fröhlicher und leichtsinniger, doch im Grunde kein schlechter Mensch.

»Der stiehlt.«

»Und Wassiljew?«

Er war einer der besten Schüler gewesen, ein griesgrämiger und krankhaft gewissenhafter Mensch, schlampig gekleidet, sehr fleißig und langweilig.

»Ebenfalls«, sagte Pawlow ohne Zögern.

»Wie? Er ist doch tugendhaft, arbeitsam und betet tagtäglich zu Gott?«

»Vor allem ist er ein Feigling, und alles andere, was Sie anführen, ist unwichtig. Er ist ein Dieb, dazu ein kleiner Dieb.«

»Und Serjoscha?«

Unser Kamerad Serjoscha war ein Faulpelz, ein Träumer und Dilettant, doch sehr begabt; er lag stundenlang im Gras und träumte von unerfüllbaren Dingen, von Paris – wir lebten damals in der Türkei –, vom Meer und weiß der Himmel wovon; die Gegenwart, die ihn umgab, war ihm fremd und gleichgültig. Einmal wachte ich in der Nacht vor einer wichtigen Prüfung auf und sah, dass Serjoscha nicht schlief und rauchte.

»Was ist«, fragte ich, »bist du aufgeregt?«

»Ja, ein wenig«, sagte er unsicher. – »Das ist doch ein Klacks.« – »Nein, nicht ganz.« – »Hast du Angst, durchzufallen?« – »Wovon redest du?«, sagte er verwundert. – »Von der Prüfung natürlich.« – »Aber nein, das ist doch uninteressant. Ich denke über etwas ganz anderes nach.« – »Worüber denn?« – »Darüber, dass eine dampfgetriebene Yacht sehr teuer ist, und eine nur mit Segeln lohnt nicht. Aber für eine dampfgetriebene wird mir das Geld nicht reichen«, sagte er voller Überzeugung; dabei hatte er nicht einmal Geld für Zigaretten. Er rauchte und warf die Kippe weg; es war dunkel, und mir schien, die Kippe sei auf die Bettdecke gefallen. »Serjoscha«, sagte ich nach einer Weile, »ich habe den Eindruck, dass deine Kippe auf die Bettdecke gefallen ist.« – »Ja, und?«, erwiderte er. »Warte, bis sich was entzündet, dann sieht man es. Aber meistens verlöschen sie, der Tabak ist feucht.« Und er schlief ein und träumte wahrscheinlich von einer Yacht.

»Und Serjoscha?«, fragte ich noch einmal.

Pawlows Gesicht nahm zum erstenmal einen für ihn ungewöhnlichen, weichen Ausdruck an, er lächelte ganz anders als sonst, ein erstaunliches und offenes Lächeln.

»Nein, Serjoscha wird niemals stehlen«, sagte er. »Niemals.«

Ich war einer seiner wenigen Gesprächspartner, mich trieb eine beständige Neugier zu ihm. Und wenn ich mich mit ihm unterhielt, hatte ich nicht – wie sonst unablässig – das Bedürfnis, mich auf irgendeine Weise hervorzutun, etwas zu sagen, das ich besonders gelungen fand, oder eine Meinung zu vertreten, die anderen Meinungen nicht glich; ich hatte diese widerwärtige Angewohnheit vergessen, mich interessierte nur noch, was Pawlow sagte. In meinem Leben war das wohl das erste Mal, dass mein Interesse an einem Menschen nicht von eigennützigen Beweggründen diktiert wurde, also von dem Wunsch, unter immer wieder neuartigen Umständen Bestätigung zu finden. Ich könnte nicht sagen, dass ich Pawlow liebte, dafür war er mir zu fremd – auch er liebte ja niemanden, mich genausowenig wie andere. Wir wussten das beide nur zu gut. Ich wusste außerdem, dass Pawlow mich nicht bedauern würde, wenn es mir schlecht ginge; wäre ich zu der Überzeugung gelangt, ein solches Bedauern sei im Bereich des Möglichen, hätte ich es sogleich zurückgewiesen.

Mir war im Gedächtnis, wie Pawlow mir einmal von einem Bekannten erzählte, der ihn um Geld gebeten hatte; er gab sein Ehrenwort, gleich morgen werde er es zurückgeben, und kam zwei Wochen lang nicht; dann tauchte er nachts auf und bat unter Tränen um Verzeihung – und um noch mindestens fünf Franken, da er nichts zu essen habe.

»Was haben Sie gemacht?«, fragte ich.

»Ich gab ihm Geld. Einem anderen Menschen hätte ich keines gegeben, aber er war ja kein Mensch, das sagte ich ihm auch. Er schwieg und wartete, bis ich das Geld aus der Tasche zog.«

Er lächelte und fügte hinzu:

»Ich gab ihm übrigens zehn Franken.«

Er hatte kein seelisches Mitleid, sondern ein Mitleid der Logik; das ließ sich, scheint mir, damit erklären, dass er selbst nie jemandes Mitgefühl benötigte. Seine Kollegen mochten ihn nicht; nur ganz besonders biedere Leute waren ihm gut, sie verstanden ihn nicht und hielten ihn für einen leicht kauzigen, doch im übrigen vorzüglichen Menschen. Vielleicht traf das in gewissem Sinne zu, wenn auch nicht in dem, den sie meinten. Jedenfalls war Pawlow ziemlich freigebig; und das Geld, das er mit seiner zehn- oder elfstündigen Fabrikarbeit verdiente, gab er leicht und locker aus. Er verlieh ziemlich viel Geld und hatte zahlreiche Schuldner; oftmals half er unbekannten Menschen, die ihn auf der Straße ansprachen. Einmal, als ich mit ihm den menschenleeren Boulevard Arago entlangging – es war dunkel und ziemlich spät und kalt, an allen Häusern waren die Fensterläden fest geschlossen, und die entlaubten Bäume, so schien mir, verstärkten noch den Eindruck von Menschenleere und Kälte –, da sprach uns ein zerlumpter, stämmiger Mann an und krächzte, er sei erst gestern aus dem Krankenhaus entlassen worden, sei Arbeiter, stehe jetzt im Winter auf der Straße und ob wir ihm nicht helfen könnten. »Voilà mes papiers«, sagte er, wohl wissend, dass keiner sie ansehen würde. Pawlow nahm die Papiere, ging zur Straßenlaterne und zeigte sie mir; von einem Krankenhaus war dort nirgends die Rede.

»Sie sehen, wie er lügt«, sagte er auf Russisch.

Und er drehte sich zu dem Streuner um, lachte und gab ihm einen Fünf-Franken-Schein.

Ein andermal begegneten wir einem hinkenden Russen, der ebenfalls um Geld bat. Ihn kannte ich schon. Als ich einst, bald nach meiner Ankunft in Paris, an einem Sommertag aus der Bibliothek kam und lesend die Straße entlangging, merkte ich plötzlich, wie jemand seine trockene, kalte Hand über das Buch schob, und als ich aufblickte, sah ich vor mir einen Mann in einem anständigen grauen Anzug, auf dem Kopf einen soliden Hut. Mit einer nachlässigen Bewegung lüftete er den Hut und sagte in ungewöhnlichem Tempo:

»Sind Sie Russe? Freut mich sehr, Ihre Bekanntschaft zu machen, da ich dank meiner Versehrtheit, die Sie bemerkt haben dürften, der Möglichkeit beraubt bin, wie andere mit schwerer Emigrantenarbeit in der Verbannung mein Geld zu verdienen, sehe ich mich gezwungen, als ehemals aktiver Offizier der Freiwilligenarmee und als Student im letzten Semester an der Historisch-philologischen Fakultät der Moskauer kaiserlichen Universität, als ehemaliger Husar und unversöhnlicher politischer Feind der kommunistischen Regierung mich mit der Bitte an Sie zu wenden, mir einen Moment Ihre Aufmerksamkeit zu schenken, sich meine Situation zu vergegenwärtigen und mir nach Kräften eine Unterstützung zukommen zu lassen.«

Er stieß das alles hervor, ohne innezuhalten, und ich hätte mir seinen langen und wirren Appell niemals merken können, zumal ich die Hälfte nicht verstanden hatte, wenn ich mir das später nicht noch mehrfach hätte anhören müssen, fast ohne Varianten; nur war er manchmal nicht an der Moskauer, sondern der Kasaner oder Charkower Universität Student gewesen und nicht Husar, sondern Ulan oder Artillerist oder Leutnant der Schwarzmeerflotte. Ein merkwürdiger Mensch war das; zufällig sah ich ihn einmal abends, in der Anlage neben der Kirche Saint Germain des Prés, neben einer traurigen älteren Frau sitzen, gebeugt und mit gesenktem Kopf, und er sah dermaßen unglücklich aus, dass er mir leid tat. Aber drei Tage später rauchte derselbe Mann in einem Café an der Place de l'Odéon eine Zigarre, trank eine lila Flüssigkeit aus einem besonders langstieligen Glas und umarmte mit der Rechten eine aufgetakelte Prostituierte.

An dem Tag, als er mich zum erstenmal ansprach, hatte ich nur sechs Franken in der Tasche, und ich sagte zu ihm:

»Leider kann ich Ihnen nicht helfen, ich habe kein Geld. So zwei Franken könnte ich Ihnen geben, mehr fiele mir schwer.«

»Drei fünfzig bitte«, sagte er.

Ich war verblüfft: »Wieso gerade drei fünfzig?«

»Deshalb, junger Mann«, entgegnete er fast schulmeisterlich, »weil in der russischen Garküche drei fuffzig der Preis ist für den Mittagsfraß.« Dann setzte er wieder seine hochanständige Miene auf und fügte hinzu: »Ich danke Ihnen, Kollege.« Und hinkte, auf seinen Stock gestützt, davon.

Ausgerechnet er sprach Pawlow und mich an.

»Sind Sie Russen? Freut mich sehr, Ihre Bekanntschaft zu machen, da ich dank meiner Versehrtheit …«

»Ich kenne das bereits«, sagte Pawlow. »Ich bin im Bilde, dass Sie an der Moskauer und Kasaner Universität studiert haben, dass Sie Husar, Ulan, Artillerist und Seemann gewesen sind. Gehörten Sie nicht auch zu einer U-Boot-Mannschaft, waren Sie nicht unter anderem an der Geistlichen Akademie?«

»Kennen Sie ihn nicht?«, fragte er mich. »Ich habe ihm schon fünfmal Geld gegeben.«

»Doch«, sagte ich. »Was die Historisch-philologische Fakultät betrifft, geht er zu weit, glaube ich. Aber im Grunde ist er ein unglücklicher Mensch.«

»Das nächste Mal sprechen Sie andere an«, beschied Pawlow. »Alles in allem habe ich Ihnen schon fünfzig Franken gezahlt. Und ich finde, so viel Geld sind Sie nicht wert. Glauben Sie nicht, ich würde Ihnen das sagen, weil ich Ihre schlechte Lage ausnutze. Wenn an Ihrer Statt ein Erzbischof vor mir stünde, würde ich ihm das gleiche sagen. Hier haben Sie Geld.«

Pawlow wohnte in einem winzigen Zimmer eines der billigen Hotels in Montparnasse. Die Wände hatte er selbst gestrichen, hatte Regale angebracht, Bücher aufgestellt und sich einen Petroleumkocher gekauft; und wenn er eine gewisse Summe angespart hatte, die es ihm erlaubte, eine Zeitlang nicht zu arbeiten, verbrachte er ganze Monate in diesem Zimmer, von morgens bis abends allein, und ging nur nach draußen, um Brot oder Wurst oder Tee zu kaufen.

»Was tun Sie denn die ganze Zeit?«, fragte ich ihn während einer solchen Phase.

»Ich denke«, erwiderte er.

Damals maß ich seinen Worten keine Bedeutung bei; später erkannte ich jedoch, dass Pawlow, dieser unbeirrbare und unfehlbare Mann, im Grunde ein Träumer war. Das schien höchst sonderbar und zu ihm überhaupt nicht zu passen, dennoch war es so. Außer mir, nehme ich an, vermutete das niemand, da niemand ihn auszufragen versuchte, woran er denke, das kam niemandem in den Sinn, zumal Pawlow selbst so gar nicht neugierig war; Experimente veranstaltete er nur mit sich selbst.

Er hatte vier Jahre in Paris gelebt, von morgens bis abends gearbeitet, fast nichts gelesen und sich für nichts sonderlich interessiert. Dann beschloss er plötzlich, sich Hochschulbildung anzueignen. Dazu kam es, weil im Gespräch mit ihm jemand herausgestrichen hatte, er habe die Universität absolviert.

»Je nun, die Universität ist, weiß Gott, auch nichts Besonderes«, meinte Pawlow.

»Sie haben allerdings nicht studiert.«

»Ja, aber das ist Zufall. Im übrigen bringen Sie mich auf eine Idee: Ich werde die Universität absolvieren.«

Und er begann ein Studium. Er schrieb sich an der Historisch-philologischen Fakultät ein, für Philosophie, und studierte abends nach der Arbeit, was jedem anderen wohl über seine Kräfte gegangen wäre. Pawlow wusste das durchaus. Er sagte zu mir:

»Da schreiben sie von irgendwelchen Russen, die nachts am Bahnhof arbeiten und tagsüber studieren. So etwas erinnert mich an die Beschreibungen von Kriegsreportern. Ich weiß noch, in der Zeitung las ich einmal von Gefechtsvorbereitungen, und da hieß es: ›Die Kanonen richteten ihre Rüssel drohend gegen den Feind.‹ Jedem Soldaten, er musste gar nicht Artillerist sein, war klar, dass dieser Reporter nichts von Kanonen verstand und wohl kaum welche gesehen hatte. So auch hier. Einem Reporter wird irgendwas erzählt, und er meldet, die seien nachts am Arbeiten, tagsüber am Studieren. Schicken Sie einen solchen Reporter zur Nachtarbeit, wird er nicht einmal seine Chronik schreiben, schon gar nicht sich mit ernsten Dingen befassen können.«

Er dachte nach; dann lächelte er wie immer:

»Es ist doch angenehm, dass es auf der Welt viele Dummköpfe gibt.«

»Wieso bereitet Ihnen das Vergnügen?«

»Ich weiß nicht. Es ist tröstlich, dass es, ganz gleich wie

schlecht und unbedeutend Sie selbst sind, noch Menschen gibt, die weit unter Ihnen stehen.«

Es war das einzige Mal, dass er seine sonderbare Schadenfreude unmittelbar äußerte; gewöhnlich behielt er sie für sich. Überhaupt war es schwer, ihn nach seinen eigenen Worten zu beurteilen, schwer und kompliziert; viele Menschen, die ihn nicht gut kannten, glaubten ihm einfach nicht, und das war auch verständlich. Einmal sagte er:

»Als ich in der Weißen Armee diente, war ich ein schrecklicher Feigling. Ich hatte große Angst um mein Leben.«

Das erschien mir unwahrscheinlich, ich fragte einen seiner Armeekameraden, den ich zufällig kannte, nach Pawlows Feigheit.

»Pawlow?«, sagte er. »Der kühnste Mensch, den ich je zu Gesicht bekommen habe.«

Dies wiederum erzählte ich Pawlow.

»Ich habe ja nicht zu Ihnen gesagt«, versetzte er, »dass ich der Gefahr ausgewichen wäre. Ich hatte große Angst, nichts weiter. Aber das heißt nicht, dass ich mich versteckt hätte. Zusammen mit einem Kameraden griff ich einen MG-Trupp an und eroberte zwei MGs, obwohl das Pferd unter mir getötet wurde. Ich ging auch auf Kundschaft aus – und überhaupt, hätte ich mich anders verhalten können? Aber all das hinderte mich nicht, sehr feige zu sein. Davon wusste nur ich, und wenn ich es anderen sagte, glaubten sie mir nicht.«

»Was macht eigentlich Ihr Studium?«

»In zwei Jahren schließe ich die Universität ab.«

Und ich war Zeuge, wie er sich nach diesen zwei Jahren mit jenem Gesprächspartner unterhielt, mit dem er erstmals von der Hochschule gesprochen hatte. Sie redeten über verschiedene Dinge, und am Ende der Unterhaltung fragte der Gesprächspartner:

»Na, was ist, glauben Sie immer noch, Hochschulbildung sei etwas Zufälliges, ein Klacks?«

»Mehr denn je.«

Pawlow zuckte die Schultern und lenkte das Gespräch auf ein anderes Thema. Er sagte nicht, dass er in der Zwischenzeit die Historisch-philologische Fakultät der Sorbonne absolviert hatte.

Merkwürdig wirkte auch, wie er sprach. In dem, was er sagte, konnte ich niemals den Wunsch oder auch nur das geringste Bemühen erkennen, eine Liebenswürdigkeit oder ein Kompliment vorzubringen oder von unangenehmen Dingen schlicht zu schweigen; deshalb gingen ihm viele Menschen aus dem Weg. Als er einmal in einer größeren Gesellschaft war, erwähnte er nebenbei, er habe wenig Geld. Unter uns war auch ein gewisser Swistunow, ein junger Mann, stets gut gekleidet und ein wenig prahlerisch; er hatte viel Geld und sagte andauernd, wobei er seine Worte mit verächtlichen Gesten begleitete:

»Ich begreife das nicht, meine Herren, Sie verstehen nicht zu leben. Ich bitte niemanden, mir was zu borgen, lebe besser als Sie alle und erlebe nie Demütigungen. Ich kann mir vorstellen, was ein Mensch empfinden muss, der bittet, ihm Geld zu leihen.«

Da dieser Swistunow wusste, dass Pawlow außerordentlich zuverlässig war und dass er nichts riskierte, wenn er ihm seine Unterstützung anbot, sagte er, mit Vergnügen gebe er Pawlow so viel Geld, wie dieser haben wolle.

»Nein«, sagte Pawlow, »von Ihnen nehme ich kein Geld.«

»Warum?«

»Sie sind sehr geizig«, sagte Pawlow. »Außerdem gefällt mir Ihre Dienstfertigkeit nicht. Ich habe Sie ja nicht gefragt.«

Swistunow erbleichte und sagte nichts mehr.

Pawlow kannte und mochte die Frauen nicht. In der Fabrik, wo er arbeitete, war seine Nachbarin eine Französin von zweiunddreißig, erst unlängst verwitwet. Er gefiel ihr unglaublich gut; erstens arbeitete er vorzüglich, zweitens war er ihr rein körperlich angenehm – manchmal schaute sie lange auf die raschen und gleichmäßigen Bewegungen seiner bis über den Ellbogen entblößten Arme, auf seinen rosa Nacken und den breiten Rücken. Sie war eine einfache Arbeiterin und hielt Pawlow ebenfalls für einen Arbeiter; er sprach kaum mit seinen Werkstattkollegen, was sie seiner Schüchternheit zuschrieb, der Tatsache, dass er Ausländer war, und anderen Umständen, doch hatten diese nichts mit den Gründen zu tun, die Pawlow zu schweigen veranlassten. Mehrfach versuchte sie ihn ins Gespräch zu ziehen, aber er antwortete einsilbig.

»Il est timide«[*], sagte sie.

Endlich gelang es ihr. Er sprach ein etwas papierenes Französisch, niemals verwendete er ein Wort aus dem Argot. Es war eine merkwürdige Unterhaltung; man konnte sich auch keine unterschiedlicheren Menschen vorstellen als diese Arbeiterin und Pawlow.

»Hören Sie mal«, sagte sie, »Sie sind noch ein junger Mann, und ich glaube, Sie sind nicht verheiratet.«

»Nein.«

»Wie kommen Sie denn aus ohne Frau?«

Wenn die beiden etwas gemeinsam hatten, dann die Angewohnheit, die Dinge beim Namen zu nennen. Nur sprachen und dachten sie in unterschiedlichen Begriffen; und ich glaube, dass zwischen Mann und Frau wohl keine grö-

[*] Er ist schüchtern

ßere Distanz liegen kann als die Distanz zwischen diesen beiden.

»Sie brauchen unbedingt eine Frau oder eine Geliebte«, fuhr sie fort. »Écoute, mon vieux«[*] – sie ging zum Du über – »wir beide könnten uns zusammentun. Ich würde dir vieles beibringen, ich sehe, dass du unerfahren bist. Außerdem hast du keine Frau. Was meinst du?«

Er schaute sie an und lächelte. Sie konnte noch so unsensibel sein, an seinem Lächeln musste sie einfach erkennen, dass ihr ein schlimmer Irrtum unterlaufen war, als sie diesen Mann ansprach. Ihr blieb kaum noch Hoffnung auf einen günstigen Ausgang des Gesprächs. Trotzdem fragte sie, da sie nun in diesem Fahrwasser war:

»Na, was sagst du dazu?«

»Ich kann Sie nicht brauchen«, antwortete er.

Noch ein anderer, äußerst seltener Wesenszug war an ihm sehr ausgeprägt: eine besonders frische Wahrnehmung, eine besondere Unabhängigkeit des Denkens – und die völlige Freiheit von Vorurteilen, die das Milieu ihm hätte einflößen können. Er war *un déclassé* wie andere auch; er war weder Arbeiter noch Student, weder Soldat noch Bauer oder Adliger, und er brachte sein Leben außerhalb jeglicher Standeseinschränkungen zu: Alle Menschen aller Klassen waren ihm fremd. Am erstaunlichsten schien mir aber, dass er, obwohl nicht mit einem übermäßigen Verstand gesegnet, diese Unabhängigkeit auch in Bereichen zu wahren wusste, wo der Einfluss von Autoritäten besonders groß ist, also in Literatur, Wissenschaft und Kunst. Seine einschlägigen Urteile unterschieden sich von allem oder fast allem, was ich bis dahin gehört oder gelesen hatte.

[*] Hör mal, mein Lieber

»Pawlow, was halten Sie von Dostojewski?«, fragte ihn ein junger Dichter, der für Philosophie, tragische russische Literatur und Nietzsche schwärmte.

»Er war ein Schuft, meiner Ansicht nach«, sagte Pawlow.

»Wie? Was haben Sie gesagt?«

»Ein Schuft«, wiederholte er. »Ein Hysteriker, der sich für genial hielt, kleinlich wie eine Frau, ein Lügner und Kartenspieler auf Kosten anderer Leute. Wenn er ein bisschen ansehnlicher gewesen wäre, hätte er sich von einer alten Kaufmannsfrau aushalten lassen.«

»Aber seine Literatur?«

»Das interessiert mich nicht«, sagte Pawlow, »ich habe keinen einzigen seiner Romane bis zum Ende gelesen. Sie haben mich gefragt, was ich von Dostojewski halte. Jeder Mensch hat eine Eigenschaft, die für ihn grundlegend ist, alles andere ist, na ja, Beiwerk. Und an Dostojewski ist die Hauptsache, dass er ein Schuft war.«

»Sie sagen Ungeheuerliches.«

»Ich denke, dass es gar nichts Ungeheuerliches gibt«, sagte Pawlow.

Ich ging am Fünfzehnten zu ihm, trank mit ihm Tee, dann kam ich auf den Selbstmord zu sprechen:

»Ihnen bleiben noch zehn Tage.«

»Ja, ungefähr. Also, was für Überlegungen wollen Sie anführen, um die Unzweckmäßigkeit einer solchen Tat zu beweisen? Sie können alles sagen, was Sie denken, Sie wissen ja, dass es nichts ändern wird.«

»Ja, das weiß ich. Aber ich würde gerne Ihre Argumente noch einmal hören.«

»Die sind außerordentlich schlicht«, sagte er. »Urteilen Sie selbst: Ich arbeite in der Fabrik und lebe ziemlich schlecht. An irgend etwas anderes ist überhaupt nicht zu denken. Einmal hatte ich eine Reise im Sinn, aber jetzt glaube ich, wenn sie meine Hoffnungen letztlich enttäuschen würde, wäre das für mich der allergrößte Schlag. Weiter. Kein einziger Mensch braucht mein Leben. Meine Mutter hat mich schon vergessen, für sie bin ich vor zehn Jahren gestorben. Meine Schwestern sind verheiratet und korrespondieren nicht mit mir. Mein Bruder, den Sie kennen, ein fünfundzwanzigjähriger Schafskopf, wird ohne mich auskommen. An Gott glaube ich nicht, ich liebe keine einzige Frau. Das Leben ist mir langweilig: Arbeiten und essen? Mich interessiert weder Politik noch Kunst, weder das Schicksal Russlands noch die Liebe – mir ist einfach langweilig. Eine Karriere werde ich nicht machen, auch würde mich eine Karriere nicht locken. Sagen Sie bitte, nach alledem – welchen Sinn hat es für mich, so zu leben? Ja, wenn ich mir noch etwas vormachte und meinte, ich hätte irgendein Talent. Aber ich weiß, dass ich keine Talente habe. Das ist alles.«

Er saß mir gegenüber und lächelte, und alles an seiner hochmütigen Miene schien zu sagen: Sehen Sie, was für schlichte Dinge das sind, zugleich habe ich es begriffen, Sie jedoch begreifen es nicht und werden es auch nie begreifen. Ich könnte nicht sagen, dass Pawlow mir leid tat, wie mir ein Kamerad leid getan hätte, dem ich vielleicht den Revolver aus der Hand gerissen hätte. Pawlow stand außerhalb jeglichen Bedauerns, er war gleichsam von einer Aura umgeben, durch die Gefühle anderer Menschen nicht dringen konnten, wie auch Lichtstrahlen nicht durch einen undurchsichtigen Schirm dringen; er war zu fern und zu kalt. Aber ich bedauerte, dass ein so wertvoller und teurer, ein so unersetzlicher menschlicher Mechanismus sich in kurzer Zeit nicht mehr bewegen und aus dem Leben verschwinden würde; und alle seine Vorzüge: Unermüdbarkeit, Kühnheit und fürchterliche Seelenstärke – all das würde sich in Luft auflösen und untergehen, da es keine Verwendung für sich gefunden hatte.

»Jetzt legen Sie dar, was Sie in dieser Hinsicht denken«, sagte Pawlow.

»Ich denke«, erwiderte ich, »dass Sie nicht recht haben, wenn Sie für alles eine logische Rechtfertigung suchen. Das ist tatsächlich Zeitverschwendung. Sie sagen, Ihnen sei langweilig und Ihr Dasein habe keinen Sinn. Wie können derart abstrakte Ideen Sie überhaupt zu irgendeiner Tat veranlassen, oder anders gesagt – ich halte dieses Problem für zweitrangig. Stellen Sie sich vor, dass ich vierzehn Stunden hintereinander arbeite, hundemüde bin und so hungrig, als hätte ich drei Tage nichts gegessen. Darauf gehe ich ins Restaurant, diniere ausgiebig, komme nach Hause, lege mich aufs Sofa und zünde mir eine Zigarette an. Wozu, Teufel noch mal, brauche ich einen Sinn?«

Er zuckte die Schultern.

»Oder noch etwas«, fuhr ich fort. »Stellen Sie sich vor, Sie haben ein Jahr lang ohne eine Frau gelebt. Das würde ich Ihnen gegenüber nicht erwähnen, wenn wir länger reden könnten, doch fehlt mir nun die Zeit, nach einem anderen Beispiel zu suchen. Sie haben ein Jahr lang ohne eine Frau gelebt – und da erringen Sie die Zuneigung eines jungen Mädchens, das Ihre Geliebte wird. Sollte es Sie auch dabei interessieren, welchen Sinn das hat?«

»Ach, das ist doch alles von kurzer Dauer«, sagte er.

Mich verwunderte, dass die rein körperliche Liebe zum Leben bei diesem Menschen so gar nicht ausgeprägt war. Wenn er ein kränklicher Jüngling gewesen wäre, hätte ich das noch verstanden. Aber er war ausgesprochen stark und kräftig; so konnte dieser Gedankengang höchstens erklären, warum er von vierzehn Stunden Arbeit nicht besonders müde wurde, erklärte aber nichts sonst. Weder Verzweiflung noch Enttäuschung, nichts dergleichen gab es bei Pawlow. Ich kannte diesen Menschen viele Jahre, kannte ihn besser als andere und kam zuletzt doch nur zu dem Schluss, vor mir sei ein geheimnisvolles Phänomen aufgetaucht und vorübergegangen, das zu erfassen ich weder Gedanken noch Worte in mir fand, nicht einmal ein intuitives Verständnis. Ich hätte mich damit zufriedengeben können, wenn ich mir gesagt hätte, Pawlow sei mit seinem Selbstmord für mich ebenso rätselhaft wie jene Tiere, die auf dem Meeresgrund leben und Pflanzen täuschend ähnlich sehen, wie ein nächtliches Geräusch unbekannter Herkunft und wie viele andere nichtmenschliche Phänomene. Aber ich konnte mich nicht damit abfinden.

»Gibt es irgend etwas auf der Welt, das Sie lieben?«, fragte ich. Ich erwartete eine abschlägige Antwort. Aber Pawlow sagte:

»Das gibt es.«

»Und was ist das?«

Mit einemmal kam er ins Reden. Ich weiß noch, wie merkwürdig mir seine Geständnisse an jenem Abend erschienen. Er sprach rückhaltlos, erwähnte schreckliche Einzelheiten, die mich zu anderen Zeiten abgestoßen hätten; damals jedoch kam mir alles natürlich vor – und ich konnte keinen Augenblick vergessen, dass Pawlow zum Tod verurteilt war und dass keine Macht ihn retten würde, auch seine Stimme, die nun tönte und vibrierte, würde ohne Widerhall verklingen, würde verstummen in diesem Körper, der eine Leiche sein wird. Er begann von weit her und erzählte mir die Geschichte seiner Kindheit, von den langen Jahren als

Dieb und der erstaunlichen Dachsjagd mit dem Revolver, und das in Russland, im Gouvernement Wladimir, erzählte von dem Flüsschen, dem Boot, mit dem er fuhr; und geradezu erregt schien er, als er von den Schwänen zu sprechen begann, die er die schönsten Vögel der Welt nannte. »Wissen Sie denn«, sagte er nun, »dass es in Australien schwarze Schwäne gibt? Zu einer bestimmten Jahreszeit tauchen sie zu Zehntausenden über den Binnenseen des Landes auf.« Und er sprach vom Himmel, der von mächtigen schwarzen Schwingen verdeckt sei: »Das ist eine andere Geschichte der Welt, das ist eine Möglichkeit, alles, was existiert, anders zu verstehen«, sagte er, »und das werde ich nun niemals erblicken.«

»Schwarze Schwäne!«, wiederholte er. »Wenn die Zeit der Liebe anbricht, beginnen die Schwäne zu rufen. Das Rufen fällt ihnen schwer, und damit es klarer und stärker klingt, legt der Schwan den Hals in seiner ganzen Länge aufs Wasser, dann hebt er den Kopf und ruft. Auf den Binnenseen Australiens! Diese Worte sind für mich schöner als Musik.«

Noch lange sprach er von Australien und den schwarzen Schwänen. Er wusste eine Menge über ihr Leben; er hatte alles gelesen, was über sie verfasst worden war, hatte Wochen mit der Übersetzung englischer und deutscher Texte zugebracht, in den Händen Wörterbuch und Notizblock. Australien war die einzige Illusion dieses Menschen. Darin vereinten sich alle Wünsche, die er jemals gehabt hatte, alle seine Träume und Hoffnungen. Mir schien, wenn er die ganze Kraft seiner Gefühle einzig in seinen Blick gelegt und die Augen auf jene Insel gerichtet hätte, so hätte das Wasser ringsum zu kochen begonnen; und in meiner Vorstellung erblickte ich dieses phantastische Bild, das ein Traum hätte sein können: Tausende schwarzer Schwingen, die den Himmel verdecken, und ein kalter, öder Abend an einer menschenleeren Küste, und davor kocht und wogt das Meer.

Ich saß fast bis zum Morgen bei ihm – und ging, sonderbar bedrückt. »Alles Gute«, sagte Pawlow zu mir. »Gute Nacht. Ich muss in einer Stunde in die Fabrik.«

»Wozu haben Sie das jetzt noch nötig?«, fragte ich gegen meinen Willen.

»Das Geld, das Geld. Ich kann es natürlich nicht mitnehmen, aber ich muss noch ein paar Leuten etwas zahlen. Es ist nicht gut, die Vorteile der eigenen Lage auszunützen.«

Ich schwieg.

»Eigentlich reise ich nach Australien«, sagte er.

Ich trat auf die Straße, es war Morgen, schon begann das alltägliche Leben; ich schaute auf die Menschen, die an mir vorüberfuhren und vorübergingen, und dachte, völlig entrückt, dass sie die allerwichtigsten Dinge niemals begreifen würden; an jenem Morgen war mir, als hätte ich sie gerade gehört und begriffen, und wenn dieses traurige Geheimnis allen offenbar würde, hätte mich das bekümmert und gekränkt. Wie stets im ersten Moment sah ich in allem, was mich umgab, etwas Unausdrückbares – in der Vitrine des Lichtspielhauses an der Ecke, in dem abgestellten Lastwagen mit den schräg stehenden Rädern, der irgendwie einem in unnatürlicher, verkrümmter Haltung erstarrten Menschen glich, in der Kräuterverkäuferin, die ihren Handkarren schob – in alledem sah ich eine unverständliche Bewegung und einen mir verborgenen Sinn, zu dem ich nicht gleich vordringen konnte. Doch anders als sonst hielten Gereiztheit und stummer Verdruss nicht lange an, denn im Vergleich zu dem, was ich gerade gehört hatte, wurde alles unwichtig und bedeutungsleer, zu einem bloß visuellen Ein-

druck – wie der Staub, der in der Ferne über der Straße auf-
wirbelte.

Am vierundzwanzigsten August brachte ich Pawlow die
hundertfünfzig Franken.

»Danke«, sagte er und gab mir die Hand.

Ich saß den ganzen Abend bei ihm, wir sprachen über
die unterschiedlichsten Dinge, die mit seinem Selbstmord
nichts zu tun hatten. Dass er vollkommen ruhig war, wunderte mich nicht; vielleicht war er zum ersten Mal in eine
Situation geraten, in der ihm seine unverbrauchte Geistes-
stärke zustatten kam – in solchen Situationen hätte er sein
ganzes Leben verbringen müssen. Er ging mit mir bis zum
Platz mit dem steinernen Löwen, dort verabschiedeten wir
uns. Ich drückte ihm fest die Hand; ich wusste, das war unsere letzte Begegnung.

»Auf Wiedersehen«, sagte ich aus Gewohnheit. »Auf Wiedersehen.«

»Alles Gute«, erwiderte Pawlow.

Ich ging, drehte mich öfters um. Als ich schon fast die
Mitte des Platzes erreicht hatte, hob ich den Arm, und zu
mir drang seine ruhige, lachende Stimme:

»Erinnern Sie sich irgendwann einmal an die schwarzen
Schwäne!«

Der Eiserne Lord

Einmal kam ich im Winter frühmorgens an den Pariser Halles vorbei, und das an einem der Tage, wenn der Marché aux fleurs stattfindet, der Blumenmarkt. Der nasse und verdreckte Asphalt war mit gleich großen Quadraten weißer, roter und gelber Blumen bedeckt, von denen unterschiedliche Gerüche ausgingen, vermengt mit dem besonderen Aroma eines feuchten Pariser Morgens. Soeben hatte ich die unsichtbare Wolke jener säuerlichen und übelriechenden, für die Halles typischen Luft hinter mir gelassen – eine Mischung aus fauligem Kohl, dem herben, am Gesicht geradezu klebenbleibenden Geruch von rohem Fleisch, von durchnässtem Gemüse, und alles durchsetzt von den widerwärtigen Ausdünstungen der alten und finsteren Häuser, in denen Kippenklauber, Lumpensammler, Hökerweiber und Fünf-Franken-Prostituierte wohnten, all diese Wesen, die nächtlichem Auswurf gleichen; und während ich das Viertel hinter mir ließ, konnte ich lange nicht die aufdringliche Empfindung loswerden, dass meine Kleider am Körper klebten, dass der Gestank mich noch immer verfolgte, obwohl bereits die Uferstraßen der Seine und die Place St. Michel anfingen, wo alles ein wenig reinlicher und besser war. Unbeweglich stand wässriger, blinder Nebel über der Stadt, durch den bald anschwellend, bald abschwellend eine vorbeikommende Straßenbahn, ein vorbeifahrendes Fuhrwerk mit hohen Rädern oder das Rauschen von Automobilreifen zu hören waren.

An jenem Tag, als ich am Marché aux fleurs vorbeikam,

fielen mir auch die zahllosen, auf dem Boden stehenden Rosen auf. Solange ich zurückdenken konnte, hatte ich noch nie solche Unmengen von Rosen gesehen. Hier schienen sie mir besonders fehl am Platz zu sein, wie sie eigentlich, ganz gleich wo, fehl am Platz sind, außer in dem Garten, wo sie wachsen – all diese kläglichen, verwelkenden Blumen in Restaurants, Geschäften oder Wohnungen oder in der Loge eines ältlichen Music-Hall-Stars, wo sie in so kränkender Nachbarschaft welken. Schön sind sie nur, wenn sie jemandes Tod begleiten.

Mir kam in den Sinn, dass ich schon einmal sehr viele Rosen gesehen hatte; und was ihrem Erscheinen vorausgegangen war, tauchte schlagartig in meinem Gedächtnis auf, so frisch und stark wie der Blumenduft.

Ich war damals acht Jahre alt; es geschah in einer Großstadt im Süden Russlands, in einem hohen, sechsstöckigen Haus, das einem Freund meines Vaters gehörte; das Haus stand am Stadtrand, unweit des Stadtparks; so eine breite und große, mit Villen bebaute Straße war das, gerade und hell; die riesigen Fenster gingen auf Gärten hinaus, und immer herrschte auf dieser Straße eine besondere, ein wenig feierliche Stille, als ob Häuser wie Menschen eine stille Achtung füreinander empfänden; viele Jahre später sah ich dann Ähnliches in der französischen Provinz. »Weit draußen wohnt ihr«, sagten die Bekannten zu meiner Mutter. – »Ist nun mal sehr schön hier«, erwiderte sie. Es war noch vor dem Krieg, zu jenen Zeiten war es auf dieser Straße wirklich schön und ging alles so ruhig, still und mühelos seinen Gang, als ob ein breiter und lichter Fluss langsam zwischen gleichförmigen Ufern dahinströmte – eine durch nichts abgelenkte, gleichmäßige und wie selbstvergessene Bewegung; so schwammen ganze lange Jahre vorbei, ohne

Erschütterungen, ohne Erregungen, mit den Märchen von Andersen im schweren, geprägten Buchumschlag, mit deutschen und französischen Lektionen: »Ein Esel war mit Salz beladen ... ein Kaufmann ritt einmal ... il fut une fois ...«[*], mit den langsamen und unsicheren Tonleitern, die meine fünfjährige Schwester spielte, zuvor auf den bis zum Anschlag hochgedrehten Klavierstuhl gesetzt; und so hoch vor dem Klavier sitzend, schaute sie bisweilen mit leicht verschreckten Kinderaugen um sich, bevor sie wieder mit einiger Anstrengung die Tasten drückte, die so zahlreichen, und alle bloß schwarz und weiß. Unten gab es einen Hof, auch er anders als andere Höfe, er war bestreut mit Kies, am Hofende gab es eine Hütte und in der Hütte einen riesigen weißen Hund, der nie losgebunden wurde, bloß nachts rannte er an einer besonders langen Kette durch den Hof; die endete an einer Rolle, und diese glitt über ein Drahtseil, gespannt in Menschenhöhe, gleichsam eine unglaubliche, lebendige Straßenbahn. Der Hund fraß knurrend von den Knochen, die ihm gebracht wurden, und wir alle waren damals überzeugt, er sei der größte Hund der Welt.

Wir hatten nicht sehr viele Bekannte, einige kannte ich gar nicht, mit einigen unterhielt ich mich, zum Beispiel mit *Madame Berger,* einer alten Französin, die vor zwanzig oder dreißig Jahren von der Rue de Provence in Paris geradewegs in die Erzbischofstraße dieser russischen Stadt gezogen war, und überhaupt war das die einzige und, glaube ich, letzte Reise in ihrem Leben gewesen. Sie war eine kleine, sehr lebhafte alte Dame, redete ungewöhnlich schnell, sodass ich sie nur mit Mühe verstand; auf Russisch konnte sie bloß ein paar Wörter, aber das spielte keine Rolle, denn von dem,

[*] es war einmal ... (Die ersten beiden Zitate im Original deutsch)

111

was sie von sich gab, war lediglich das Wort »choroscho«, »gut«, zu erkennen; alles andere war vollkommen unverständlich, und Wörter mit vielen Silben und wechselnden Betonungen konnte sie überhaupt nicht aussprechen. Sie fragte manchmal meine Mutter, wie dies oder jenes auf Russisch heiße; Mutter sagte es, sprach es besonders langsam aus; darauf kniff Madame Berger die Augen zusammen und versuchte, das Wort zu wiederholen, manchmal gelang ihr das auch, aber sie vergaß es sofort wieder. »Mein Gott«, sagte sie, »wieviel einfacher ist doch das Französische! Und wozu solche Schwierigkeiten?« Viele Jahre lang unterrichtete sie Französisch, aber dann hörte sie mit einemmal auf, ihren Schülern und Schülerinnen Grammatikregeln und Zeitenfolge beizubringen, sie schloss sich zwei Wochen in ihrer Wohnung ein und war nicht zu sehen; eines schönen Tages erschien an ihrer Tür dann ein weißes Kartonkärtchen, durch vier Reißnägel unter dem Metalltäfelchen mit ihrem Nachnamen befestigt: »Madame Berger, leçons de français«*, und hinzugefügt war: »voyante«**. Nun gab sie sich mit Wahrsagen ab. Sie erwarb sich auf diesem Gebiet ein außerordentlich hohes Renommee, und die Besucher kamen in solchen Mengen, dass sie mit dem Stundengeben bald ganz aufhörte. Sie prophezeite Reichtum, Liebe und Kummer; sogar mir weissagte sie, hielt meine Hand in ihren kleinen, trockenen Händen, und ich erinnere mich, sie sagte: »À l'âge de 14 ou 15 ans tu auras une désaventure«*** – und ich kannte dieses Wort nicht. Ihre Weissagung ging im übrigen in Erfüllung, wenn auch nicht so, wie sie sich das

* Madame Berger, Französisch-Stunden
** Hellseherin
*** Im Alter von 14 oder 15 wird dir ein Missgeschick widerfahren

wahrscheinlich vorgestellt hatte. Uns besuchte sie, um sich zu erholen, wie sie sagte, und sich ein wenig über Literatur zu unterhalten, für die sie eine Schwäche hegte; mir brachte sie bei, wie »mit Gefühl« die »Zerschlagene Vase« von Sully Proudhomme vorzutragen wäre, die konnte ich lange noch auswendig; gelernt hatte ich sie zur selben Zeit wie das Lied, das damals unsere Köchin sang, mit verträumten blauen Augen im feuerroten Gesicht: »Durch die wilden Steppen Transbaikaliens, wo nach Gold in den Bergen man gräbt …« – »Dort gibt es Steppen, und Berge auch?«, fragte ich sie. »Alles«, antwortete sie.

Dann tauchte Wassili Nikolajewitsch auf, ein guter Bekannter meines Vaters, Jurist und Mathematiker, ein hochgewachsener Mann um die vierzig, der stets nur mit den Augen lachte und ungewöhnlich reinlich war. Alles an ihm, vom Kopf bis zu den Füßen, war verblüffend reinlich, angefangen vom Krägelchen, weiß wie Zucker, bis hin zu den Stiefeln, die blitzten wie ein Spiegel. Seine Haare lagen eins neben dem anderen, besonders sorgfältig und ordentlich; rund dreihundert hatte er noch, seiner Berechnung nach, wie er einmal zu seiner Frau sagte, als die anmerkte, bald sei er völlig kahl: »Nein, mir sind noch rund dreihundert Haare geblieben.« Er dachte nach und fügte hinzu: »Ich glaube, sogar noch ein paar mehr.«

Sie hatten eine Tochter, eine junge Dame von ungefähr neunzehn, und über Wassili Nikolajewitschs Familienleben waren die unglaublichsten Gerüchte in Umlauf; jedenfalls war offensichtlich, dass da nicht alles zum besten stand. Er war sehr beherrscht, stets höflich gegenüber seiner Frau, einer rührseligen und ungewöhnlich reizbaren Frau, für die Gelassenheit etwas völlig Fremdes war, so untypisch wie das Sehen für einen Blinden. Wenn sie ein Buch gelesen hatte –

was nicht allzu häufig vorkam, denn ihr Innenleben, das auf den ersten Blick aus lauter Belanglosigkeiten bestand, hielt sie derart in Atem, dass sie zum Lesen keine Zeit hatte –, so war das Buch unbedingt erstaunlich oder erschütternd oder absolut widerwärtig, alles kam in Superlativen daher. Sie hatte eine wunderschöne Stimme, missbrauchte aber deren reiche Intonationen, und in einem gewöhnlichen Gespräch war von ihr unbedingt sowohl ein hoher und jammernder Tonfall wie auch ein tragisches halbes Flüstern mit pfeifendem und zischendem »s« und »sch« zu hören und sogar etwas, das entfernt an Bassnoten erinnerte, aber besonders nach Moll klang, wie die gedämpften Töne einer Kirchenorgel, die vergessen hatte, rechtzeitig innezuhalten. Das nichtigste Ereignis rief bei ihr regelrecht einen Gefühlssturm hervor, der sich sogleich als rein lautliches Phänomen äußerte, wie ihr Mann das nannte. Sie schrie, biss sich in die Hände, Blut schwappte ihr in die Augen – sonderbar und hilflos klang daneben die Stimme ihres Mannes, gleichsam wie schüchterne Geigenklänge in einem gigantischen Blasorchester, was seine Traurigkeit und Hoffnungslosigkeit besonders unterstrich. »Nicht doch, meine Liebe, beruhige dich …« – »Nein«, schrie sie, »das will ich nicht, alle sollen es wissen!« Und sie fing an, sich die Kleider zu zerreißen, und Wassili Nikolajewitsch hielt ihr die Hände fest. Einmal kam sie frühmorgens zu uns; ihre schwarzen, bedrohlichen Haare waren ungekämmt, die Augen rot, sie hatte so etwas wie einen Morgenrock übergeworfen; sie trat ins Wohnzimmer, fiel – fiel buchstäblich – in einen Sessel und blieb reglos liegen, bis man sie fragte, was sie habe. Sie hob die roten Augen zur Decke und sagte fast tonlos:

»Nichts. Er ist tot.«

»Wer?«

»Lord.«

Lord war der alte, ungewöhnlich kluge und ungewöhnlich träge Pointer ihres Mannes. Schon lange wurde er nicht mehr zur Jagd mitgenommen, er war um die zwanzig Jahre alt. Ich erinnere mich an seinen riesigen, unbeweglichen Kopf – er lag stets auf dem Teppich, den Kopf auf den Pfoten –, an seinen dicklichen Körper mit den verfetteten Muskeln und an die fast menschlichen, traurig-spöttischen Augen. Er bellte nicht einmal mehr, knurrte bloß manchmal dumpf, bewegte sich überhaupt nicht, nur sein Schwanz regte sich ein paarmal im Lauf des Tages. Zweimal am Tag verließ er seinen Platz und ging hinaus auf den Hof, einmal sah ich ihn sogar vor dem Tor; das war im frühen Frühjahr, in der Saison der »Hundehochzeiten«; durch die Straße rannte eine mittelgroße Hündin von seltsamer Rasse, eine Art Mischling aus Pudel und Windspiel, und ihr folgten fünf oder sechs Rüden unterschiedlicher Größe, die nach einander schnappten; ein riesiger schwarzer Hund rannte vor den anderen. Lord stand an der Pforte, den Kopf tief gesenkt, als setzte er zum Sprung oder Lauf an, dann drehte er um und ging langsam ins Haus. »Tja, alter Freund«, sagte halb spöttisch, halb respektvoll Wassili Nikolajewitsch zu ihm, »geh schlafen. Das ist nichts mehr für uns.« In der Jugend war Lord stark und unermüdlich gewesen, Eiserner Lord wurde er genannt; nach Wassili Nikolajewischs Worten war er der beste Hund, den er in seinem ganzen Leben zu Gesicht bekommen hatte; seine körperlichen Eigenschaften gingen mit ungewöhnlichem Verstand und außerordentlicher Tapferkeit einher; einmal verbiss er sich in den Hals eines Reitpferds, das mit Jelena Wlassjewna, der Ehefrau Wassili Nikolajewitschs, durchgegangen war, und nach ihren Worten »hat er natürlich sein eigenes Leben aufs

Spiel gesetzt, um meines zu retten – und das völlig umsonst«, fügte sie sogleich hinzu, »denn wenn der arme Eiserne Lord gewusst hätte, dass es aus einer ununterbrochenen Kette solch zermürbenden und unendlichen Leidens bestehen würde, hätte er diese Tat nicht vollbracht«. Wenngleich Lord sehr alt, schwach und hilflos war, wenngleich sein jeder körperlichen Anstrengung entwöhnter, nun fülliger Körper seine klaren Formen verloren hatte, wenngleich die Pfoten bei seinem unsicheren Gang umknickten, trotzdem ließ schon ein einziger Blick auf ihn verständlich werden, weshalb der Hund Eiserner Lord genannt worden war; wie auch ein jeder Mensch hatte er etwas schwer zu Fassendes, das ihm trotz allem geblieben war.

Drei Tage lag der Eiserne Lord im Sterben. Er aß nicht, trank nicht, bewegte sich nicht von seinem Platz, zuckte nur ab und zu krampfhaft; Wassili Nikolajewitsch trat zu ihm und streichelte ihn, und Lord, bereits nicht mehr fähig, den Kopf zu heben, folgte Wassili Nikolajewitsch nur mit den Augen. Und Wassili Nikolajewitsch, der so penibel, so unerbittlich reinlich war, legte sich in seinem gebügelten Anzug neben Lord auf den staubigen Teppich und redete mit ihm, und er sagte so seltsame, vollkommen überraschende Dinge: »Wir sterben, Eiserner Lord«, sagte er. »Warte noch ein bisschen, ja? Kannst du nicht? Ich warte noch, Lord, Sterben muss nicht sein. Du warst so stark, Lord. Erinnerst du dich an den Wolf im Gouvernement Twer? Und erinnerst du dich an Sibirien? Du bist mein allerältester und allerbester Kamerad, Lord. Warte noch, Lord, geh noch nicht.«

Und er verbrachte ganze Stunden mit dem Hund. Am Abend vor dem Tod des Eisernen Lords war Wassili Nikolajewitsch bei uns zu Besuch, aber er blieb nicht lange und sagte nur ein paar Worte, die übrige Zeit schwieg er und blickte unbeweglich in sein Glas mit dem abgekühlten Tee. »Was ist mit Ihnen, Wassili Nikolajewitsch?« – »Entschuldigen Sie, ich muss gehen: Lord liegt im Sterben.«

Spätabends, als Wassili Nikolajewitsch sich in sein Kabinett zurückgezogen hatte und Jelena Wlassjewna noch nicht heimgekommen war, unternahm der Eiserne Lord eine ungeheure Anstrengung und erhob sich von seinem Platz, fiel aber sogleich wieder um. Dann kroch er langsam zur Tür, schaffte sich hinaus auf den Hof, verkroch sich im finstersten Winkel des Schuppens, und frühmorgens fanden, nach langem Suchen, Wassili Nikolajewitsch und Jelena Wlassjewna seinen unbeweglichen Körper mit gläsernen gelben Augen. Der Eiserne Lord war tot.

Diesen ganzen Morgen verbrachte Jelena Wlassjewna bei uns und sprach von Lord, dabei klang es, als hätte Lord im Grunde sein ganzes Leben nur für Jelena Wlassjewna gelebt, während sie wiederum ihre gesamte Freizeit der Sorge um Lord gewidmet habe – was nicht im geringsten der Realität entsprach. Aber Lords Tod war lediglich ein Anlass für einen weiteren Monolog Jelena Wlassjewnas, der mit Hysterie, Tränen, Schluchzen endete, also wieder einer Katastrophe, einer jener Katastrophen, deren ungewöhnliche Besonderheit darin bestand, dass sie, auch wenn alle, die Jelena Wlassjewna kannten, seit Jahren daran gewöhnt waren, trotzdem jedesmal den Eindruck von etwas Neuem und, im Vergleich zum Bisherigen, auf andere Weise Tragischem hervorriefen. Die Katastrophen wiederholten sich fast täglich, und irgendwer sagte sogar einst zu Wassili Nikolajewitsch, seiner ausdauernden christlichen Geduld wegen sei ihm schon lange ein Platz im Paradies sicher.

Eigentlich wirkte es völlig unverständlich, welche Gründe es für Jelena Wlassjewnas »ununterbrochene Kette solch zermürbenden und unendlichen Leidens« geben könnte, denn jedesmal wenn sich der Anlass für ihre jüngste Hysterie klärte, erwies er sich als derart belanglos, dass sich darüber gar nicht zu reden lohnte. Mal stellte sich heraus, dass das Dienstmädchen ein Taschentuch Jelena Wlassjewnas mit den Initialen M. A. versengt hatte, und das hatte ihr, so zeigte sich, vor zwanzig Jahren ein früh verstorbener Dichter geschenkt, an dessen purer Existenz schon größte Zweifel angebracht waren; geschenkt hatte er ihr das Taschentuch und die Buchstaben M. A. darauf angebracht, damit es für Uneingeweihte unverständlich wäre, denn das sollte Mon Amour heißen, und ihn hätte Jelena Wlassjewna auch eigentlich heiraten sollen, weil er reich, schön und sogar berühmt war – was nun schon völlig unglaubhaft erschien –, und mit ihm hätte Jelena Wlassjewna natürlich glücklich sein können, genauso wie er mit ihr. »Aber er ist doch gestorben.« – »Wenn er mich geheiratet hätte, wäre er nicht gestorben«, sagte Jelena Wlassjewna, und so blieb nur die Vermutung, eine Heirat mit dem geheimnisvollen und berühmten Dichter hätte diesem die Möglichkeit eines derart glanzvollen, derart ungeheuerlichen Glücks beschert, dass sogar der Tod davor zurückgewichen wäre, oder der Dichter hätte jedenfalls alle Anstrengungen unternommen, um nicht zu sterben und sich dieses Glücks nicht zu berauben. Aber letzten Endes war er doch gestorben – und irgendwer vermutete sogar, eigentlich habe Wassili Nikolajewitsch ja allen Anlass, diesen Menschen um sein Geschick zu beneiden, mit dem er wohl gerne getauscht hätte, insbesondere, wenn sein gesamtes Verhältnis zu Jelena Wlassjewna sich auf das Geschenk eines einzigen Taschentuchs mit den Buchstaben M. A. beschränkt haben sollte, dazu sein früher Tod, der ihn unzweifelhaft und endgültig vor der Anschauung der endlosen Kette von Jelena Wlassjewnas Leiden und überhaupt vor jenem glanzvollen Glück beschirmt hätte, von dem die Rede war.

Ein andermal zeigte sich, dass zu Wassili Nikolajewitsch in Kürze für zwei Tage eine reiche Tante zu Besuch kommen sollte, eine Weltreisende, und dass Jelena Wlassjewna für diese Zeit sogar »jenes elementaren Komforts, den sie sich zu schaffen gewusst hatte«, beraubt wäre, und an diesem Satz war nun absolut alles, von Anfang bis Ende, nicht zutreffend – angefangen davon, dass Wassili Nikolajewitschs gesamte, riesige Wohnung Jelena Wlassjewna gehörte, er selbst hatte nur das kleine Kabinett, die übrigen Zimmer waren: Jelena Wlassjewnas gelbes Boudoir, Jelena Wlassjewnas blaues Boudoir, ihr rotes Boudoir usw.; und bis hin dazu, dass diesen gesamten elementaren Komfort Wassili Nikolajewitsch geschaffen hatte und Jelena Wlassjewnas Beteiligung daran vielleicht aus vier Hysterien bestand. Die Ankunft der Tante war im übrigen tatsächlich eine Belastung, denn sie war eine raumgreifende Frau mit Koffern – eine auf ihre Weise sehr russische und sehr bemerkenswerte Frau. Sie war in Kaluga zur Welt gekommen, hatte von klein auf vom Reisen geträumt, und als sie einundzwanzig wurde und ihr Vater, ein überaus reicher Mann, ihr einen Teil seiner Einkünfte überließ, packte sie sofort ihre Sachen und reiste ab. Von da an hielt sie nie mehr inne. Ab und zu kamen Briefe von ihr aus Bombay oder Paris, aus Singapur, Brüssel, London oder San Francisco; zwei Jahre später erfuhr ihr Vater, wieder aus Briefen, sie habe in Glasgow einen Schotten geheiratet, einen ehemaligen Pastor, der »in die Welt zurückgekehrt war«; aber der ehemalige Pastor hielt das unablässige gemeinsame Reisen nicht aus und starb eines Tages in Baltimore, wonach zwei Briefe mit Trauerrand eintrafen sowie die Fotografie eines grandiosen Grabs mit einem gigantischen Grabstein aus Marmor und einer langen Inschrift, halb auf Englisch, halb auf Latein, und bloß unten waren zwei Worte auf Russisch angefügt: »спи спокой-но«, »schlaf wohl«, quasi ein spöttischer Gute-Nacht-Gruß für diese nun zweifellos letzte Reise des ehemaligen Pastors; zu allem Überfluss hatte der betreffende Marmorsteinmetz, aufgrund seiner offenbar ungenügenden Vertrautheit mit dem russischen Alphabet, statt eines »п« ein »н« eingesetzt, sodass ein unverständliches »сни спокойно« dort stand; im übrigen hatte er vielleicht auch das Wesen der russischen Witwe durchschaut und dank dieser Erkenntnis begriffen, dass sie nie zurückkehren und ihm nie irgendwelche Reklamationen präsentieren würde. Und die Tante reiste weiter, und erneut kamen Briefe, mal aus dem innersten Afrika mit dem Datum »11. November« und dem Ort »ein Negerdorf«, ohne Namen, »300 Kilometer von der Küste des Ozeans entfernt«, mal aus Berlin, aus dem Hotel Belvedere, mal vom Yukon-See, mal aus Madrid. Ungefähr einmal in zwei Jahren kam ein längerer Brief mit Zitaten, vorwiegend von spanischen Lyrikern, dazu der Satz: »ich habe einen Mann geliebt, aber er war dann nicht der, für den ich ihn gehalten hatte«, darauf kam nach vielleicht sechs Jahren ein Brief mit der Nachricht, die Tante habe den portugiesischen Konsul in Melbourne geheiratet. Sie verbrachte mit ihrem Mann sogar rund drei Wochen, reiste dann jedoch erneut ab, da sie beabsichtigte, ein paar Tage »in jenem Teil Westspaniens« zu verbringen, »den wir so schlecht kennen, der jedoch Calderón inspiriert hat und wohin ich schon so lange zu fahren beabsichtige«. Schließlich, nach zwölf Jahren des Reisens, kam sie, auf dem Weg nach Japan, durch Russland und verbrachte drei Tage in Kaluga, im Haus ihres Vaters.

Achtzehn Koffer hatte sie dabei, mit Büchern, Kleidern, Faltzelten, Negergötzen, Amuletten, einer kleinen Waage, wie sie auch in Lebensmittelläden zu finden ist – für den Tauschhandel mit Eingeborenen, die mit Papiergeld nicht umzugehen wissen, erklärte sie –, mit dem Ehrendoktordiplom einer bolivianischen Universität, mit zahlreichen Fotografien der verschiedensten Ruinen und kambodschanischen Tempel und mit einem schrecklich klackenden Winchester-Gewehr und großkalibrigen Revolvern; es fehlten bloß noch ein paar Skalpe, wie ihr Vater sagte. Die Tante sprach flüssig alle Sprachen, sogar Russisch; im übrigen musste sie dann und wann nachdenken, wenn sie nach dem nötigen Wort suchte und es ihr einfach nicht einfallen wollte; wie es auf Spanisch hieß, wusste sie bestens, sogar, wie in dem Dialekt irgendwelcher silberhaariger Neger, von denen in ganz Kaluga kein Mensch je gehört hatte, aber auf Russisch fiel es ihr nicht ein; freilich passierte ihr das selten, denn sie hatte ein erstaunliches Gedächtnis.

Die Biographie dieser Frau verfügte jedoch, bei all ihrer Sonderbarkeit und Unangepasstheit, über den unbezweifelbaren Vorzug, dass sie niemandes Interessen verletzte und lediglich der Tante das eigene Leben erschwerte; Jelena Wlassjewnas Existenz hingegen, die nur zwei Ereignisse umfasste, die Heirat und die Geburt der Tochter, belastete das Leben einiger Menschen und ließ rings um sich eine solche Unmenge überflüssiger und unnützer Gefühle entstehen, wie all die zahllosen Reisen von Wassili Nikolajewitschs Tante sie nicht hervorrufen konnten; während ihres Aufenthalts zog Jelena Wlassjewna demonstrativ in ein Hotel um, wofür absolut keine Notwendigkeit bestand.

Ein andermal wieder war einer der Bewohner von Jelena Wlassjewnas Aquarium oder Terrarium, ein Goldfischchen oder ein Molch oder eine Eidechse, verschwunden oder krepiert; drauf fingen erneut die Szenen an, es hieß, dass das Leben eines kleinen Wesens nicht weniger wert sei als ein Menschenleben, dass sogar dies Jelena Wlassjewna zum Leiden verdamme – dabei lag die Schuld in dem Fall bei Jelena Wlassjewna, weil sie sich um ihre Fische und Molche sehr wenig kümmerte, und wenn viele von ihnen ziemlich lange lebten, so war das nur mit dem allgemeinen Umstand zu erklären, dass kaltblütige Tiere lange Zeit ohne Nahrung auskommen können. Die Worte, in die Jelena Wlassjewna ihre endlosen Gemütsbewegungen kleidete, frappierten stets durch ihren hohen Ton. Ihr wichtigstes Wort, das tatsächlich in unzähligen Kombinationen auftauchte, war das Wort »Leiden«. Sie konnte sagen: »Ich fühlte mich so wohl, dass ich davon sogar zu leiden begann.« Drauf folgten die Wörter »Heldentat«, »Opfer«, »das ganze Leben«, »im Namen der Liebe«, »im Namen der Pflicht«; dann wieder »Leiden«; danach »Gefühl«, »unendlicher Schmerz«, »unerträglicher Schmerz«, »Qualen«, »Schwermut« sowie sämtliche Ableitungen von diesen Wörtern, alle Verbformen, alle Adjektive, Substantive, Partizipien, Adverbien und überhaupt alles, was die russische Grammatik an Reichtümern aufzuweisen hat.

Es blieb nur unverständlich und unerklärlich, weshalb Wassili Nikolajewitsch weiterhin mit Jelena Wlassjewna zusammenlebte. Er war reich genug, um ihr eine völlig sorgenfreie Existenz zu sichern; doch ohne irgendwelche Zeichen von Verehrung oder gar Liebe zu Jelena Wlassjewna erkennen zu lassen, blieb er trotzdem bei ihr und ertrug Tag um Tag, schweigend und demütig, all diese endlosen Katastrophen. Was hielt ihn neben dieser Frau? Schön war sie freilich, besonders, wenn ihr Gesicht nicht durch krampfhafte

Grimassen verunstaltet oder Augen und Nase nicht vom langen Weinen geschwollen waren; jedoch war augenfällig, dass ihre Schönheit ihn gleichgültig ließ. Sie hatte ziemlich viele Verehrer; aber keiner von ihnen, kein einziger, konnte ihr Gerede aushalten, sei es auch nur für eine Stunde, dabei redete sie gewöhnlich ohne Unterlass und immer über Heldentaten und große Qualen. Letztendlich blieb sie allein, Wassili Nikolajewitsch ging aus dem Haus, oft für den ganzen Tag, unter Verweis auf erfundene Geschäfte, die Tochter verbrachte den größten Teil des Jahres bei den Großeltern und fuhr nur selten nach Haus; sie war ein sehr kluges, unabhängiges und stolzes junges Mädchen und konnte ihre Mutter überhaupt nicht ertragen – im gleichen Maß, wie sie den Vater liebte. Und Jelena Wlassjewna blieb in der leeren Wohnung allein mit ihrem Leiden und ihren Tränen und ging mal ans Lesen – lange lesen konnte sie aber nicht, dazu war sie zu nervös –, mal rief sie das Dienstmädchen und machte ihr Szenen, wie sie auch ihrem Mann Szenen machte; schließlich legte sie sich, entkräftet und schon morgens für den Rest des Tages müde, aufs Sofa und lag sehr lange, den Blick auf Wand oder Decke gerichtet. Doch gab es auch bei ihr etwas Unausgesprochenes. Es war nicht zu verstehen, weshalb etwas völlig Belangloses bei ihr eine seelische Erschütterung hervorrufen konnte; und der Gedanke lag nahe, dass etwas tatsächlich sehr Wichtiges alledem vorausgegangen war, vielleicht das dritte Ereignis in ihrem Leben, von dem sie jedoch niemals sprach.

Es war in den ersten Novembertagen, als Wassili Nikolajewitsch einmal zu uns kam und, irgendwie genant und ungewohnt grinsend, meine Mutter fragte:

»Sagen Sie, können Sie gut rechnen?«

»Nein, in Mathematik war ich nie besonders stark. Aber

was zum Beispiel die vier Grundrechnungsarten angeht, die schaffe ich, wie alle Menschen auf der Welt.«

»Könnten Sie für mich diese Zahlen zusammenzählen?«

Und er reichte ihr einen Zettel, auf dem stand:

11

124

335

14 015

29

7

3572

0

10 002

789

987

»Natürlich.«

Sie rechnete zusammen und sagte:

»Das ergibt 29 871.«

Er lächelte genauso, dann verfinsterte sich seine Miene.

»Bei mir kam 17 690 heraus. Dabei habe ich Mathematik studiert. Ich danke Ihnen.«

Und er drehte sich um, wollte gehen, dann hielt er kurz inne und fügte hinzu:

»Ich habe das elfmal zusammengezählt, und jedesmal kam ein anderes Ergebnis heraus, immer unterschiedlich.«

Und als spräche er mit sich selbst, sagte er noch:

»Kann man sich eigentlich so irren?«

Dann blieb er erneut stehen, als könnte er sich nicht zum Gehen entschließen, verabschiedete sich endlich, sagte »Alles Gute!« und ging. Ich öffnete ihm die Tür, die Treppe dahinter war breit. Wassili Nikolajewitsch umfasste mein Gesicht mit seiner großen Hand, sah mir unverwandt in die

Augen, sodass es mir ein wenig gruselte, danach gab er einen sonderbaren Laut von sich, etwas wie Schluckauf, und stieg dann langsam die Treppe hinunter.

Ein Stockwerk tiefer blieb er auf dem Treppenabsatz stehen. »Leb wohl, Kolja«, sagte er.

»Auf Wiedersehen, Wassili Nikolajewitsch.«

»Leb wohl, mein Junge. Erinnerst du dich an den Eisernen Lord?«

»Aber ja, Wassili Nikolajewitsch.«

»Sag Papa einen Gruß. Leb wohl.«

Um drei Uhr nachts klingelte es an unserer Wohnung. Ich hatte in jener Nacht von kleinen Soldaten geträumt, die ein langes Roggenfeld durchquerten, unsichtbar zwischen den Ähren; vorneweg schritt ein Trommler mit einer kleinen silbernen Trommel; seitwärts verharrte, vorstehend, der Eiserne Lord, auch die auf unerklärliche Weise sichtbar gewordenen Zehn Gebote waren dort und irgendwelche Indianer; ich konnte aus diesem komplizierten Traum nicht klug werden und wachte auf und hörte sogleich die Klingel. Alles schlief; das Kinderzimmer lag der Wohnungstür am nächsten, so ging ich die Tür öffnen, ohne etwas anzuziehen. Auf der Schwelle stand Jelena Wlassjewna, ungewöhnlich ruhig, in einem Abendkleid mit Dekolleté.

»Schläft die Mama?«

»Ich glaube, ja«, sagte ich.

Aber Mutter war schon erwacht, kam in den Flur und sagte:

»Was ist passiert, Jelena Wlassjewna? Kolja, geh schlafen. Weißt du denn nicht, dass man nicht nackt herumläuft?«

»Jetzt ist doch Nacht.«

»Auch nachts nicht. Geh schlafen.«

Jelena Wlassjewna war gekommen, weil Wassili Nikolajewitsch morgens aus dem Haus gegangen und bislang nicht zurückgekehrt war. Er hätte zum Abendessen kommen und danach sich ins Theater begeben sollen, aber er erschien weder zu Hause noch im Theater, und Jelena Wlassjewna verbrachte den Abend allein in der Loge, in Erwartung ihres Mannes, der nicht kam. Sie blieb bei uns, es verging ein weiterer Tag, und erst am nächsten Morgen öffnete das Dienstmädchen die Tür vor einem hochgewachsenen und ungewöhnlich stattlichen Mann in einem bis oben zugeknöpften schwarzen Mantel und mit straffen, leicht knisternden Handschuhen. Er fragte, ob Jelena Wlassjewna sich hier befinde. Meine Mutter ging an ihrer Stelle hinaus. Er verneigte sich tief und sagte:

»Sie sind Jelena Wlassjewna Smirnowa?«

»Nein, Jelena Wlassjewna fühlt sich nicht wohl.«

»Sie geben mir Ihr Ehrenwort, dass Sie nicht Jelena Wlassjewna Smirnowa sind?«

Die Mutter schaute ihn an, jenes hochmütige Befremden im Blick, das auch die dreistesten Menschen die Fassung verlieren ließ.

»Ich bitte um Verzeihung«, sagte der Ankömmling respektvoll, »aber die Sache ist die, dass dies von außerordentlicher Bedeutung ist. Andernfalls hätte ich mir nicht erlaubt, Ihnen die Frage zu stellen, auf die Sie schon zu antworten geruhten.«

»Mein Ehrenwort«, sagte meine Mutter.

Er seufzte.

»Ich war zusammen mit Wassili Nikolajewitsch im Gymnasium und auf der Universität, und seit damals habe ich ihn nie mehr gesehen und hatte auch nicht das Vergnügen, seine Frau zu kennen. Ja, und die Sache ist die, dass Wassili Nikolajewitsch sich in der Nacht auf den 12. November in der Nähe des Karpow-Gartens vor den Zug geworfen hat. Ich habe alles Notwendige erledigt, die Beerdigung ist morgen.«

Und am nächsten Tag erblickte ich Wassili Nikolajewitschs Leichnam im Sarg, von Kopf bis Fuß bedeckt mit riesigen Rosen – ganz wie jene, die auf dem Pariser Asphalt in den Halles standen, erst vor kurzem, als ich frühmorgens dort vorbeiging. Wassili Nikolajewitsch wurde beerdigt. Jelena Wlassjewna sagte nichts und weinte nicht – und dann, schon ein paar Monate nach dem Tod ihres Mannes, wurde sie zu einem anderen Menschen, ohne Szenen, ohne Hysterien, ohne Katastrophen, und erwies sich als eine liebe und nicht dumme Frau, die noch schöner wurde, als wäre sie, nach so vielen Jahren eines schweren Lebens, neu erblüht.

Ich hätte auch niemals erfahren, was der Grund für diesen überraschenden Selbstmord wie auch für jenes Leben war, das sich damals vor uns abgespielt hatte, wenn ich nicht lange Zeit danach vollkommen zufällig vom Inhalt eines umfangreichen Briefes erfahren hätte, von Wassili Nikolajewitsch mit der Bitte hinterlassen, ihn zehn Jahre nach seinem Tod zu öffnen. Es war eigentlich kein Brief, sondern ein dicker Stapel akkurat mit gleichmäßigen Buchstaben beschrifteter weißer Blätter, auf denen in exakter und trockener Sprache sämtliche Ereignisse dargestellt waren, durchaus mit gewissen Spuren eines rein juristischen Stils, aber völlig ohne die klischeehaften Metaphern, die den Artikel eines Advokaten oder Politikers vom Artikel oder Brief eines gewöhnlichen Menschen unterscheiden. »Infolge höchst seltsamerweise eingetretener Umstände privater und in gewissem Sinne auch persönlicher Art war ich gezwungen, in Abweichung von den ursprünglichen dogmatischen Impulsen …« – solche Sätze waren selten anzutreffen, meistens las man normale menschliche Sprache, die Sprache eines starken und redlichen Menschen, der sein Leben mühselig zugebracht hatte.

Wassili Nikolajewitsch hatte Jelena Wlassjewna kennengelernt, als er Student im dritten Studienjahr war; und da es weder von der einen noch der anderen Seite Gründe gab, die einer Ehe im Wege gewesen wären, heiratete er sie bald und war vollkommen glücklich. »Wer meine Frau in den letzten Jahren unseres Ehelebens oder, genauer gesagt, unseres Nichtehelebens kannte«, schrieb Wassili Nikolajewitsch, »bekam von ihr eine völlig verkehrte Vorstellung.« Und weiter: »Am Tag meiner Eheschließung mit Jelena war der Eiserne Lord ein Jahr alt.« Der Eiserne Lord nahm in Wassili Nikolajewitschs Brief viel Raum ein. Er begleitete Wassili Nikolajewitsch und seine Frau auf ihrer Hochzeitsreise, die nicht ins Ausland führte, zu fremden Ländern und fremden Sprachen, sondern in »unser wunderbares Sibirien«. »Wir waren an Amur und Irtysch, in dem großartigen Land, wo ich gerne mein Leben abgeschlossen hätte, bloß nicht so, nicht schändlich und überraschend, wie ich in allernächster Zeit gezwungen sein werde, es abzuschließen.« Zu Pferd legten sie einige hundert Werst zurück, und hinter den Pferden rannte, mal sie überholend, mal zurückfallend, der unermüdliche Lord; sie schliefen in frischem Heu, und Wassili Nikolajewitsch schrieb, trotz seines langen Lebens habe er nichts Vergleichbares kennengelernt, nichts, was auch nur entfernt an jenes nicht wiederzugebende Gefühl erinnert hätte, das nur die wenigen kennen, die mit aller Kraft eine Frau lieben und verstehen, was es heißt, mit der geliebten Frau im Wald zu schlafen oder am Rand eines Dorfes in tiefer Sommernacht, unweit der dunkel schimmernden Wasser eines riesigen Flusses. »Der Eiscrne Lord war bei uns.« »Das lässt sich nicht wiedergeben, und das kommt wahrscheinlich nur einmal im Leben vor« – in jener glücklichen Zeit, wenn, wie Wassili Nikolajewitsch meinte, jeder Muskel des menschlichen Körpers sich leicht jeder Bewegung anpasst, wenn alles geschmeidig ist, stark und jung und wenn eine Frau zwanzig ist, »wenn du weißt, dass Magen, Lunge und Herz bloß im Anatomieatlas existieren, du aber spürst sie nie«. Trotz einiger rein stilistischer Mängel in Wassili Nikolajewitschs Beschreibungen fühlte ich sofort, von was für einer riesigen, frischen Kraft sein damaliges, so glückliches Leben erfüllt war. Die sibirischen Flüsse, die sibirischen Weiten, das war es, was auch mein Vater so geliebt hatte, ich kannte sie aus seinen Erzählungen und den Erzählungen von Mutter und Kinderfrau, weshalb ich bei der Lektüre von Wassili Nikolajewitschs Beschreibung dieser Lebenszeit quasi mit ihm durch ein vertrautes Land reiste, wo mir all die mächtigen, nur in Sibirien möglichen Flusskehren, der leichte und gleichsam lässige, aber nicht welkende Geruch, eine Mischung aus Gras, Blumen und Erde, bekannt waren; dazu der gleichmäßige Lauf des Pferdes, das Bellen des Eisernen Lords, der sich, den rasch voranhuschenden Pferdebeinen nach, für den nächsten Sprung zum Boden duckte, dazu die lachenden, ungewöhnlich großen Augen Jelena Wlassjewnas und die sämige kalte Milch zum kräftig mit Salz bestreuten Schwarzbrot.

Dann folgte eine Beschreibung des Lebens in Petersburg, der Restaurants und Cabarets, die sie oft besuchten, der Umzug in eine Gouvernementsstadt in Mittelrussland, die Arbeit bei Gericht und Jelena Wlassjewnas Schwangerschaft, die beschrieben war bis in die kleinsten Einzelheiten und mit Erörterungen, die aufzuschreiben vielleicht nur für einen Menschen nicht peinlich war, der wusste, erst zehn

Jahre nach seinem Tod würde das gelesen werden – Erörterungen, wann und wie, unter welchen Umständen, die Zeugung hatte stattfinden können und wann Jelena zum ersten Mal gespürt hatte, dass sie ein Kind bekäme. All das war ausgeführt in Formulierungen, die eine seltsame Mischung aus Vulgarität und Zärtlichkeit bildeten, aber die Zärtlichkeit war so stark und augenfällig, dass die Wörter, die zunächst dem Auge weh taten, danach nicht mehr beleidigend erschienen.

Ich unterbrach die Lektüre an dieser Stelle, an diesen Beschreibungen der Schwangerschaft, und sann erneut darüber nach, was hatte geschehen müssen, um das alles auf einen Schlag zunichte zu machen und zu »Katastrophen und Leiden« zu führen und letzten Endes zum öden und kalten Bahndamm und den blau-weißen Gleisen einer Novembernacht, zwanzig Jahre danach, im Todesjahr des Eisernen Lords.

Es war eine Reise Wassili Nikolajewitschs nach Petersburg. Seine Tochter war damals bereits zwei Monate alt; Wassili Nikolajewitsch verabschiedete sich von seiner Frau und verreiste für drei Wochen. Am zweiten Tag lernte er abends, im Theater, eine Schauspielerin kennen, die in dem Stück »Der Liebestraum« die Hauptrolle spielte – ein Titel, der Wassili Nikolajewitsch sein ganzes späteres Leben lang, auf sein eigenes Schicksal bezogen, als höchst grausame und nicht wiedergutzumachende Ironie erschien. Sie war weder schön noch graziös, noch klug, sie war lediglich »reizend und unwiderstehlich«. »So traurig und dumm«, schrieb Wassili Nikolajewitsch, »klingen jetzt die wissenschaftlichen Begriffe zu Polygamie und sexuellen Affekten – was, zum Teufel, brauche ich diese Erläuterungen und dergleichen Quatsch, da ich drei Leben verunstaltet habe, und nur in einem Fall habe ich die Möglichkeit, mich so zu verhalten, wie ein anständiger Mensch sich verhalten muss; in den beiden anderen ist das nicht zu korrigieren.« Als nach dem Theater ein dienstbarer und vorzüglich gekleideter Student, ein Gigolo, ihr Wassili Nikolajewitsch vorstellte, fuhren sie ins »Samarkand« oder sonstwohin, wovon Wassili Nikolajewitsch schrieb, als wäre es allgemein bekannt, und sich deshalb nicht weiter aufhielt; ich jedoch wusste nicht immer, wovon die Rede war, ich hatte weder diese Orte je gesehen noch ihre Blütezeit erlebt, da sich alles lange vor meiner Geburt abspielte. Am nächsten Abend war Wassili Nikolajewitsch wieder im Theater, mit einem straffen und stachligen Blumenstrauß und einem in aller Eile gekauften Armband, und als er spät in der Nacht, im Schlitten, zu ihr sagte: »Ich liebe Sie«, schmiegte sie ihre Lippen an seinen Mund, und im Endeffekt nahm Wassili Nikolajewitsch sie mit zu sich, und sie blieb bei ihm bis zum späten und gelben Petersburger Morgen. So begann, was Wassili Nikolajewitsch eine »Romanze« nannte, wobei er jedesmal das Wort in Anführungszeichen setzte, das vergaß er nie, und stand das Wort »Romanze« ohne Anführungszeichen da, so hieß es, dass von Jelena Wlassjewna die Rede war. Das Ganze dauerte anderthalb Monate, nach Briefen kamen von Jelena Wlassjewna lange Telegramme – und es setzte sich fort bis zu dem unvergesslichen Tag, als Wassili Nikolajewitsch, graugelb geworden und quasi gleich um Jahre gealtert, aus dem luxuriösen Sprechzimmer eines Arztes trat, mit dem unzweideutigen Wissen, welche Krankheit er hatte.

Es war tiefer Winter; er traf bei seiner Frau ein, küsste sie aber nicht; er ordnete an, ihm das Bett im Kabinett herzurichten, erklärte nichts, sagte nichts und hielt sich zwei Wochen vor allen verborgen. Dann zeigte er sich wieder im

Esszimmer, sagte aber zu seiner Frau, ihn habe eine seelische Krankheit befallen, er leide an übermäßigem Ekelgefühl und wolle, dass ihm alles auf einem eigenen Gedeck serviert werde; und er ging in Behandlung. Obwohl die Ärzte ihm versicherten, es sei zu Ende, die Krankheit gebe es nicht mehr und noch viel weniger eine Ansteckungsgefahr, berührte er weder Frau noch Tochter viele Jahre lang kein einziges Mal. Darauf bildeten sich in der Familie allmählich jene Verhältnisse heraus, die in den letzten Jahren vollkommen unerträglich wurden. Nur der Eiserne Lord blieb unverändert – sein Todestag aber war der Tag, als Wassili Nikolajewitsch endgültig beschloss, dem Ganzen ein für allemal ein Ende zu setzen. Nur Lord – und auch nur, wenn er sich erinnerte – hatte in seiner Vorstellung unverändert jene Zeit bewahrt, die Wassili Nikolajewitsch und Jelena Wlassjewna in Sibirien verbracht hatten. »Das allein ist geblieben«, schrieb Wassili Nikolajewitsch, »eine Hundeerinnerung, und selbst sie ist mit Lords Tod verschwunden. An jenem Tag hätte ich ebenfalls sterben müssen.« Keine Macht der Welt, rein gar nichts hätte das riesige und vielfältige Glück wiedererwecken können, das alles in sich barg: Sibirien, zu dem Wassili Nikolajewitsch mit krankhafter Beharrlichkeit zurückkehrte, den Duft des Heus, Jelenas Körper wie ihre Augen wie alles, was damals geschehen war – hätte es weder erwecken noch so zerstören können, dass es nichtexistent geworden wäre, dass es keinen Grund mehr gegeben hätte für tödliches und unaufhörliches Bedauern.

Jelena Wlassjewna hat nie erfahren, weshalb mit ihrem Mann eine so plötzliche Veränderung vorgegangen war. Doch sie liebte ihn derart, dass sie ihn nicht verlassen konnte. »Erst wenn du kein Mensch mehr bist, wenn du zur Leiche wirst, erst dann verlasse ich dich«, sagte sie zu ihm.

»Verzeih mir meine Hysterien und mein Geschrei, verzeih meinen unerträglichen Charakter, verzeih, dass ich dir ein solches Leben geschaffen habe, in dem jeder normale Mensch den Verstand verliert. Aber du weißt«, sagte sie mit ihrer Stimme voll ungewöhnlicher Kraft, »du weißt, dass es nicht meine Schuld ist.«

In solchen Momenten weinte und schrie sie nicht. »Was konnte ich ihr schon sagen? Ich wagte nicht einmal, ihr die Hand zu küssen«, schrieb Wassili Nikolajewitsch.

Einige Monate vor seiner endgültigen Entscheidung war ihm ein Buch mit Rechenaufgaben, das Jelena Wlassjewna für ihre Tochter in der zweiten Gymnasiumsklasse gekauft hatte, zufällig in die Finger geraten, und Wassili Nikolajewitsch hatte es aufgeschlagen und begonnen, die Aufgaben durchzugehen. »Ein Kaufmann hat soundso viele Stücke Tuch gekauft, und diese …« Er nahm einen Bleistift zur Hand und wollte die Aufgabe lösen. Es gelang ihm nicht, die Lösungen ergaben Bruchzahlen, und das hätte der Aufgabenstellung nach auf gar keinen Fall passieren dürfen. »Was soll der Quatsch?«, fragte sich Wassili Nikolajewitsch. Es war ein klarer Tag, September, das Laub schon fast gelb. Wassili Nikolajewitsch machte sich erneut daran, eine Aufgabe zu lösen, und konnte es wieder nicht. Darauf ging er aus dem Haus, suchte nicht daran zu denken und sagte sich, er gehe in den Park, setze sich unter Bäume und werde dort diese seltsame Situation analysieren. Er setzte sich auf eine Bank, begann es zu durchdenken – und plötzlich hatte er, in Blitzesschnelle, begriffen. Er blickte ringsum, da war niemand, da hatte sich nichts verändert, die Sonne schien durch das noch dichte Laub. »Progressiv, wieso progressiv?«, überlegte er. »Progressiv ist ein Begriff der positiven Reihe«, sagte er plötzlich auf Französisch. Und von dem Tag an wusste er, wie alles enden musste. Im allerletzten Moment kam er zu meiner Mutter – es war jener Besuch, als er sich von mir verabschiedete – mit der verzweifelten Hoffnung, dass er sich vielleicht irre, dass vielleicht diese alberne fünfstellige Zahl, die offenkundig nicht die Summe der Zahlenreihe ausdrücken konnte – das sah er, wenn er sich jeden Summanden einzeln anschaute –, dass diese Zahl auf einmal, kraft eines wahnsinnigen Glücks, tatsächlich das Richtige wäre, und dann wäre klar, dass er sich schrecklich irrt und dass er vielleicht nicht sterben muss.

Aber es war eine andere Zahl.

Einige Tage davor hatte er sich auf seinen Spaziergängen vor der Stadt einen Ort ausgesucht, wo er sich am besten vor den Zug werfen könnte – obgleich dazu, wie er sich sagte, alle Orte gleich wären. Bahndamm, Gleise, ein menschlicher Körper und das Schicksal, das für einen Augenblick die Gestalt einer Lokomotive annimmt, die Zehntausende Pud wiegt – und Schluss. Er fand heraus, dass der Schnellzug Petersburg–Rostow um elf Uhr abends durchfuhr, und eigentlich war alles bereits klar und nichts mehr hinzuzufügen.

»Ich weiß nicht, wie man mich in den Sarg legen wird«, schrieb er, »es wäre gut, wenn sich verbergen ließe, dass mein Körper von den Zugrädern zerstückelt wurde. Mir wäre nicht recht, dass Jelena mich zerstückelt sähe.«

Damit endete sein Brief. »Es wäre gut … dass Jelena mich nicht zerstückelt sähe.« Was für eine unheilschwere Bedeutung von »gut«, jenes Worts, das Madame Berger aussprechen konnte!

Seit dem Tag seines Selbstmords sind zwanzig lange Jahre vergangen. Jelena Wlassjewna heiratete bald nach seinem Tod einen Mann, der zehn Jahre jünger war als sie – sie war bezaubernd und unveränderlich ruhig, das sagten alle, die sie gesehen hatten. Ein Jahr nach dem Tod ihres Mannes erhielt sie in einem langen grünen Briefkuvert, auf dessen Marke eine Kokospalme ungeheuren Ausmaßes prangte, einen Beileidsbrief von Wassili Nikolajewitschs reisender Tante. Sie wiegte den Kopf und warf ihn in den Papierkorb. Ich weiß nicht, ob sie sich in dem Augenblick erinnerte, wie sie im Abendkleid, auf den entblößten Schultern die leichte Kühle des Theatersaals spürend, im November vor bloß einem Jahr in der Loge auf ihren Mann gewartet hatte, und nicht nur ins Theater kam er nicht, sondern er kam überhaupt nie wieder irgendwohin; und nur sein zerstückelter Körper, auf dem eine solche Unmenge Rosen lag, damit sie den schrecklichen Streifen verdeckten, der den Kopf vom Rumpf trennte, wurde dann langsam und feierlich erst in die verräucherte, hohe Kirche getragen, dann auf einen entfernten, dicht mit Kreuzen bestückten Friedhof.

Und ich dachte, wie langsam doch Wassili Nikolajewitsch unsere Wohnung verlassen hatte und wie er, auf dem Treppenabsatz innehaltend, schon die erste Etage seines hoffnungslos unwiderruflichen Abgangs zurückgelegt hatte und wie er innehielt, sich erinnerte an den Eisernen Lord.

Und die Rosen in den Halles mit den blitzenden Wassertropfen auf den Blütenblättern, im zähen und widerlichen Pariser Nebel, durchtränkt von leichtem und traurigem Fäulnisgeruch.

Die Befreiung

> Deux verbes expriment toutes
> les formes que prennent ces deux
> causes de mort: Vouloir et Pouvoir …
> Vouloir nous brûle et Pouvoir nous détruit …
>
> *H. de Balzac: »La Peau de Chagrin«*[*]

Alexej Stepanowitsch Semjonow, Ingenieur und ein überaus begüterter Mensch, hatte wie immer die Nacht halb schlaflos verbracht, war gegen elf Uhr morgens endgültig wach geworden und dachte erneut voll Abscheu, diese Minuten des Aufwachens seien in seinem Leben die übelsten. Der Kopf war ihm schwer, im Mund lag ein bitterer Geschmack, die Nase war verstopft, und Alexej Stepanowitsch spürte, wie anders die Luft schmeckte, wenn er sie einsaugte und wenn er sie, schon verpestet, dann ausatmete. Ihn schmerzten und juckten die Augen, zu atmen war mühsam, und ihn peinigte ein Sodbrennen, das vor vielen Monaten begonnen hatte und nur manchmal für ein paar Stunden aufhörte.

Er warf die Decke zurück, ließ die fetten weißen Beine mit den da und dort geblähten Adern und den kalten, gelblich verfärbten Füßen vom Bett herab, schaute auf seinen behaarten Bauch, der über den Schenkeln hing, strich sich mit der Hand über den Kopf, wo oberhalb der Ohren noch

---

[*] Zwei Verben drücken alle Formen aus, welche diese beiden Todesursachen annehmen: Wollen und Können … Wollen versehrt uns und Können zerstört uns … *Honoré de Balzac: Das Chagrinleder*

137

leichter Flaum wuchs, erhob sich, tastete nach den Pantoffeln und spürte sofort den vertrauten dumpfen Schmerz in der Leiste. Nach wenigen Bewegungen musste er nach Luft schnappen wie ein Mensch, der aus dem Wasser steigt, dann begab er sich ins Badezimmer.

In der Wohnung war es wie immer still. Alles war sauber, alles blinkte – das Parkett, das lackierte Tischchen im Vorzimmer, die in der Wand eingelassenen Spiegel; das Badezimmer blitzte ebenso wie alles andere. Im Vorzimmer standen große weiße Blumen, deren Namen Alexej Stepanowitsch nicht kannte; er mochte keine Blumen, hielt sie auch nicht auseinander. »Übertriebener Eifer«, murmelte er im Vorübergehen.

Danach begann seine langwierige Toilette. Erst putzte er sich die Zähne mit zwei Bürstchen, das eine aus Gummi, das andere ganz normal; dann rasierte er sich, seifte unendlich lange die Wangen ein und verzog das Gesicht unter der Berührung der Rasierklinge, nahm dann zuletzt ein Bad, wonach er jedesmal zu frösteln und zu zittern anfing; der flauschige Bademantel, den er um sich gewickelt hatte, wurde rasch feucht und unangenehm kühl. Alexej Stepanowitsch legte ihn ab und zog einen anderen an. Dann begab er sich im Bademantel ins Wohnzimmer, setzte sich, schmerzlich seufzend, in den Sessel, streckte die Hand zum kleinen Tischchen aus und läutete. Sogleich kam das Hausmädchen herein, das den Kaffee brachte. Er trank einen Schluck und fragte:

»Was für ein Wetter ist heute?«

»Leider regnet es wieder, Monsieur.«

»Sehr angenehm«, sagte Alexej Stepanowitsch.

Das bedeutete, er würde auch heute, wie gestern und vorgestern, nass werden während seines tagtäglichen Spaziergangs, den der Arzt ihm anempfohlen hatte. »Das muss sein, Alexej Stepanowitsch«, hatte der Arzt gesagt. »Denn sonst, wissen Sie, in unserem Alter … mit der Gesundheit sollte man nicht Schindluder treiben … unser Körper fordert … wissen Sie, bestimmte, sozusagen körperliche Erfordernisse …« Alexej Stepanowitsch war es unangenehm, dass der Arzt von *unserem* Alter sprach; er war zehn Jahre jünger als Alexej Stepanowitsch und zeichnete sich durch beneidenswerte Gesundheit aus. Alles, was der Arzt sagte, wusste Alexej Stepanowitsch längst auswendig. Bloß konnte er nicht begreifen, welchen Nutzen er davon hätte, dass er jeden Morgen eine halbe Stunde zu Fuß ging und durch flüssigen kalten Dreck platschte; aber er tat es gehorsam und nahm nicht ohne gewisse Schadenfreude wahr, dass es keinerlei Verbesserungen brachte.

Am ärgerlichsten war jedoch, dass Alexej Stepanowitsch im Grunde gar nicht krank war. Als hätten sie sich abgesprochen, erklärten ihm mehrere Ärzte, eine Krankheit im exakten Sinn des Wortes habe er nicht, vielmehr seien die Lebensfunktionen seines Organismus nicht intensiv genug; das lasse sich erstens mit einer Verfettung erklären, die das Herz ermüde, zweitens mit dem Alter und einer allgemeinen Erschlaffung. Doch abzunehmen war ebenfalls unmöglich, da das Präparat zum Abnehmen ebenfalls eine Schwächung der Herztätigkeit bewirke. Hervorgehoben wurde noch die nicht einwandfreie Tätigkeit der Leber sowie die verlangsamte Blutzirkulation, aber all das stelle im gegenwärtigen Moment nicht die geringste Lebensgefahr dar, ebensowenig wie beipielsweise ein höchst peinigender Ischias oder manchmal vollkommen unerträgliche rheumatische Schmerzen eine Lebensgefahr darstellten. »Zweifellos aber müssen Sie sich schonen.« Sich schonen, das hieß, früh schlafen gehen, nicht zu viel trinken und essen, sonst könnte irgendeine Krankheit im eigentlichen Sinn des Wortes ausbrechen, also ein Prozess, der erst zu einer Schwächung des Organismus, dann zum Tod führen würde. Den Tod fürchtete Alexej Stepanowitsch überhaupt nicht; aber die Aussicht auf ein langsames Sterben und auf langwierige Todesqualen schreckte ihn. Mit der Zeit fiel es ihm allerdings immer leichter, sich zu schonen, denn zu trinken war ihm zuwider, Appetit hatte er fast keinen, und schon am frühen Abend war ihm nach Schlafen zumute, obgleich er wusste, wenn er diesem trügerischen Wunsch nachgeben und sich hinlegen würde, könnte er trotzdem nicht schlafen.

Er kleidete sich an und trat aus dem Haus. Es fiel ein leichter Winterregen, es windete, auf der Avenue du Bois de Boulogne waren sehr wenige Passanten. An Alexej Stepanowitsch gingen raschen und elastischen Schrittes zwei gleich gekleidete, breitschultrige Männer vorüber, allem Anschein nach Athleten, beide ohne Mütze. Er schaute ihnen nach, machte ein paar schnelle Schritte, aber sogleich fing der Schmerz in Leiste und Kreuz wieder an, er blieb stehen und ging dann langsamer. Kalte Regenspritzer schlugen ihm ins Gesicht. Mit hochgeklapptem Kragen und festgedrücktem Hut schritt er bis zum Eingang des Bois de Boulogne, kehrte dann um und stieg zu seinem Haus hinauf. Durch die regenverspritzten Brillengläser erblickte er undeutlich das kleine blaue Auto seines Sekretärs, der wenige Minuten vor ihm das Haus erreicht hatte.

Sein Sekretär war der Sohn eines alten Kameraden, den Alexej Stepanowitsch noch als Jungen in kurzen Hosen im Gedächtnis hatte, der jetzt in Paris lebte und einzig und allein damit beschäftigt war, wo er Geld für Alkohol auftreiben könnte. Innerhalb der letzten zehn Jahre hatte Alexej

Stepanowitsch seinen Freund bloß einmal nüchtern erlebt, und zwar auf der Beerdigung seiner Tochter; auch dort hatte er sich unmittelbar nach der Beerdigung abgesondert und ein Café aufgesucht, und als er Alexej Stepanowitsch, der seine Frau am Arm führte, zehn Minuten später wieder einholte, war er betrunken wie immer. Die ganzen Jahre lebte er, ohne etwas wahrzunehmen und zu verstehen, in einem unaufhörlichen Trunkenheitsnebel; unabhängig davon, ob ihm jemand zuhörte, erzählte er, sonderbarerweise von sich selbst in der dritten Person, immer endlose Geschichten, die in jüngster Zeit – in dem Maße, wie sein Verstand sich trübte – mehr und mehr an Gehalt verloren und meist aus Interjektionen bestanden. »Aljoscha, weißt du noch? … Da reitet Oberst Suslikow (das war sein Nachname) auf seinem Pferd … Ein solches Pferd gab es kein zweites Mal, Aljoscha! Da reitet Oberst Suslikow. Ja … Ein solches Pferd gab es nicht mehr! Die Jungs! Verstehst du, Aljoscha? … Aber würde man alles erzählen, Aljoscha, du weißt ja … Du kennst mich, Aljoscha …« Aus seiner Erzählung, die eine ganze Stunde dauern konnte, ergab sich lediglich, dass Suslikow seinerzeit Oberst war und auf einem Pferd ritt, nichts weiter. Seine Frau Marja Matwejewna, die in den schwierigen und hungrigen Zeiten viele Jahre Alexej Stepanowitschs Geliebte gewesen war, und auch sein Sohn suchten ein wenig auf Distanz zu ihm zu gehen, da sie längst die Hoffnung auf eine Besserung verloren hatten, und so blieb er allein und setzte seine trunkene und wirre Erzählung im Selbstgespräch fort. Er hatte Jahre im Krieg zugebracht, war ein mutiger und guter Offizier gewesen, aber als es ihn ins Ausland verschlug, fing er vor Verzweiflung gleich zu trinken an; dann hörte er auf, begann zu arbeiten, trank jedoch später erneut. Sie lebten in erschreckender, unglaublicher

Armut, und Alexej Stepanowitsch konnte ihnen nicht helfen, weil er sich selbst mit allergrößter Mühe durchschlug – bis er eines Tages, wie im Märchen oder im Traum, auf einmal reich wurde. Allerdings mochte er nicht über den Ursprung seines Reichtums sprechen, obgleich daran nichts unehrenhaft war. Er hatte für das spezielle System der Toiletten in Eisenbahnzügen eine automatische Vorrichtung erfunden, die ungewöhnlichen Erfolg hatte und ihm Millionen einbrachte. In der ersten Zeit konnte er sich absolut nicht an den Reichtum gewöhnen, er spendete viel Geld, half Dutzenden Menschen, die ihn dafür als Idioten bezeichneten, was er, glaubhaft verbürgt, von anderen erfuhr, die noch kein Geld von ihm erhalten hatten und deshalb auf alle erdenkliche Weise jene anzuschwärzen suchten, denen das früher und besser gelungen war. Von da an lebten auch die Suslikows sehr gut, der Junge kam ins beste Lyceum; aber für Alexej Stepanowitsch wurde es immer unangenehmer, sie aufzusuchen, denn trotz seines engen Verhältnisses zu Marja Matwejewna spürte er, wie sich alles verändert hatte; und der Grund für diese Veränderungen, die nicht hätten eintreten dürfen, war sein Reichtum. So unerwartet und traurig waren diese Veränderungen, dass Alexej Stepanowitsch manchmal dachte, vielleicht sollte er auf seinen Reichtum verzichten, um das alles nicht wahrzunehmen. Oft erinnerte er sich, wie er einmal, nur wenige Monate vor seinem plötzlichen Reichwerden, die Wohnung der Suslikows betreten und gesehen hatte, dass Marja Matwejewna einen Fleck von einem vergossenen Glas Tee am Boden aufwischte und aufgrund einer unsicheren Bewegung umfiel – ungeschickt, plump und schwerfällig. Er stürzte zu ihr, um ihr aufzuhelfen, sie aber setzte sich auf den Boden und brach in Tränen aus. In der unbequemen Zwischenpose eines Menschen, der etwas aufheben muss und es nicht tut, kniete er neben ihr. »Aljoscha«, sagte sie, »wofür diese ganzen Qualen? Für welche Untat?« Ihm standen Tränen in den Augen, er schwieg und streichelte ihre Hand und schaute auf die nun rauhe, vom kalten Wasser gerötete Haut ihrer Finger. Aus dem Nebenzimmer war das unaufhörliche Gemurmel ihres Mannes zu hören, bloß einzelne Wörter und kurze Sätze waren zu verstehen: »Nein, Euer Exzellenz, Sie verzeihen … Ich erlaube nicht … aus Respekt … meine Jungs!« – »Wir haben kein Brot im Haus, doch er schickt den Sohn schon morgens Alkohol besorgen, lässt anschreiben«, sagte Marja Matwejewna schluchzend. Alexej Stepanowitsch hatte noch sechs Franken, er gab sie ihr, verzichtete auf Zigaretten, und eine halbe Stunde später, als sie Tee tranken, hatte sie sich schon beruhigt und sagte: »Also, Aljoscha, wirst du reich, dann geht das Leben erst richtig los. Du vergisst uns doch nicht?«

Aber schon nach einigen Monaten war Marja Matwejewna nicht wiederzuerkennen. Ihr Augenausdruck hatte sich verändert, war nun zärtlich erregt, die Haut an den Händen war weiß geworden, wie durch ein Wunder verschwanden die Falten im Gesicht, und später traf Alexej Stepanowitsch sie einmal ganz zufällig auf der Straße, in Begleitung eines zweifelhaften Kerls mittleren Alters, der sie um die Taille gefasst hielt.

»Was hat das zu bedeuten?«, fragte Alexej Stepanowitsch hinterher. Sie sah ihn mit einem langen Blick an und erwiderte:

»Das hat zu bedeuten, lieber Freund Aljoscha, dass ich neununddreißig bin und dass ich leben möchte. Jetzt verstehst du, was das zu bedeuten hat?«

»Findest du, das sei gut so?«

»Je m'en f…«[*], sagte sie auf Französisch. »Was habe ich schon? Einen betrunkenen Verrückten und dich, und du brauchst mich nicht mehr, du kommst einmal im Monat. Und ich habe Geld, dein Geld. Und wer hätte das Recht, mir etwas zu verbieten? Du weißt, dass ich ziemlich teuer bezahlt habe für die Vergnügungen, die ich mir jetzt genehmige.«

»Du siehst da natürlich klarer«, sagte Alexej Stepanowitsch, »ich beschuldige dich nicht, dazu habe ich wirklich kein Recht. Verzeih mir bitte.«

Sie saßen in ihrer Wohnung, es tickte eine Uhr, an deren Fuß ein Leopard aus schwarzem Marmor lag; von dem Geld, das diese Uhr wohl gekostet hatte, hätte die Familie in früheren Zeiten zwei Monate leben können. Alexej Stepanowitsch seufzte, küsste Marja Matwejewna die Hand und ging.

Marja Matwejewnas Sohn hatte das Lyzeum abgeschlossen und studierte an der Universität; er kam Alexej Stepanowitsch manchmal besuchen, und dieser wunderte sich, wieviel der junge Mann von so zarter Gestalt essen konnte. Dann entschied er, Anatoli müsse neben seinen Universitätsstudien noch etwas anderes machen, und er ernannte ihn zu seinem Sekretär; doch war das nur ein Vorwand, Alexej Stepanowitsch wollte Anatoli vor allem so oft wie möglich sehen. Einige Male in der Woche kam Anatoli mit seinem Auto angefahren, welches ihm, wie Alexej Stepanowitsch entschieden hatte, aufgrund seiner dienstlichen Verpflichtungen zustand, und er berichtete von den eingetroffenen Briefen in unterschiedlichen Sprachen, die fast immer eine Bitte um Hilfe enthielten.

[*] Je m'en fous = Ist mir scheißegal

Anatoli war der einzige Mensch, den Alexej Stepanowitsch noch liebte. Es war unklar, wessen Sohn er war, ob von Suslikow oder von Alexej Stepanowitsch. Marja Matwejewna hatte in verschiedenen Lebensabschnitten und je nach Laune mal zu Alexej Stepanowitsch gesagt: »Vergiss nicht, dass du einen Sohn hast«, mal ihn ermahnt: »Denke daran, dass dieses Kind nichts mit dir zu tun hat.« Anatoli war noch in Russland zur Welt gekommen, und sich jetzt noch an alles zu erinnern und es aufzuklären war völlig unmöglich. Aber selbst das war nicht wichtig. Reichtum beeindruckte Anatoli nicht. Er liebte Bücher, Bibliotheken und Musik und interessierte sich für nichts anderes; ein wenig naiv war er, ehrlich und geradeheraus. Und nur mit Anatoli scherzte Alexej Stepanowitsch noch und fühlte sich leicht, befreite sich für ein paar Stunden von dem unüberwindlichen Abscheu gegen alles, was sein Leben erfüllte und worüber weder er noch die Ärzte je ein Wort verloren, obwohl gerade dieses Problem das wesentlichste und fürchterlichste war.

* * *

Alexej Stepanowitsch redete eine halbe Stunde mit Anatoli, schlug ihm vor, zum Dejeuner zu bleiben, scherzte mit ihm, und die schlechte Laune, die ihn seit morgens im Griff hatte, verflog ein wenig. Aber nach dem Dejeuner nahm sie wieder zu, da der Ingenieur Uralski mit seiner neusten Ehefrau Alexej Stepanowitsch besuchen kam.

Ingenieur Uralski war ein Mann um die vierzig, rundlich und lebensfroh, ein Vielfraß und lustiger Gesprächspartner. Wenn er zu scherzen aufhörte und ernsthaft redete, merkte man, dass er ziemlich gebildet war, von rascher Auffassung und keineswegs dumm. Allerdings zeichnete ihn ein übermäßiges Liebesbedürfnis aus, ständig heiratete er und ließ sich scheiden, nun schon zum viertenmal innerhalb von vier Jahren; und alle seine Frauen hatten etwas Sonderbares, das sie miteinander verband, trotz der Unterschiede in Alter, Haarfarbe, Wuchs und Körpermaßen – ein Anflug von billiger und unbedingt fremdländischer Halbwelt, sodass aus der Distanz der Eindruck entstand, es sei stets ein und dieselbe Frau, die über ein großes, wenn auch nicht unbegrenztes Talent zur Verwandlung verfüge. Am erstaunlichsten und traurigsten war jedoch etwas anderes, nämlich dass Uralski in Gegenwart der geliebten Frau zu einem absoluten Idioten wurde und es unmöglich war, ihm auf eine sachliche Frage eine solide Antwort abzuverlangen. Er grunzte, lächelte dümmlich, schaute auf die geliebte Frau, er verlor all seinen Scharfsinn und seine Geisteskraft und bot einen jämmerlichen und widerwärtigen Anblick.

Er brachte seine neue Frau mit, um sie Alexej Stepanowitsch vorzustellen. Sie hatte einen ziemlich breiten Hintern, große schwarze Augen, die schockierenderweise jeglichen menschlichen Ausdrucks entbehrten, sehr rote Lippen und kupferfarbenes Haar. Alexej Stepanowitsch suchte sich die ganze Zeit zu erinnern, wo er solche Augen schon einmal gesehen hatte, er zerbrach sich den Kopf und dann fiel es ihm ein: im Berliner Zoo war das gewesen, vor dem Käfig jener plumpen Antilopenart, die Gnu genannt wird.

Das Gespräch kam nicht in Fluss, zudem konnte Uralskis Frau kein Russisch, und Alexej Stepanowitsch musste ins Französische wechseln, was er hasste, weil er sich dann ganz auf die Sprache konzentrieren musste und es vorkam, dass er unwillkürlich Dinge sagte, die er gar nicht meinte und die ungesagt geblieben wären, hätte dasselbe Gespräch auf Russisch stattgefunden. Als Uralski sich verabschiedete, konnte sich Alexej Stepanowitsch die Frage nicht verkneifen:

»Wo gabeln Sie bloß immer solche Frauen auf?«

In letzter Zeit hatte er sich daran gewöhnt, dass er mit den Menschen offen reden konnte, und was er früher niemals gesagt hätte, klang jetzt schlicht und natürlich; jetzt nahm ihm das niemand mehr übel, denn – Alexej Stepanowitsch wusste es nur zu gut – das wäre unvorteilhaft. Wie scharf er auch urteilte, seine Gesprächspartner verwandelten es in einen Scherz; und das war die erste Beobachtung, die ihn veranlasste, darüber nachzusinnen, ob er sich nicht sein Leben lang getäuscht habe in der Annahme, dass bestimmte Dinge gut seien und andere schlecht, angenehm oder unangenehm, kränkend oder nicht kränkend.

Er schlug die Zeitung auf, las ein paar Zeilen und legte sie beiseite, weil er fast wider Willen noch weiter über diese Probleme nachdachte, die ihm vor ein paar Jahren in den Sinn gekommen waren und seither keine Ruhe ließen. Als er arm gewesen war, hatte er keine Zeit gehabt, über abstrakte Dinge nachzudenken; da musste er Geld auftreiben, gehen und bitten, stundenlang sitzen und auf Leute warten, von denen eine Verdienstmöglichkeit von ein paar hundert Franken abhing, und das verschlang alle Zeit und alle Energie. Doch als das zu Ende war und als nach einem turbulenten Lebensmonat, in dem sich Eindrücke, Empfindungen, Menschen und Geschäfte mit bislang nie erlebter Vielfalt gejagt hatten, Alexej Stepanowitsch zum erstenmal allein in seiner neuen Wohnung saß und als ihm, sollte man meinen, nichts mehr zu wünschen übrig blieb, da verspürte er in seiner Seele Schwermut und Leere; und die verließen ihn von nun an nicht mehr, genauso wie die zahllosen Krankheiten, die er im Grunde schon früher gehabt, doch aus Zeit- und Geldmangel nicht beachtet hatte. Jetzt kam jeder seiner Empfindungen unübersehbar ein Wert zu – und so sehr es früher unwichtig gewesen war, dass Alexej Stepanowitsch Semjonow, dieser korpulente und schlecht gekleidete Mann, der in einem billigen Zimmer wohnte und dafür nicht einmal regelmäßig zahlte, an Rheuma litt, so sehr war das jetzt wesentlich und von Bedeutung; um jeden Schmerz kümmerten sich ein Arzt, ein Masseur und der Besitzer der Apotheke, der Alexej Stepanowitsch eine Unmenge teurer und nutzloser Arzneien verkaufte. Früher war es für Alexej Stepanowitsch nicht besonders von Interesse gewesen, was und wie er dachte; jetzt, da er viel freie Zeit hatte, füllten sich diese Mußestunden mit dem beständigen Durchdenken vieler Dinge, die quasi erstmals vor ihm auftauchten.

Er schaute auf das Porträt, das an der Wand hing; es war das Porträt von Suslikows Tochter, die vor einigen Jahren gestorben war. Alexej Stepanowitsch hatte sie gekannt und erinnerte sich an alle zwölf Jahre ihres Lebens; er erinnerte sich an sie mit Schnuller im Mund, dann an das kleine Mädchen im weißen Kleidchen und dann, in Paris, wenn sie aus der Schule heimkam mit tintenbeschmierten Fingern, wie seinerzeit auch ihre Mutter und ihr Vater und Alexej Stepanowitsch selbst heimgekommen waren. Dann kam die langwierige Krankheit, und Alexej Stepanowitsch erinnerte sich an den armen, abgemagerten Körper auf den Leintüchern im Bett, den die Ärzte hin und her wendeten und abtasteten, und an ihre schrecklichen Augen. Wenn er zu ihr trat, streckte sie ihm stets die Hände entgegen, in einer rührenden und vertrauensvollen kindlichen Bewegung, die ihm jedesmal Tränen in die Augen trieb. Während der Zeit ihrer langen Krankheit hatten sich alle dermaßen daran gewöhnt, dass sie auf ihr Stöhnen und leises Weinen kaum noch achteten; hie und da sagte ihr die Mutter mit rascher und gleichgültiger Stimme ein paar zärtliche Worte, die sich überhaupt nicht mit dem alltäglichen und oberflächlichen Tonfall vertrugen. Und nur Alexej Stepanowitsch, der sie mehr liebte als alle anderen, achtete stets auf jede kleinste ihrer Bewegungen, die sich in ihrem gesamten Körper als Schmerz ausbreiteten.

Später, in den letzten Krankheitstagen, nahmen ihre Augen jene bleierne, undurchdringliche Schattierung an, die Alexej Stepanowitsch sehr wohl kannte und über deren Bedeutung kein Irrtum möglich war. Blickte Alexej Stepanowitsch auf diese sich trübenden Augen, dachte er in hilfloser und tödlicher Verzweiflung, dass er die wenigen Freuden seines Lebens und das Leben selbst dafür hergeben würde, um sie zu retten; aber diese Bereitschaft war ebenso nutzlos wie alles übrige. Und bald brach der Tag an, da ihr Münzen auf die Augen gelegt wurden, um sie zu schließen – der schmächtige Körper war nach mehreren Stunden qualvoller Agonie unbeweglich geblieben. Alexej Stepanowitsch kam es damals vor, als wäre im Grunde auch er für alles gestorben, als blickten die alltäglichen Gegenstände – Tisch, Bett, Sessel – ihn unsäglich grauenhaft und unbeweglich an und als hätten sie ihren früheren Sinn verloren, ebenso wie alles Existierende. Davon konnte Alexej Stepanowitsch nie mehr loskommen. Nachdem er das Allerschlimmste erlebt hatte, dessen Eintreten alles zerstörte und auch das Beste, was er im Leben gekannt hatte, sinnlos und inhaltslos werden ließ, begriff er nicht mit dem Verstand, sondern mit etwas anderem, unendlich Sensiblerem eine schlimme und unüberwindbare Wahrheit, die nicht in Worte zu fassen war und die all die unnützerweise existierende Welt in unaufhörliche und tödliche Traurigkeit versenkte. Da konnte Alexej Stepanowitsch nun nichts mehr heraushelfen, sein allmächtiger Reichtum erwies sich als ebenso ohnmächtig und unnütz wie alles übrige.

So blieben ihm keine Wünsche mehr. Vom Essen wurde ihm übel, Lesen war langweilig, Kartenspielen uninteressant, zum Lieben hatte er niemanden; und obwohl das Schicksal Dutzender Menschen mittelbar von ihm abhing, war keiner davon an seinem persönlichen Leben interessiert. Er hatte nicht einmal jemanden zum Reden, und so verbrachte er immer mehr Zeit im Sessel, allein mit seinen trübseligen Empfindungen. Einmal fuhr er zu Marja Matwejewna, mit der ihm früher, vor vielen Jahren, so leicht und wohl gewesen war, sie verstand ihn stets auf Anhieb, und gemeinsam waren sie, wie sie das nannte, auf lyrische Reisen gegangen. Sie sprachen über alles – über Glück, über den Tod, über Reichtum, über Ruhm und über jenes einzigartige Gefühl, das einen ungezügelten und unerschöpflichen Reichtum an Empfindungen und Gedanken in sich barg.

Er fuhr mitten am Tag zu ihr, trat ein und ließ sich schwerfällig in dem unbequemen Sessel nieder.

»Nun, lieber Freund Aljoscha, berichte«, sagte sie.

»Weißt du noch, wie wir früher in Russland und in der ersten Pariser Zeit uns beide unterhalten haben?«

»Vor tausend Jahren?«

»Ja, vor tausend Jahren. Damals war es besser als heute. Berichte mir, wie du lebst, ich sehe dich ja kaum noch.«

Und Marja Matwejewna begann zu berichten. Alexej Stepanowitsch schaute sie unbeweglichen Blickes an. Er dachte, sie würde von dem sprechen, was vergangen war, was noch geschehen könnte, wie ihr Leben sich verändert habe und wie darin anscheinend kein Platz mehr sei für jene Dinge, die früher so wichtig gewesen waren. Aber sie sagte nichts dergleichen. Lange klagte sie vor Alexej Stepanowitsch über das Dienstmädchen und die Teuerung und berichtete weitschweifig, weshalb sie gezwungen sei, auf die Dienste russischer Schneiderinnen zu verzichten und sich an französische zu wenden.

»Und verstehst du, wenn du nicht mal ein elegantes, sondern schlicht ein anständiges Après-midi-Kleid brauchst, von Abendtoiletten rede ich gar nicht, so denk daran, dass du dich nur an eine französische Schneiderin wenden solltest.«

»Ich brauche kein anständiges Kleid«, sagte Alexej Stepanowitsch mit einem Befremden, welches sich auf die Kleiderfrage bezog, zum Teil auch darauf, dass Marja Matwejewna von solchen Bagatellen redete, während er etwas ganz anderes erwartet hatte.

»Nein, du verstehst mich nicht.«

»Tatsächlich …«

»Es geht nämlich darum, dass sie alle Ambitionen haben, alle sind sie Generalsgattinnen. Was interessiert es mich, dass einer ihrer Ehemänner Ende des neunzehnten Jahrhunderts irgendeine Brigade befehligt hat? Nun sag doch, Aljoscha, was hat dieser Umstand mit meinem jetzigen Kleid zu tun? Warum starrst du mich an wie der Ochs das neue Tor?« Mit einemmal war sie gereizt, endlich hatte sie Alexej Stepanowitschs unverwandten, reglosen Blick bemerkt.

»Du bist irgendwie vulgärer geworden«, begann er langsam. »Aber darum geht es nicht, ich will etwas anderes sagen. Da hast du nun ein ziemlich langes Leben gelebt, du hattest einen Mann, einen Liebhaber, Kinder, dir ist die Tochter gestorben, du hast jahrelang Not und Unglück erlebt. Und jetzt kannst du wirklich nur über Schneiderinnen und Dienstmädchen mit mir reden? Gibt es wirklich nichts Interessanteres?«

»Nein«, antwortete sie. »Du möchtest philosophieren. Nein, davon habe ich genug, ich bin keine zwanzig mehr.«

»Und ebendeshalb ...«

»Und ebendeshalb ...«, wiederholte sie, »ebendeshalb bleibt nur noch wenig Zeit und wenig an Möglichkeiten.«

Sie stand auf und ging zur Tür, kehrte dann um, und mit einer heftigen, raschen Bewegung, die typisch für sie war – Alexej Stepanowitsch erkannte sie auch sofort, es rief ihm viele zärtliche und anscheinend vergessene Dinge ins Gedächtnis –, legte sie die Hände auf seine Schultern und setzte sich ihm auf den Schoß; von ihrem schweren Körper taten ihm gleich die Beine weh. Sie sagte nichts, schaute ihm nur gut eine Minute in die Augen; und an dem leicht verschreckten und Mitleid heischenden Blick begriff er mehr, als sie hätte sagen können. Er begriff, dass in ihrem Leben alles fast so hoffnungslos war wie in seinem, mit dem Unterschied, dass sie noch leben wollte und einige Dinge schätzte, die bei ihm nur Gram und Abscheu hervorriefen, und dass das Problem von Schneiderin und Dienstmädchen sie beschäftigen musste, weil es sie davon abhielt, an das zu denken, woran sie nicht denken durfte, um nicht zu weinen und Trübsal zu blasen. Aber dieser ihr Blick führte nur zurück, solange er dauerte; die Möglichkeit, Dinge auf gleiche Weise zu begreifen, ließ sie für diesen Augenblick zu Alexej Stepanowitschs Gefährtin auf seiner traurigen und letzten Reise werden. Dann aber rutschte sie schwerfällig und ungeschickt von seinem Schoß; ihr Rock schob sich hoch und entblößte ihre dicken Beine, deren Anblick in früheren Zeiten genügt hätte, um Alexej Stepanowitsch stundenlang nicht einschlafen zu lassen, auf die er jetzt aber schaute, wie er auf jeden anderen Gegenstand geschaut hätte – mag sein, mit dem Anflug eines gewissen, fast unmerklichen Bedauerns, in dem bei besonders gespannter Aufmerksamkeit Spuren längst erloschenen und kraftlosen Begehrens zu finden gewesen wären. Und als sie danach sofort den Raum verließ, spürte er, dass sie nicht zu Dingen zurückkehren würde, die für einen Moment in ihrem zufälligen Blick aufgelebt und wieder verschwunden waren, diesmal endgültig. Er seufzte und fuhr weg.

* * *

Er glaubte an gar nichts mehr. Anatoli zeigte ihm einmal eine russische Zeitung, die unlängst zu existieren begonnen hatte und wegen unzureichender Mittel zu baldiger Einstellung verdammt war, und er verwies auf einen Artikel gegen die Revolution, der in kraftvollen und unversöhnlichen Formulierungen abgefasst war. »Wissen Sie, Onkel«, sagte er, »solange es noch solche Menschen gibt …« – »Was für Menschen?« – »Na, eben mit Überzeugung …« – »Soll ich dir beweisen, dass du ein Dummkopf bist?« – »Auf welche Weise?« – »Wirst schon sehen.« Das heiterte ihn eine Zeitlang auf, er telephonierte, machte ein Treffen aus, unterhielt sich, und als nach einer Woche Anatoli zu ihm kam, zeigte er ihm einen mit Schreibmaschine getippten Artikel. Anatoli las ihn. Der Artikel war dem Nachweis gewidmet, dass außerhalb von Revolution und Aufruhr weder Schöpfertum noch Kunst möglich sei, weder »stolzes und freies Denken« noch die Aussicht auf die Existenz einer anderen, besseren Menschheit. Unterschrieben war der Artikel mit dem Namen, den Anatoli kannte.

»Wie denn das?«, fragte Anatoli.

»Mein lieber Junge, das ist sehr einfach. Es kostete mich« – er zog sein Notizbuch hervor – »ganze siebenhundertsechsundvierzig Franken.«

»Wie haben Sie das gemacht?«

»Was du nicht alles wissen willst …«

Alexej Stepanowitsch sagte Anatoli nicht, dass er den Verfasser des Artikels angerufen und ein Treffen mit ihm verabredet hatte; während des Dejeuners im Restaurant sagte er dann, dass er vorhabe, eine linke Zeitung zu gründen, und als ständigen Mitarbeiter wolle er natürlich …, sagte außerdem, dass er für die erste Nummer, die besonders gelungen sein müsse, Material sammle, bezahlte als Vorschuss ein Honorar nach einem für diese Nummer erhöhten Tarif, und einige Tage danach erhielt er den Artikel über Revolution und Schöpfertum. Er hatte zwar von vornherein gewusst, dass es so käme, wie er vorausgesehen hatte, dennoch hatte er nicht gedacht, dass es so leicht wäre und gar nicht teuer. Schon vor seinem Reichtum hatte er die Menschen generell nicht gemocht und ihnen nicht sonderlich geglaubt, jetzt aber riefen sie bei ihm Geringschätzung und Abscheu hervor. Theoretisch hatte er immer gewusst, dass Geld die menschlichen Beziehungen verändert; aber das war abstraktes Wissen gewesen, aus dem sich abstrakte Folgerungen über den generellen Wert dieser Beziehungen ableiten ließen, doch eingeschätzt hatte er das wie jedes beliebige psychologische Problem. Jetzt verfügte er über langjährige Erfahrung, gegen die es keine Einwände gab. Er wusste sogar, dass Marja Matwejewna, wäre sie nicht völlig überzeugt, dass er ihr nie etwas abschlagen würde – das hatte sie sich in den langen, entsagungsvollen Jahren ihres Lebens verdient –, ihm genauso nett entgegenkäme wie alle anderen und sich keine heftigen Repliken erlauben würde, auch wenn ihre Gefühle diesem Verhalten nicht entsprächen. Aber sie konnte sich alles erlauben; zu lange hatte sie mit Alexej Stepanowitsch ihre kärglichen Mittagessen geteilt und die kleinen Geldbeträge, für die sie manchmal zu zweit in ein billiges Kino gingen, hatte mit ihm ihre wenigen Freuden und ihren Körper geteilt – alles, was sie besaß. Alexej Stepanowitsch bemerkte verwundert, dass er ihr gegenüber keine Dankbarkeit empfand und dass ihm sogar ihr Schicksal im Grunde gleichgültig war; er wusste aber, dass er dankbar sein musste und alles für sie tun musste – und das tat er auch mit teilnahmsloser und gleichgültiger Bereitschaft.

Zum hundertsten Mal durchdachte er das alles und erinnerte sich, suchte rein aus Gewohnheit nach einer Lösung dieser Probleme, nach einem möglichen Ausweg. Doch es gab keinen Ausweg. Was er früher, vor langem, gekannt hatte, die stürmische Freude über seine körperliche Existenz, war jetzt verschwunden, und alles jetzige Lebensempfinden war eine unaufhörliche Abfolge von Schmerzen, Unpässlichkeiten und einem besonderen körperlichen Abscheu, und den hatte er bislang nicht gekannt. Wenn manchmal Leute, die sich für die Herausgabe einer radikalen Zeitung Unterstützung von ihm erhofften, ein Gespräch über soziale Reformen mit ihm begannen und wenn er sich über die Notwendigkeit solcher Reformen Gedanken machte, gab er ihnen zur Antwort, dass er nur ein Leben habe, dazu ein sehr übles, dass andere Leute ihn nichts angingen und soziale Reformen, selbst wenn alles in Gang käme, überhaupt nichts helfen würden; dass bestenfalls, wenn es gar eine Revolution gäbe, eine Umverteilung der Güter stattfände und deren gestrige Besitzer dann in die Lage von Proletariern gerieten; aber weder Proletarier noch Bourgeois würden davon besser oder glücklicher. Und die grundlegenden Veränderungen wären dermaßen unbedeutend, dass es sich absolut nicht lohnte, ihretwegen irgend etwas zu unternehmen, und noch am allerwenigsten, eine radikale Zeitung herauszubringen.

Aber nach solchen Gesprächen fiel ihm auf, dass jene halb unbewusste Vorstellung von der Welt, die er früher gehabt hatte und die einen fast unerschöpflichen, je nach dem Grad seines Nachdenkens sich erschließenden Reichtum an Bildern umfasste, nun karg und arm geworden war; geblieben war nichts als ein Dutzend pessimistischer Überzeugungen, eine Vielzahl körperlicher Krankheitsempfindungen und etwas, das stark einem unaufhörlichen seelischen Sodbrennen glich. Vergebens suchte er sich zu überzeugen, so könne die Welt nicht sein, es gebe die Liebe, die Selbstaufopferung und die unfassbare Schönheit von Klängen und Visionen; aber all das war seinem Gefühl unzugänglich, folglich existierte es nicht.

Und da empfand er ein ganz unerträgliches Grauen vor seinem Leben.

* * *

Er dinierte allein in dem riesigen, lichtdurchfluteten Esszimmer, an einem Tisch, an dem zwanzig Menschen Platz gefunden hätten; er aß ein paar Bissen von einem Fisch, der einen herben und ihm unbekannten Geruch ausströmte, drei Löffel einer sehr heißen Suppe, ein wenig Fleisch, aus dem widerwärtigerweise ein rötlicher, fahl blutiger Saft austrat, und eine Mandarine. Kaffee und Tee waren ihm verboten.

Er stand vom Tisch auf und ging in sein Kabinett. Die Zimmer waren riesig, hell und öde. In der Wohnung war es still. Ihm fuhr der Gedanke durch den Sinn, da lebe er, ein älterer Mann, der nichts mehr braucht, allein in einer sehr großen Wohnung, während in derselben Stadt Tausende Menschen auf den Straßen und unter den Brücken schlafen. Aber der Gedanke war ihm längst vertraut, hatte längst seine Verbindung mit den Gefühlen verloren und stellte deshalb die reinste Abstraktion dar.

Auf seinem Weg durch die Zimmer betätigte er die Schalter, löschte überall die Lampen aus; und nach einiger Zeit war alles in das vage Licht getaucht, das von den Straßenlaternen ausging. Es herrschte absolute Stille. Alexej Stepanowitsch ging langsam vom Kabinett zurück zum Esszimmer, in tödlicher Schwermut, die von der fahlen Beleuchtung, der Stille und Ödnis untrennbar zu sein schien.

Er schaltete das Radio ein und hörte eine Stimme, die ankündigte, gleich beginne die Übertragung eines Toscanini-Konzerts aus der Opéra. Er setzte sich in den Sessel, schloss die Augen, und ohne es zu merken, schlummerte er ein; als er aufwachte, war der Raum erfüllt von Klängen, in deren unvergesslicher Bewegung er sogleich die »Pastorale« erkannte, die sich bereits dem Ende näherte. Dann kündigte die Sprecherstimme die »Danse macabre« an. Alexej Stepanowitsch runzelte die Stirn und machte den Apparat aus; doch dann tat es ihm leid, und er machte ihn wieder an. Er kannte dieses Stück gut und seit langem und mochte es nicht. Nun hörte er zu und bemerkte, ungläubig und verwundert, dass es in Toscaninis Auffassung völlig anders klang und ihm vieles eröffnete, was er nicht gewusst hatte und was er nun, da er »Danse macabre« zum hundertsten Mal hörte, begriff und zum ersten Mal sah. Als der Applaus ertönte, machte er eilig das Radio aus, starrte vor sich hin und dachte, wie zwecklos doch Toscaninis Genie sei, dessen Vortrefflichkeit er jetzt ebenso abstrakt und unbeteiligt wahrnahm wie alles übrige – und wie alles übrige hatte selbst das nicht die Kraft, zumindest einen Teil seiner Seele in Bewegung zu versetzen.

Wieder nahm er seine Wanderung durch die Wohnung auf. Von weit her, wie vom Meer, drangen von der Straße ab und zu Hupsignale der Autos. Er dachte darüber nach, dann belebte sich sein Blick ein wenig, und er läutete zweimal. Eine Minute später klopfte es an der Tür.

»Machen Sie das Auto fertig«, sagte Alexej Stepanowitsch, »ich fahre in einer Viertelstunde nach Le Havre.«

Die Nacht war trocken und kalt. Alexej Stepanowitsch lag in dem geräuschlosen Wagen und schaute auf die Schirmmütze des Chauffeurs, unbeweglich wie auf einer Statue; mal schlummerte er ein, mal wachte er auf.

Erst im Morgengrauen, vom Garçon des Hotels in ein überhitztes Zimmer geführt, legte er sich in ein Bett mit unangenehm kalten Leintüchern und lag, jede halbe Stunde aufwachend, bis mittags; dann ging er hinaus auf die Uferstraße, schaute gewiss eine halbe Stunde auf die kalten und langen Wellen, hörte zu, wie ihr Schaum zischte und wie die Geräusche sich über der endlosen Wasserfläche verloren; ihn fror, er kehrte ins Hotel zurück, ließ den Chauffeur kommen und war gegen Abend erneut in Paris, in seiner Wohnung, wo alles noch genauso unverändert war, hell und vollkommen hoffnungslos.

Am nächsten Morgen sagte ihm Anatoli, er sei eingeladen worden, für drei Wochen nach England zu reisen, und falls der Onkel nichts dagegen habe …

»Was könnte ich schon dagegen haben?«, meinte Alexej Stepanowitsch. »Verreise nach Lust und Laune. Brauchst du Geld?«

Aber Anatoli lehnte das Geld ab. Auch darin war er nicht wie andere Menschen, die gewöhnlich nie ablehnten. Er brauchte wenig, und im Gegensatz zu seiner Mutter, die nicht auskommen konnte ohne tausenderlei Dinge, von denen sie vor einigen Jahren nicht einmal den Zweck gekannt hatte, die ihr jetzt aber völlig unentbehrlich waren – im Gegensatz zu ihr war er sehr anspruchslos.

»Für die Zeit meiner Abwesenheit schicke ich Ihnen einen Kommilitonen, der mich vertreten wird«, sagte Anatoli. »Es ist alles bereits organisiert. Bitte, machen Sie sich keine Sorgen, die Auslagen nehme ich auf mich, auch das habe ich schon abgesprochen.«

»Was reden Sie da, Monsieur Anatoli Alexandrowitsch?«, sagte Alexej Stepanowitsch mit spöttischer Höflichkeit. »Die Auslagen geruhen Sie auf sich zu nehmen? Sie meinen, Sie müssten mir bei der Überwindung finanzieller Schwierigkeiten zur Seite stehen? Bist du schon lange so reich? Vielleicht bietest du mir noch leihweise was an?«

»Nein, ich bitte Sie sehr …«

»Geh zum Teufel«, sagte Alexej Stepanowitsch. »Erlaube, dass ich mich selbst um meine Geschäfte kümmere. Wann fährst du denn?«

Anatoli reiste am nächsten Tag ab, und an demselben Morgen kam sein Vertreter. Er war ein Mann von dreiundzwanzig oder vierundzwanzig, mittelgroß, kräftig und gut gebaut, und an der Geschmeidigkeit und Leichtigkeit seiner Bewegungen, die Alexej Stepanowitsch mit unwillkürlichem und unbewusstem Neid verfolgte, ließ sich ablesen, dass er sehr stark und gesund war. Mit diesem Aussehen und dem straffen, glatt am Kopf anliegenden weißblonden Haar vertrugen sich jedoch nicht die blauen und hungrigen Augen, so groß wie die einer Frau, und die tiefen Ringe darunter. Im ersten Augenblick dachte Alexej Stepanowitsch: Womöglich ein Drogensüchtiger? Aber später kam er von dieser Vermutung ab, so exakt und sicher waren alle Bewegungen des jungen Mannes; alles wies auf ein ideales körperliches Gleichgewicht hin. ›Aber wieso nur diese idiotischen Augen?‹, fragte sich Alexej Stepanowitsch. ›Wohl von unbefriedigtem Begehren?‹

Sehr bald überzeugte sich Alexej Stepanowitsch davon, dass sein Interimssekretär ziemlich gebildet und nicht dumm war und über eine rasche Auffassung verfügte. Aber wenn er in diese Augen blickte, konnte er sich des Eindrucks nicht erwehren, er habe es mit einem Menschen zu tun, dessen Leben gänzlich in der Anstrengung aufging, sich zu beherrschen – einer Anstrengung, die wie eine schwierige und gefährliche Zirkusnummer jedesmal von Erfolg gekrönt war. Und ein paarmal ertappte er sich dabei, dass er fast so etwas wie körperliche Erregung spürte, wie wenn er einem Akrobaten zuschauen würde, der beinahe von dem in hoher, grauenhafter Leere hängenden Trapez abstürzte.

Doch schon wenige Tage später erfuhr Alexej Stepanowitsch, womit der seltsame Blick des jungen Mannes, den er vom ersten Tag seiner Bekanntschaft für sich den Akrobaten nannte, zu erklären war. Er hatte ihn zum Diner eingeladen. Nach dem Diner sagte der Akrobat zu Alexej Stepanowitsch, das einzige und wichtigste Unglück seines Lebens sei sein Geldmangel.

»Geld als Finanzmittel natürlich?«

»Ja, Geld als Finanzmittel.«

»Um was zu erreichen?«

»Ich liebe eine Frau …«

Alexej Stepanowitsch seufzte. »Plus ça change, plus ça

reste la même chose«*, sagte er. Der Akrobat fuhr fort, die Frau, die er liebe, könne ihm nicht gehören, weil er zu arm sei und kein Recht habe, sie zu einer bettelarmen Existenz zu verdammen – in einer kleinen Wohnung, ohne Personal, mit der Sorge um Küche und Haushalt und so weiter. Nach des Akrobats Worten war die Frau ungewöhnlich schön und ungewöhnlich klug.

»Versteht sich, versteht sich«, sagte Alexej Stepanowitsch.

»Sie bezweifeln es?«

»Nein, ich habe lediglich in meinem Leben so etwas nie erfahren, obgleich ich einräume, dass es das geben kann. Doch wenn ich Sie richtig verstehe – wären Sie reich, würde sie mit Ihnen leben?«

»Ich denke schon, ja.«

»Und Sie wären gerne reich?«

»Ja.«

Alexej Stepanowitsch schwieg eine Weile. Er hätte gerne gefragt, wieviel sie denn verlange, sagte es aber nicht, da er den Akrobaten nicht kränken wollte und zudem glaubte, das wäre allzusehr vereinfacht.

»Aber sie liebt Sie?«

»Ich denke, ja.«

»Und Sie sind überzeugt, wenn Sie Geld hätten, wäre alles gut?«

»So scheint es mir.«

»Und Sie würden nichts bereuen?«

»Nein. Davon bin ich absolut überzeugt.«

Drei Tage später sagte Alexej Stepanowitsch nach dem Dejeuner zum Akrobaten:

* Je mehr sich ändert, desto mehr bleibt alles gleich

»Ich möchte ein einziges Mal in die Rolle des Zauberers im Märchen schlüpfen.«

Die blauen Augen des Akrobaten sahen ihn gespannt an.

»Ich freue mich, dass ich das für Sie tun kann, obwohl es, offen gestanden, nicht von besonderem Wert ist, weil es mich nicht sehr viel kostet. Aber ich bin alt und unglücklich. Und wenn mein Geld wenigstens irgend jemanden glücklich machen kann, ist das sehr gut. Ich habe allen Grund, daran zu zweifeln«, sagte er, »meines Erachtens kann Geld Leiden verringern, ist aber nicht in der Lage, auch nur das geringste zu erschaffen. Geld hat keine schöpferische Kraft. Aber das ist bereits die Philosophie eines alten Skeptikers, die Sie nicht zu bekümmern braucht. Ich werde mich freuen, wenn diese meine Überzeugung falsch sein sollte. Gehen Sie.«

Und als der Akrobat, dermaßen fassungsos, dass er ihm nicht einmal dankte, schon die Tür halb hinter sich zugezogen hatte, setzte er hinzu:

»Rufen Sie mich morgen um zehn Uhr früh an, da gebe ich Ihnen alle Instruktionen!«

Er schnipste eine Streichholzschachtel vom Tisch, auf die sein Blick gefallen war, und sann darüber nach, dass Reichtum keine Schöpferkraft habe und dass der Akrobat nicht im Recht sei; aber nehme man für einen Moment an, das Wunder sei möglich, bliebe wenigstens noch ein Trost übrig. Jetzt hatte er dieses letzte Mittel eingesetzt; und wenn es sich als ebenso trügerisch und unwirksam erweisen sollte wie alles andere, dann bliebe nur noch … Er zuckte die Schultern, stand auf und wanderte durchs Zimmer. Der arme Akrobat! Er meint, jetzt werde in diesem vielleicht tatsächlich wunderschönen Körper, in den Muskeln und der Brust, jene Gegenbewegung anheben, die allein in der Lage sei, ihn glücklich zu machen, und die erst jetzt entstehen und sich ausbreiten könne; und das alles zu erschaffen, sei jener Reichtum in der Lage, der in Alexej Stepanowitschs Händen so kraftlos war und der jetzt eine magische Macht gewinnen müsste.»Aber diese Macht gibt es nicht«, sagte Alexej Stepanowitsch laut, mit Nachdruck.

Anatoli kehrte aus London zurück, der Akrobat verschwand vollkommen spurlos, und Alexej Stepanowitschs Leben verlief weiterhin wie zuvor. Der Winter war vorüber, die Luft wurde wärmer, in Mondnächten blickte Alexej Stepanowitsch auf die Reihen erblühender Kastanien vor dem Fenster. Wie Anatoli sagte, war der Akrobat auf Reisen, sei es in Italien, sei es in Südamerika; die Tage wurden immer länger. Alexej Stepanowitsch ließ sich weiterhin behandeln, er lebte noch genauso in Einsamkeit und hatte sogar aufgehört, über vieles nachzudenken, denn jedesmal wenn vor ihm eine der immer gleichen Fragen auftauchte, die ihm als die wichtigsten erschienen, war seine negative Antwort sogar schon vor einer Erörterung fertig, als ob es von vornherein und ein für allemal klar wäre, dass kein Irrtum möglich ist und alles zu frühzeitigem Verschwinden verurteilt und verdammt ist, und das ebenso eindeutig, wie offenbar nur noch wenige Tage vergehen würden, und vom milchweißen, luftigen Fluss der Kastanienblüten würde eines Nachts nichts mehr übrigbleiben. ›Aber nächsten Sommer gibt es andere‹, entgegnete sich Alexej Stepanowitsch und wiederholte noch einmal: ›Andere. Diese gibt es nicht mehr.‹

Dann wechselte er auf eine andere Erörterungsebene und redete sich ein, dass ihn die blühenden Kastanien überhaupt nichts angingen, sie könnten nicht im geringsten sein Leben beeinflussen und auch nichts darin verändern, weder zum Guten noch zum Schlechten.

Danach reiste er ans Meer, tagsüber zerfloss er vor Hitze und trank Eiswasser, abends ging er, auf einen Stock gestützt, zu einem leeren und fernen Ufer und blickte auf die Wellen. ›Hier zu sterben wäre gut‹, dachte er einmal. Es war ein Abend, vor dessen Anbruch ein kurzer und rascher Regen durchgezogen war. Die Luft wurde frischer, es roch stärker nach Meer. Er kehrte nach Hause zurück. Langsam erreichte er die Villa, in der er wohnte, schaute auf ihre offenen dunklen Fenster, trat ein, betätigte den Lichtschalter, und plötzlich erblickte er, wie in einem fernen Traum, die ungebärdigen blauen Augen des Akrobaten und die schwarze Mündung des Revolvers, die auf seine Brust gerichtet war.

Hannah

Gleich am Bahnhof begann eine breite Straße, schludrig hingebaut, Pflaster wie Gehsteige wie Häuser, und auf den ersten, unaufmerksamen Blick einer beliebigen Straße in einer beliebigen anderen Stadt ähnlich; aber strenge ich nur ein wenig mein Gedächtnis an, sehe ich jedes Gebäude, jedes Aushängeschild klar vor mir, ich habe das mehrfach überprüft, durch fremde Länder und Städte führe ich sie seit Jahren mit mir, diese fast idyllische und zweifellos nicht mehr existierende Landschaft, in der sich meine frühen Lebensjahre abgespielt haben. Unmittelbar am Bahnhof fuhr die Pferdetram los, offiziell hieß sie Städtische Pferdestraßenbahn, bespannt war sie mit zwei Pferden unterschiedlicher Farbe, die viel zu erdulden hatten, und gelenkt wurde sie von einem Kutscher mit jener besonderen, ziegelsteinroten Gesichtsfarbe, wie Landstreicher, Kutscher, Vagabunden und die chronischen russischen Pilger sie haben, Menschen, die einen großen Teil ihres Lebens im Freien verbringen; und am kupferroten Gesicht wuchs, wild und üppig, ein staubiger und maßlos sich ausdehnender Schnurrbart.

Die erste Straße, durch die die Pferdetram fuhr, war so breit und geräumig, dass es unwillkürlich schien, als wäre sie außerordentlich lang und durchquerte womöglich die ganze Stadt; doch sie endete bald und völlig überraschend, ohne die in sie gesetzten Erwartungen zu erfüllen. Das bedeutendste Gebäude dort war ein riesiges Hotel mit zwei gleichen Aushängeschildern, auf denen – Goldbuchstaben auf schwarzem, im Licht funkensprühendem Grund – russisch »Gostiniza Slon«* und französisch »Hôtel Slon« geschrieben stand. Und an der Ecke war ein zweites Hotel, überall Glastüren und Fensterscheiben, aber ohne ausländische Finessen und Aushänge in fremden Sprachen, und das hieß »Russische Gastfreundschaft«. Später nannten wir die Stammgäste des »Elefanten« die Westler und die Stammgäste der »Russischen Gastfreundschaft« die Slawophilen. Hier an der Ecke stand auch gewöhnlich ein vierzehnjähriges Bürschchen, Serjoschka, der nach alter Gewohnheit die Papirossa im Ärmel hielt und mit heiserer Stimme seine Zeitungen anpries: »Aufgepasst, aufgepasst! Nachts gemacht, tags verkauft, abends umsonst!« Genannt wurde er Serjoschka Tschmel, obwohl sein Nachname Schmeljow war, aber im Kriminellenjargon klang der Name Schmeljow nicht überzeugend, darum lag es nahe, ihn Tschmel auszusprechen. Wenn ich an Serjoschka vorbeikam, hielt er mir die Hand hin, sagte rasch: »Grüß dich, wie geht's, gib mir eine Papirossa« – blitzschnell haspelte er das und fing gleich wieder zu schreien an: »Extra-Blatt, die letzten Neuigkeiten vom Kriegsschauplatz! Extra-Blatt! Aufgepasst, aufgepasst!«

Ich kannte ihn unabhängig von seiner Zeitungstätigkeit, er hatte eine tollkühne Phantasie und erzählte die unwahrscheinlichsten Geschichten, die er irgendwo gelesen hatte, gab sie auf seine Weise wieder und spielte darin unweigerlich die Rolle des Helden. Sein Lieblingssatz war: »Da komm ich in Rage …«; der leitete gewöhnlich den entscheidenden Moment seiner Schilderung ein, sagen wir, eine beispiellose, ideal unwahrscheinliche Straßenschlacht mit Polizisten. Wenn ich Serjoschka entgegnete, das sei alles nicht wahr, sprang er auf, warf die Mütze auf den Boden und

---

* Hotel Elefant

schrie wie rasend: »Für wen hältst du mich? Für wen? Glaubst mir nicht, was?« Dann beruhigte er sich, lächelte und fügte hinzu: »Bist ein komischer Kauz, gib mir noch eine Papirossa.« Seine ältere Schwester, die siebzehn war, fing schon mit der Prostitution an, sein Bruder steckte in einer Bewahranstalt für minderjährige Kriminelle, seine Mutter, keine junge Frau mehr und längst ohne Mann, tat gar nichts, sang bloß mit hoher Stimme traurige Lieder – und nie habe ich sie nüchtern erlebt; in ihrer Jugend war sie Wäscherin, fing aber dann zu trinken an. Sie war krank, hatte wohl Wassersucht, jedenfalls konnte sie nur mit Mühe gehen, und beim Sprechen bewegte sie den Kopf mit den riesigen, vorstehenden, trüb gläsernen Augen hin und her. »Unsre Mamascha ist kränklich«, sagte Serjoschka und spuckte zwischen den Zähnen durch. Wenn es Serjoschkas Familie ganz schlecht ging, halfen wir ihm, so gut wir konnten. Serjoschka selbst war nicht zufrieden mit seiner Tätigkeit, sein Wunschtraum war, ein professioneller Dieb zu werden, aber ihm fehlte das Training, und bei jedem neuen Versuch wurde er gefasst, was ihn zur Verzweiflung trieb. »Hab keine Routine in der Arbeit«, sagte er niedergeschlagen, »jedesmal schnappen sie mich.« – »Es soll Schulen dafür geben, Serjoscha«, sagte ich, »weißt du, wo sie einen zum Taschendieb ausbilden.« – »Wo sind sie, diese Schulen?«, schrie Serjoschka. »Ich frag dich, von Mensch zu Mensch: Wo? Weißt du nicht? Ich weiß es auch nicht.«

Im Winter war Serjoschka einmal nicht an seinem Platz, und ich ging zu ihm; er lag, sein rechtes Bein war in Lumpen gehüllt. »Was hab ich ein verfluchtes Pech!«, sagte er betrübt. Ich fragte, was los sei, und er erzählte mir, er habe einen wunderbaren silbernen Samowar ausgespäht, den die Köchin eines Hauses tagtäglich im Hof anfache, des Koh-

lendunsts wegen. Serjoschka hatte ihn an den Henkeln gepackt und war losgelaufen, aber die Köchin bemerkte es,
der Hofknecht ebenfalls, und Serjoschka musste flüchten;
der Samowar war zu schwer, er konnte ihn nur fallen lassen. »Hab mir das Bein verbrüht, Tod und Teufel, Gott sei
Dank, dass ich wenigstens so entwischt bin.« – »Dumme Geschichte mit deinem Samowar«, sagte ich. – »Ha, Bruder,
der war vielleicht schwer!«, sagte Serjoschka schwärmerisch.
»Ein Samowar für bestimmt zehn Leute. Ich komm auf die
Beine, dann gehen wir hin, ich zeig ihn dir.« Den Samowar
kannte ich; er gehörte Bekannten von mir, bei denen ich
manchmal Tee trank, und er war tatsächlich ungeheuer
groß, ausladend und schwer. Um Serjoschka zu trösten, sagte ich, der Samowar sei eigentlich bloß aus Messing, nur des
Scheins wegen mit einer Silberschicht überzogen, und wert
sei er auch nicht viel, Gerassim würde dafür keine zwei Rubel geben.

Gerassim war Aufkäufer von Diebesgut, ein finstrer Mann
mit schwarzem Bart und Stelzfuß an dem einen Bein. Im
Japanischen Krieg hatte er heldenhaft gekämpft und trug
stets seine Georgskreuze auf der Brust. Er war alleinste-
hend, lebte äußerst bescheiden in einer feuchten kleinen
Wohnung aus zwei winzigen Zimmerchen, trank nicht,
rauchte nicht, schwieg immer und las in einem Evangelium
mit schwerem Ledereinband; er liebte Kirchengesang, fas-
tete gern und kannte die Liturgien aller Gottesdienste auswendig. In der Jugend hatte er, wie er sagte, immer zu den
heiligen Stätten gewollt, aber im Krieg verlor er ein Bein,
und mit dem Stelzfuß konnte er nicht mehr gehen. »Sie
sollten, Gerassim, auf einem Karren losziehn«, sagte ich,
wenn ich zu Besuch war; ich kam manchmal zu ihm, und er
bewirtete mich mit Tee. »Auf einem Karren, das ist nicht das

Rechte«, entgegnete Gerassim, »begreif doch, das ist kein Gehen zu den heiligen Stätten, sondern ein Fahren. Und Fahren ist uninteressant.« Er hatte einen einzigen Freund, der im Japanischen Krieg mit ihm zusammen Soldat gewesen war, ein Blinder; der sang und spielte Harmonika, zog mit seinem Hund über die Höfe und verdiente viel Geld, er spielte und sang auch wunderschön. Mich verblüffte, dass er wie ein Sehender ging, nie fehltrat und nie stolperte, und erst als ich ihn zum erstenmal bei Gerassim traf, erfuhr ich, dass er gar nicht blind war. »Aber warum macht er das?«, fragte ich Gerassim. – »Was bist du begriffsstutzig«, erwiderte Gerassim, »bist ein komischer Kauz, wirklich wahr. Da verschwendet deine Mutter für dich Geld aufs Gymnasium, und du begreifst so etwas nicht. Der braucht das für seine Arbeit, einem Blinden geben sie mehr Geld. Hast du es jetzt begriffen?« Sein Gewerbe kannte Gerassim aus dem Effeff, er schätzte Gegenstände sofort, ohne zu zögern, und irrte sich nie. Aber auch er hatte einen wunden Punkt; er sammelte Briefmarken, und da kannte er sich ganz schlecht aus, obwohl er sie, scheint's, von allem am liebsten hatte; und Serjoschka, dem wir das erklärten, spezialisierte sich zuletzt darauf, dass er Gerassim Briefmarken brachte, die wir ihm gegeben hatten, und mehr verdiente als mit dem Diebesgut.

Nach einiger Zeit trafen wir Serjoschka im übrigen seltener, denn er war aus der Wohnung beim Bahnhof ans andere Ende der Stadt gezogen, in die Alte Pferdemarktstraße, da herrschte schon tiefste Provinz. Ich fuhr zu ihm. Die Reise dauerte fast eine Stunde, bis die Pferdetram schließlich auf seine Straße einbog und vorbeirollte an Aushängeschildern wie: »Eigene Milch von Anna Rahmina«, »Strumpfetablissement Pusmok«, »Schneider Jewgeni Lachlautow«.

Hier lebte die Armut, an Frühlingsabenden drangen keine
Klavierklänge aus den offenen Fenstern, es fuhren weder
Droschken noch Luxuskutschen, zu hören war bloß un-
unterbrochenes Kettenklirren aus dem endlos langen Gebäude der Pferdeställe, die der Städtischen Pferdebahn gehörten. Im übrigen blieb Serjoschka auch dort nicht lange
und zog erneut um, diesmal in ein Viertel unweit unseres
Gymnasiums und der Bädergasse, wo sich die berühmten
Wanifantjew-Bäder, die Bordelle und eine lebhafte, umher-
ziehende Prostituierten-Börse befanden; in diesem Viertel
handelte Serjoschka mit pornographischen Ansichtskarten,
aber er war eben ein Unglücksrabe, und seine Geschäfte
gingen nach wie vor schlecht. Uns vergaß er allerdings
nicht, nach wie vor kam er zu uns, und wir versammelten
uns alle in der Senke hinter unserer Gartenmauer: zwei Kameraden von mir, ein Gymnasiast und ein Realschüler, Serjoschka und ich; er nahm an allen unseren Unternehmungen teil, und wir waren noch dermaßen unverdorben, dass
wir keinerlei Ungleichheit empfanden. Wenn wir bespra-
chen, dass wir uns ein wenig Geld besorgen müssten, um
Boot zu fahren, und ich überlegte, wie es zu beschaffen
wäre, sagte Serjoschka jedesmal:

»Stiehl es bei deiner Mutter.«

»Wozu stehlen?«, sagte ich dann. »Sie gibt es mir. Ich
brauch bloß zu bitten, sie gibt es mir.«

»Deine Mutter ist komisch«, sagte Serjoschka, »ich würd
es dir nicht geben.«

Dann schlug Serjoschka wieder einmal vor, Rache zu
nehmen an seiner Erzfeindin Jekaterina Sidorowna Kar-
powa, Besitzerin einer Näherei für Mode und Weißzeug,
die, nach Serjoschkas Worten, ihn einst bei der Polizei angezeigt habe. Das war überhaupt nicht wahr, doch es gefiel

Serjoschka sehr – auch das hatte er offenbar irgendwo gelesen und sich sogleich in die Rolle des Verfolgten und Jekaterina Sidorowna in die Feindesrolle hineinphantasiert, obwohl Jekaterina Sidorowna von Serjoschka überhaupt keine Ahnung hatte; aber Serjoschka glaubte aufrichtig, sie habe ihn bei der Polizei angezeigt, und als Vergeltung für dieses eingebildete Verbrechen schrieb er, sooft er nur konnte, mit Kreide an die Tür ihrer Näherei: »Hir wird ganz schlächt genät« – um ihr Auftraggeber abspenstig zu machen, wie er sagte. »Die sehen das und gehn fort«, sagte er verträumt, »dann kriegt die Schlampe zu spüren, was es heißt, jemand anzuzeigen.« Und in seiner Phantasie sah er bereits vor sich, wie Auftraggeber in hellen Scharen zur Näherei gegangen und gefahren kamen, die Inschrift lasen und sich langsam entfernten, obgleich Jekaterina Sidorowna persönlich auf der Schwelle stand und sie anflehte, zurückzukehren.

Jekaterina Sidorowna war – und blieb – für mich das reinste, das ideale Beispiel besonders prachtvollen Trauerns. Viele Jahre später erfuhr ich ihre Geschichte: Sie war die Geliebte eines sehr reichen und betagten Mannes gewesen, hatte gut gelebt, war mit ihm ins Ausland gereist; aber eines schönen Tages starb er plötzlich, ohne ein Testament zu hinterlassen, und natürlich fiel ihr gar nichts zu. Da legte sie Trauer an, die sie danach nie mehr ablegte, und eröffnete ihre Näherei. Sie war eine schweigsame Frau; eine sehr weiße Haut hatte sie, große und schwarze Augen, und wenn sie vorüberging, schien sie niemanden um sich wahrzunehmen. Sie galt als sehr stolz, redete selten und wenig mit Nachbarn. Ich erinnere mich deutlich an das Seidengeraschel ihres Kleids, den Duft ihres Parfüms und ihr konzentriertes, strenges Gesicht. Und nur einmal in all der Zeit – es war bereits 1917 – sah ich ihr Gesicht aufleben und ihre unbeweglichen Augen lachen. Damals begegnete ich ihr weit von ihrem Haus, beim Hotel Metropol; hüpfend ging sie am Arm eines Offiziers, dessen gesamter Rumpf von einem dichten Geflecht glänzender Riemen umwunden war – ein Riemen vom Gürtel über die Schulter, ein Riemen von der Ledertasche mit glimmerndem Überschlag, unter dem liniertes Papier vorlugte, ein Riemen von der Revolvertasche, ein Riemen vom Feldstecher.

In ihrer Näherei arbeiteten fünf oder sechs Mädchen; mit der einen waren wir befreundet, sie war vierzehn. Sie hatte ein lustiges, stupsnäsiges Gesicht, das unmöglich stillhalten konnte. Frossja hieß sie. Oft beklagte sie sich über Jekaterina Sidorownas Strenge, schluchzte dabei und schneuzte sich lautstark in ihr Taschentuch, das sie sich unter den Kragen steckte. Nach zwei Jahren verschwand sie plötzlich, und wir wussten überhaupt nicht, was mit ihr war. »Ließ sich auszahlen und ging«, sagten uns ihre Freundinnen. Dann erschien eines Tages Serjoschka, und vor Aufregung sich verhaspelnd und vom ständig triefenden Speichel lispelnd, erzählte er uns hingerissen, er habe Frossja auf dem Bahnhof getroffen. »Im schwarzen Kleid, ja, mit riesigem Hut«, sagte Serjoschka. »Ein Fräulein!« – »Woher hat sie das?« – »Ich bin schlau, ich hab alles erfahren«, sagte Serjoschka. »Alles genau erfahren«, flüsterte er hingerissen, »vor mir versteckst du nichts.« – »Und was hast du erfahren?« Darauf berichtete Serjoschka mit bedeutsamer Stimme, Frossja sei jetzt als Mätresse tätig. Wir glaubten ihm nicht, er warf wieder die Mütze auf den Boden und sagte, wir könnten sie jeden Tag auf dem Bahnhof sehen, weil sie aus der Siedlung Lindenhain vor der Stadt, wo sie wohne, immer hereinfahre – und wir begaben uns zum Bahnhof und trafen sie tatsächlich, und sie sah genauso aus, wie Serjoschka sie beschrieben hatte. Und Frossja berichtete uns, tatsächlich, sie sei jetzt Mätresse. Wir freuten uns aufrichtig für sie. »Wer hält dich denn aus?«, fragte ich. »Einer mit Bart oder ohne Bart, ein Junger oder ein Alter?« – »Ist schon älter«, sagte Frossja, »fünfunddreißig, aber, weißt du, so ein Zärtlicher, Gutmütiger, schlägt mir nichts ab, die ersten Tage hab ich mich an Kuchen überessen, der Bauch hat mir dann so weh getan, hab gedacht, ich sterbe.«

Einmal fuhren wir sie besuchen, nach Lindenhain, sie wohnte in einem kleinen Häuschen, in zwei ordentlich eingerichteten Zimmern, bewirtete uns mit Warenje, mit Tee und Wurst, und auf dem Rückweg sagte Serjoschka hingerissen: »Gut lebt Frossja, hast gesehen, Bruder?« Als ich dann einmal an einem frühen Herbstabend von einem langen Fahrradausflug allein zurückkehrte, hielt ich an dem Haus, wo Frossja wohnte, und klopfte ans Fenster, worauf ihr erschrockenes Gesicht herausschaute und sofort wieder verschwand. »Gib mir zu trinken, Frossja«, sagte ich, »mich quält der Durst.« – »Gleich, gleich!« Hinterm geschlossenen Fenster gab es ein kurzes Gespräch, dann sagte sie: »Komm doch rein, was stehst du auf der Straße, ich mach dich bekannt.« Ich trat ein und erblickte einen Mann in aufgeknöpftem weißem Uniformrock. Sein Gesicht war rasiert, sein Anblick war angenehm, mich verwunderte nur sein überraschend müder Augenausdruck. Er fragte mich, welches Gymnasium ich besuchte, lächelte und sagte, dasselbe habe seinerzeit auch er abgeschlossen. »Wir beide haben noch einen berühmten Schulkameraden – Ilja Metschnikow«, sagte er. Er war Ingenieur, war unglücklich in seinem Familienleben und anscheinend ziemlich wohlhabend.

Hinter dem Haus, in dem wir wohnten, war ein Garten, hinter dem Garten eine Senke, und dorthin kamen nicht

nur wir, sondern auch unsere Freunde aus den Nachbar-
häusern. Wir führten organisierte Kriege, einer jedoch ging
unaufhörlich weiter, der Krieg der Mädchen gegen die Jungen, und da gewannen die Mädchen fast immer die Ober-
hand, denn sobald wir zu dritt oder zu viert waren, sie aber
zu fünft, taten sie uns schön, schenkten uns Bonbons und
gaben sich überaus freundschaftlich. Aber es brauchte nur
einer von uns allein dort aufzutauchen, schon fielen sie
über ihn her. Das passierte der Reihe nach jedem von uns,
und einmal traf es mich besonders hart, sie zerrissen mir
das robuste Gymnasiastenhemd, mein Gesicht war zerkratzt
und die Hände bis aufs Blut zerbissen. Aber als ich eine
Viertelstunde später mit Kameraden zurückkehrte, um
mich zu rächen, traf ich nur noch eine von ihnen an, die
zwölfjährige Hannah, die uns nun weismachte, sie allein
habe mich verteidigt. Und weil wir zu viert waren, sie jedoch
allein, ging sie kein Risiko ein; wir halfen ihr sogar auf den
Zaun, und erst als sie auf der anderen Seite war, schrie sie
rasch: »Ich hab ihn auch geschlagen! Dreckskerle!«, und
rannte wie der Blitz davon; wir stürzten ihr nach, kamen
aber zu spät.

Dort in der Senke fingen wir auch an, im Chor die Lieder
zu singen, die uns Serjoschka beibrachte, und das erste war
ein Gaunerlied, das folgendermaßen anfing:

> Geh raus zum Bahnhof, mein Liebchen,
> Blende die Kerle mit deiner Schönheit.

In diesem Chor verblüffte uns damals die stärkste und reinste Stimme, sie klingt bis heute in meinem Gedächtnis, und
das war Hannahs Stimme. Hannah – wir nannten sie auch
Hannotschka oder Hannele, wie ihre Mutter sie rief – war

die Tochter einer älteren jüdischen Witwe, der Besitzerin eines Kolonialwarenladens, in dem es immer nach einer Mischung aus Seife und Plötze roch, wo aber rundweg alles verkauft wurde, bis hin zu Nägeln. Sobald ein Käufer etwas verlangte, das sie nicht hatte, sagte sie, Entschuldigung in der Stimme: »Nein, leider, habe ich nicht«, und wandte sich sofort an die Tochter: »Hannah, vergiss nicht, erinnere mich an diese Ware.« Ihr Russisch war sehr eigenwillig, sie sprach die Wörter ganz langsam aus; wenn sie auf Jiddisch loslegte, wurde sie gleich ungeheuer lebhaft, und ihre Rede sprudelte so rasch, dass sie schwer zu verstehen war.

Ich weiß noch, mal kam ich in den Laden, da hatte sie gerade wieder eine Krankheit hinter sich gebracht und sagte zu mir: »Weißt du, ich war so schwach, dass ich mich beim Gehen wo festhalten musste.« Ihr Geschäft lief ziemlich gut. Sie klagte nicht über die Konkurrenz, von den Nachbarn sagte sie bloß: »Die müssen auch leben.« Aber sie hatte nie Geld, denn sie zeichnete sich durch krankhafte Freigebigkeit aus, und wer sich um Hilfe an sie wandte, stieß nie auf Ablehnung. Sie hatte viele Kinder, obwohl sie längst verwitwet war und seither nicht mehr geheiratet hatte; doch annähernd alle zwei Jahre war sie schwanger, brachte das Kind zur Welt und seufzte: »Noch eins mir auf den Buckel.« Ihre Kinder waren ganz verschieden: Hannah war rothaarig, ihr jüngerer Bruder Solomon, den ungewöhnliche mathematische Fähigkeiten auszeichneten – mit acht Jahren löste er im Nu die schwierigsten Rechenaufgaben –, sah ganz wie ein Zigeunerkind aus, er hatte schwarze Haare und schwarze Augen mit gelblichen Augäpfeln. Nur in den ältesten Kindern floss unvermischt jüdisches Blut, aber schon Hannah war die Tochter eines russischen Metzgers, der ihre Mutter heiraten sollte, was aber auf tragische Weise nicht zustande kam, denn er ertrank, als er am Abend vor der Hochzeit baden ging. Solomon war der Sohn eines italienischen Scharlatans, der seinerzeit einige Monate in unserer Stadt – womöglich gar im Hotel Slon – gewohnt hatte und dann nach Italien gefahren war.

Sie hatte hinter dem Laden eine kleine Wohnung, ewig erfüllt von Kinderlärm; später wirkte die Wohnung noch beengter, als ein kleines rotes Klavier für Hannah darin auftauchte. Und ich erinnere mich sehr gut an den Geruch des erstaunlich schmackhaften Fleisches, das dort oft zubereitet wurde und das auch ich ein paarmal zu essen bekam. Hannahs Mutter redete bisweilen mit sich selbst oder stellte ihren Kindern Fragen, auf die sie nicht antworten konnten: »Wie machen wir das, Hannele, was meinst du?« Oder: »Er möchte zwanzig Prozent, wie gefällt dir das, Solomon?« Zu mir sagte sie einmal: »Vielleicht erklärst du mir, womit ich meine Kreditgeber bezahle?« Ich war damals ungefähr zwölf. »Wenn Sie möchten, bemühe ich mich, Geld für Sie aufzutreiben«, erwiderte ich. »Ach woher, ach woher!«, sagte sie, zur Besinnung gekommen. Sie liebte ihre Kinder sehr und fütterte sie bis zum Erbrechen mit Süßigkeiten, die sie selbst ebenso gerne aß. Lesen und schreiben konnte sie kaum, die Geschäftskorrespondenz führte Hannah; aber sie hatte ein unfehlbares Gedächtnis, irrte sich niemals in ihren Berechnungen und konnte exakt angeben, welchen Erlös sie an einem bestimmten Tag vor einem Monat erzielt hatte. Ich weiß noch, wie sie Tränen lachte, als ich in Kadettenuniform zu ihr kam: »Oi, was für ein Soldat du bist, mir graut's ja richtig. Hast kein Gewehr dabei? Hannele, hast du keine Angst vor ihm?«

Hannah kam aufs Gymnasium, als sie zehn war. An ihrem ersten Schultag holte ich sie ein, sie war schon auf dem

Weg; ihr Gesicht war blass, es graute ihr ein wenig, wie sie zugab. Wir gingen zusammen; um die Ecke drang plötzlich ein Scharren und Klirren, das Geräusch vieler Schritte. Wir blieben stehen. »Häftlinge«, sagte Hannah, »richtige, in Ketten.« Bestimmt eine Minute schauten wir auf diese Menschen in grauer Kleidung, die schwer mit den Ketten rasselten; auf dem Gehsteig stand eine mitleidige Menschenmenge.

Dieser Tag war in keiner Weise bemerkenswert, er glich allen anderen; aber später kamen mir die Kühle des frühen russländischen Morgens wie die Häftlinge in den Ketten wie das blasse Gesicht des rothaarigen Mädchens mehrfach und heftig ins Gedächtnis. Ich sah in der Folge den katastrophalen Rückzug einer ganzen Armee, irrwitzige Menschenmassen an den sogenannten historischen Tagen in Paris, sah gigantische Brände in Konstantinopel und war Zeuge vieler Tragödien; zugleich konnte, aufgrund des ideal unberührten und unversehrten Eindrucks, nichts davon dem unbedeutenden Morgen einst in Russland gleichkommen, vor vielen Jahren. Allerdings neigte ich nie dazu, dieser Erinnerung eine symbolische Bedeutung beizulegen, die hatte sie nicht; aber sie war in mir gleichsam zu Hause, während alles Übrige mir im Grunde völlig fremd war. Oft habe ich über diese unwillkürliche Einschränkung der Wahrnehmung nachgedacht, über das, was Hannah, in den Briefen an mich, zuletzt zärtliche Beschränktheit nannte; und ich würde lieber auf eine Vielzahl anderer, auf den ersten Blick wichtigerer Dinge verzichten, um mir diesen unbezweifelbaren Mangel zu erhalten.

Solcherart war Hannahs Kindheit.

* * *

Viele Jahre danach las ich in einer Zeitung, die mir Hannah aus New York geschickt hatte, ihre andere, echte Biographie – echt deshalb, weil Millionen Leser sie kannten, denen niemand hätte widersprechen können. Diese Biographie war von einem berühmten, aber literarisch ungebildeten Journalisten in einem bonbonsüß sentimentalen Stil verfasst worden. Sie begann mit Interjektionen und Ausrufen – oh, bitte leise! – und damit, dass die Straße vor dem Haus, in dem das große Ereignis stattfinden sollte, mit Stroh ausgelegt wurde; dies ging dem historischen Morgen voraus, an dem Hannah zur Welt kommen sollte. Ihr Vater war ein armer, aber berühmter Geiger, den die russische Regierung nicht ins Ausland reisen ließ. Ihre Mutter war eine Schönheit und eine großartige Pianistin, die dem kleinen Mädchen die Liebe zu Schubert, Beethoven und Mozart einflößte. Außer Musik mochte die Kleine nichts lernen. Das Familienheim umgab ein schattiger Garten, in dem hundertjährige Bäume rauschten, und zu diesem Blätterrauschen, zum Plätschern des Flusses, der offenbar auch durch diesen Garten floss, bildeten sich in der musikalischen Phantasie des Mädchens die Möglichkeiten zu jenen Interpretationen heraus, die ihre Zuhörer frappieren, die für sie jedoch ebenso natürlich sind wie das Blätterrauschen für den Garten. Sie war die einzige Tochter, war ein zartes und anfälliges Kind, und die Ärzte fürchteten stets für ihre Gesundheit; sie hatte keine Freundinnen; die Spiele anderer Kinder, die manchmal barbarische Formen annahmen, waren ihr unangenehm; sie nahm niemals daran teil, ihr Leben war stets zärtlich behütet von den Eltern und umgeben von den kristallklaren Klängen des riesigen Flügels, der den halben Salon einnahm; die zweite Hälfte war vom Fell eines Eisbären bedeckt, den ihr Vater in seiner Jugend auf der

Jagd geschossen hatte. Und größtenteils damit, dass sie ständig allein gelebt hatte, wurde auch die Entstehung jener unvergleichlichen Musikwelt erklärt, die sie in sich trug. Als an den Tagen der Judenpogrome die Menge in Hannahs Haus einbrach, erblickten die Mörder und Plünderer den Flügel, an dem Hannahs Mutter saß – Hannah sang damals –, und diese Leute, die gerade schwangeren Frauen die Bäuche aufgeschlitzt hatten, hielten unwillkürlich inne und trollten sich dann, ohne jemandem ein Leid zugefügt zu haben – wie der König im Lesebuch. Ich glaube, diese Stelle dürfte sogar dem Verfasser des Artikels ein wenig übertrieben vorgekommen sein, allein schon deshalb, weil Hannah an den Pogromtagen wohl etwas über ein Jahr alt war. Mit Mühe las ich den Artikel zu Ende, zumal er außerordentlich lang war, und dieser Umstand war weniger dem Interesse des Verfassers am Thema geschuldet als vielmehr dem amerikanisch bedeutenden Honorar.

»Du hast mir Deine Biographie geschickt«, schrieb ich darauf Hannah, »sie ist nicht einmal komisch, sondern der billigste und dümmste Mythos, den ich je zu lesen bekam. Was hatte er bloß für Informationen, um das zu schreiben?«

Sie antwortete halb im Scherz, halb im Ernst, dass sie mich beauftrage, ihre Biographie zu schreiben.

»Das lehne ich von vornherein ab«, erwiderte ich. »Ich könnte sie natürlich schreiben. Weißt Du, in so einem gefälligen Stil, dessen Aufrichtigkeit sich nicht anzweifeln ließe, und jeweils lange würde ich bei zufälligen und unbedeutenden Einzelheiten verweilen; die allerdings wären stets sorgfältig ausgesucht, dazu eingebettet in einen entsprechenden Kontext von unwillkürlich, doch unwiderstehlich lyrischem Charakter. Aber schau, Hannah, mir täte das alles leid. Da gab es großartige Dinge, ich bemühe mich, sie aufzuzählen: Deine Stimme, Deine Augen, Deine roten Haare, Deine Hände – weißt Du noch, wie ich Dir Gymnastik beibrachte, weißt Du noch, wie ich Dich hielt, als Du zum erstenmal auf Schlittschuhen standst? – und anderes, worüber zu schreiben unüblich ist; und da soll ich, statt dieser echten und sinnlichen Welt – dem Geruch von Schnee, von eingelegten Äpfeln, dem Holzduft in unserer Senke an besonders heißen Tagen, dem schmackhaften Fleisch, Hannah, das Deine Mutter zubereitet hat, und tausenderlei anderen Dingen –, da soll ich statt all dem, was ich so geliebt habe, Deine stilisierte Biographie verfassen, Geld vom Redakteur bekommen, sämtliche Zeichen nachzählen und dann einen traurig unerkennbaren Text lesen, denn der ändert sich im Druck sehr und stets zum Schlechteren, und zuletzt noch die kritischen Reaktionen von Leuten, die ich persönlich kenne und von denen ich auswendig weiß, was und wie sie schreiben werden. Ich ließe mich ja ein auf so etwas Langweiliges – doch bloß nicht über Dich, Hannah, verstehst Du?«

* * *

Zu den seltenen Zeiten, wenn mein Leben ohne starke Kümmernisse oder Katastrophen dahinlief und wenn ich frei war von ihrer Last, fiel mir auf, dass ich morgens weder zu Erinnerungen noch zu Beschaulichkeit fähig war, auch nicht zu geistiger Arbeit, die Konzentration erforderte; morgens hätte ich singen oder hüpfen mögen; ich tanzte bei mir im Zimmer, und wenn jemand von meinen Bekannten mich in diesen Augenblicken gesehen hätte, wäre er bestimmt zu dem Schluss gekommen, ich sei verrückt geworden; im übrigen, gelänge es überhaupt je nachzuvollziehen, wie ein Mensch sich verhält, wenn er vollkommen allein ist, so würde sich bestimmt eine Menge interessanter Dinge klären, die auf den ersten Blick unwahrscheinlich und unglaubhaft erschienen. Das Leben eines jeden Menschen wird stets in einem karg schematischen und eingeschränkten Aufriss präsentiert, wie das Verhalten eines Romanhelden oder eines Schauspielers auf der Bühne oder auch eines Staatsmannes; das lässt Kombinationen einiger beständiger Größen zu, die es in der menschlichen Natur gar nicht gibt und deren Fiktionalität erst offenkundig wird, wenn das Werk eindeutig misslungen ist. Ich habe mich nie darüber hinweggetäuscht, wie begrenzt die Möglichkeiten eigenen Urteilens über andere und über mich selbst sind; ich habe mich nur bemüht, möglichst frei zu urteilen und vor strittigen und zumindest überraschenden Schlussfolgerungen nicht zurückzuschrecken. Morgens also wäre ich nicht in der Lage, sagen wir, ein wunderschönes Poem einzuschätzen, nicht einmal zu Ende lesen könnte ich es; ich könnte nicht bei einer längeren Erinnerung verweilen, ich könnte wahrscheinlich keine Briefe schreiben, es sei denn, ich dürfte mich auf wenige Zeilen beschränken. Wenn ich abends dagegen in mein Zimmer zurückkehrte, spürte ich stets das hohe Alter näherrücken, eine ungewöhnliche seelische Ermüdung, noch belastet mit Bedauern, mit Erinnerungen an einige verschwundene Welten, an einige, längst beendete Daseinszyklen. Mir kam es allmählich vor, als lebte ich endlos lange, wüsste alles, was mir zu wissen beschieden, und als fände ich in allem, was sich meiner Aufmerksamkeit stellt, etwas, das mir schon bekannt ist. Nicht nur Erinnerungen waren das; ich sah das Schicksal von Menschen aus meiner Umgebung in zwanzig oder dreißig Jahren, sah ihre gealterten, fast nicht mehr erkennbaren Gesichter, ihre greisenhaften, unsicheren Bewegungen, hörte ihre geschwächten, glanzlosen Stimmen. Wenn an solchen Abenden nichts Ungewöhnliches geschah und mich niemand aus meinem beschaulichen Zustand herausholte, vertiefte er sich immer mehr und brachte mich fast zur Entrückung – von dem Bewusstsein, nichts ändern zu können, sogar in der eigentlich fast phantomhaften Welt, deren phantasierte Schicksale doch nur von mir abzuhängen schienen. Ich kannte kaum etwas, keine Dinge, deren Macht stärker gewesen wäre als dieser Zustand; es bedurfte einer unüberwindbaren Kraft anderer Ordnung, die eine neue, wenn auch nicht weniger zerstörerische Vision der Welt geschaffen, die neue, weniger materielle Gefühle hervorgerufen hätte. Diese Kraft gab es natürlich, ich war in meinem Leben ein paarmal darauf gestoßen, in den – sehr seltenen – Stunden und Minuten, wenn ich mich glücklich fühlte, weil mir jemand in dieser Zeit plötzlich·jede Verantwortung nahm für das, was ich sah, und für das, was ich verstand. Und eines dieser Dinge war Hannahs Stimme. Wenn ich ihrem Gesang lauschte, begann ich etwas zu sehen, das unendlich war und fern von dem, was ich sonst kannte: Diese Kunst verfügte über ein ideales Maß an unfehlbarem Ausdruck der abstraktesten, schillerndsten, unzugänglichsten Sichtweisen, welche sich überhaupt nicht in gewöhnliche Alltagssprache überführen ließen, weil sie sich sofort eintrübten und verflüchtigten. Wie für alle wunderbaren Stimmen gab es auch für Hannahs Stimme keine unzugänglichen Noten oder nicht wiedergebbaren Nuancen der Melodie, wie es auch keine Schwierigkeit gab bei der Darbietung ganz gleich welcher Lieder – seien es jüdische, russische, englische oder italienische –, und das erreichte jene trügerische Mannigfaltigkeit ihres Talents, die alle ihre Zuhörer so

verblüffte. Ich halte das für eine trügerische Mannigfaltigkeit, weil ich stets der Ansicht war, jede Kunst strebe im Extrem zu einer einzigen und, mag sein, illusorischen Wahrheit, jenseits derer wohl tatsächlich nur der Tod bleibt, als
jemandes lautloser, gigantischer Schatten.

* * *

Ich erinnere mich an das rothaarige Mädchen Hannah, mit
der wir Blok lasen im frühen Herbst, in ebender geliebten
Senke, ich erinnere mich an das köstliche Knirschen des
Schnees während unserer letzten Winter in Russland, erinnere mich an ihr Gymnasium und die Lektionen, an Schlitt-
schuhe und Eis, Flügel und Noten, an das hohe Theater, in
das wir gingen, an die Geschichte des Dreißigjährigen Krie-
ges, die sie in der sechsten Klasse durchnahmen, an Gustav
Adolfs Vormarsch und die Opernpracht der römischen Legionen. Ich erinnere mich ebenso an den Tag, als ich Hannah griechisch-römische Ringergriffe beibrachte – sie trug
eine dunkelblaue Hose, weiche Schuhe und ein Blüschen
ohne Ärmel, vierzehn war sie damals –, und plötzlich schlug
sie die Zähne in meine rechte Schulter, sodass ich aufschrie
vor Schmerz und sagte: »Bist du verrückt, Hannah?« An den
beiden Halbkreisen des Bisses traten Blutstropfen hervor.
Sie schüttelte den Kopf, ich schaute sie aufmerksam an und
sah plötzlich zum erstenmal ihren dunklen und umflorten
Blick, der mich gleich beschämt und beklommen werden
ließ, und ich ging sofort mich anziehen. Hinterher brachte
ich nie mehr die Rede darauf, obwohl die Schulter mir eine
Woche lang weh tat. Dann kam ein Abend, als ich sie nach
Hause begleitete; auf einmal küsste sie mich, sagte rasch:
»Das ist für den Biss«, und rannte davon.

Alles in allem wäre es wohl eine gewöhnliche Liebes-
geschichte gewesen – mit Sonnenuntergängen, mit deren
stummem abendlichem Feuer, mit dem Duft von Gras, mit
tragischen und nicht unbedingt schlechten Gedichten, in
denen wir wunderbar bestätigt gefunden hätten, was wir
auszusprechen nicht vermochten oder nicht mehr schafften, mit hohem Anspruch – fürs ganze Leben und keine Minute weniger, bis zum letzten Atemzug; somit die glückliche
Verbindung einer Vielzahl von Dingen in einem einzigen
und doch unwiederholbaren Gefühl. Das war es im Grunde
auch, aber es dauerte zu kurz, und vieles, was hätte geschehen müssen, hatte nicht mehr geschehen können. Hannah
begann schon damals ihre Karriere, sie bekam ihre Auftrit-
te schon bezahlt; und bald, nicht lange vor meiner Abreise,
zog sie mit der ganzen Familie nach Polen, und ich verlor
sie aus den Augen.

Zum erstenmal erfuhr ich von ihren Auftritten, als ich
in Griechenland lebte; damals sang sie in Konstantinopel.
Und als es mir schließlich gelang, mich loszureißen und
ihre Spur aufzunehmen, traf ich eines Wintermorgens in
dieser Stadt ein, und mir wurde gesagt, sie sei abgereist. Ich
schickte ihr einen Brief hinterher und erhielt bald eine Antwort, und damit begann unser Briefwechsel, der danach
kaum mehr aussetzte. Aber es wollte mir einfach nicht ge-
lingen, ihr zu begegnen. Wochenlang wartete ich auf sie in
verschiedenen Städten Europas, und seltsamerweise endete
es immer damit, dass entweder ich mich verspätete oder sie
nicht kommen konnte – bis sie schließlich nach Amerika
zog und sich somit außer Reichweite befand. Ich war allein,
was mich umgab, änderte sich fast täglich und hinterließ
nur visuelle Erinnerungen; ich wusste nichts und glaubte an
nichts, und in allem, was ich sah, gab es nichts, was mich tat-

sächlich berührt oder interessiert hätte. Einige meiner Kameraden starben, andere verlor ich aus den Augen, manche sahen sich selbst nicht mehr gleich und hatten sich eine beständige und klägliche Verwaistheit zugelegt, die sie völlig veränderte. Besonders verblüffend war das bei einem von ihnen, den ich seit meiner Kindheit kannte; als wir auseinandergingen, war er ein sechzehnjähriger Rowdy gewesen. Ich erinnerte mich an seine ewigen Geschichten – irgendwelche Schlägereien in Billardsälen, Messerstiche; er hatte einen nicht zu bändigenden Charakter, und sein Jähzorn stand immer kurz davor, zur Raserei zu werden; sogar auf mich hatte er sich einst mit dem Messer gestürzt, es passierte auf dem Sportplatz des Gymnastik-Vereins, und ich weiß nicht, wozu es geführt hätte, wäre ihm nicht die Hand festgehalten worden von einem meiner älteren Kameraden, einem Gewichtheber im Schwergewicht, der zu großen Hoffnungen berechtigte und über etwas verfügte, das im Sport Griff genannt wird, also, ein Zupacken der Hand, das einem Würgegriff überaus ähnlich ist. Und diesem Rowdy begegnete ich erneut im Ausland; er war ein gesitteter und melancholischer junger Mann mit versonnenen Augen und leiser Stimme. Er war misstrauisch, rührselig und schreckhaft und sagte, das Mondlicht habe eine besondere Wirkung auf ihn. Ich hörte ihm verwundert zu. »Du bist wie ausgewechselt, Mitja«, sagte ich zu ihm. »Überleg doch mal, was hast du mit dem Mondlicht zu schaffen?« – »O nein, sag das nicht«, entgegnete er, »diese Beleuchtung enthält verstörende Elemente, und die …« – »Besinn dich, Mitja, Teufel nochmal«, sagte ich beunruhigt, »hast du dir womöglich das Ziel gesetzt, mir zu beweisen, ich sei verrückt geworden?« – »Nein«, sagte er ohne alle Gereiztheit, mit seiner ideal leisen Stimme, »aber was wissen wir im Grund über die Grenze zwischen dem Normalen und dem Nichtnormalen? Erinnerst du dich, bei Edgar Poe …« Ich packte ihn an den Schultern, schüttelte ihn und schrie: »Mitja, komm zu dir! Mitja, überleg, was du sagst! Edgar Poe! Du wirst verrückt werden, verstehst du? Erinnere dich an die Schlossergasse, an Roska Bogoljubowa, die deine Geliebte war, an Borka, den Metzger, der dich verwundet hat, du lagst damals im Krankenhaus, erinnere dich an die zwanzig Rubel, die ich an dich verspielt habe beim Amerikanischen Billard, an Schurka Kolesnikow, mit dem zusammen du Kokain verkauft hast! Und du sagst – Edgar Poe! Du wirst verrückt, Mitja!« Aber es gelang mir nicht, ihn aus diesem traurigen und unbegreiflichen Erstarrungszustand herauszuholen. Sein Misstrauen nahm mit beunruhigendem Tempo zu, er ging zum Arzt, weil er am Kopf eine besonders weiche Stelle ertastet hatte und außerdem schmerzunempfindlich war; zum Beweis riss er sich an der Hand ein Haar aus und sagte: »Sehen Sie, Doktor, das spüre ich gar nicht.« Aber er hielt sich noch gewisse Zeit auf jener Grenze der Normalität, die seinen Worten nach so schwer zu bestimmen war, und erst Jahre später, wohl in Berlin, wurde er als unheilbar anerkannt und kam ins Irrenhaus.

Bei anderen war das weniger tragisch, sie wurden nicht verrückt, verdüsterten und veränderten sich aber bis zur Unkenntlichkeit. Manchmal kam es mir fast vor, als lebte ich, umgeben von Phantomen, in einer unwirklichen und grauenhaft zerbrechlichen Welt, in der nur manchmal aus der Ferne die Stimme von Hannah erklang, fließendem Glas ähnlich. Hannah war die einzige in diesem Auf und Ab von Leere und Trugbildern, die so geblieben war, wie ich sie immer gekannt hatte, das heißt ein Mensch, der aus jenem langsam sich entfernenden Land unserer frühen Jahre herkam, in dem die unumkehrbare Bewegung begonnen hatte. Doch in dem Maße, wie die Zeit verging, verwandelte sie sich mehr und mehr in eine kaum fassbar künstliche Gestalt, wie sie unweigerlich bei ständiger Träumerei oder in literarischen Phantasien auftaucht. Ich wusste sehr wohl, dass sie nicht ewig so bleiben konnte, wie sie gewesen war, als wir auseinandergingen – ein rothaariges Mädchen mit dunklen Augen. Aber in meiner Vorstellung war sie genau das. Aus ihren Briefen wusste ich, dass sie zweimal verheiratet war und beide Ehen tragisch geendet hatten: Der erste Ehemann erschoss sich, den zweiten, einen vierzigjährigen Amerikaner, streckte ein Schlaganfall nieder, und derjenige, der schließlich ihr dritter Ehemann werden sollte, verschwand kurz vor der Hochzeit unter Umständen, die insgesamt an einen schlechten Kriminalroman denken ließen – was ihn jedoch nicht daran hinderte, vollkommen spurlos zu verschwinden.

Als ich sie fragte, warum sie ständig heirate, antwortete sie, in ihr fließe nur zur Hälfte langsames slawisches Blut und das müsse ich doch besser als jeder andere wissen. Tja, und was tun, wenn mir, wie sie sagte, das Los zugefallen war, nur von fern Zeuge der Ereignisse zu sein – so habe es sich nun mal gefügt. In ihrer Ausdrucksweise hatte sie sich den Mutwillen und den Schwung bewahrt, die typisch waren für unseren gesamten Kreis, als dessen Hauptvertreter nach wie vor natürlich Serjoschka Tschmel galt. Sie fragte mich insbesondere, was aus Serjoschka geworden sei. Meine Kenntnisse über ihn waren allerdings äußerst lückenhaft. Aber ich verfolgte seine Karriere, so gut ich konnte. Er war lange nicht in der Heimatgegend aufgetaucht, aus irgendwelchen Gründen war er in Astrachan, dann in Murmansk gewesen, hinterher noch irgendwo für längere Zeit verschwunden;

und erst vor ein paar Jahren las ich in einer zufällig zu mir gelangten Zeitung aus einer südrussischen Stadt den Bericht über eine Rede von ihm. Die Rede handelte von der Bedeutung der Kultur und enthielt nichts Besonderes, sie glich jeder beliebigen anderen Rede. Das wunderte mich nicht; bei seinem zweifellos angeborenen Verstand war es Serjoschka nicht schwergefallen, sich die elementare Advokatenkunst anzueignen, Dutzende zusammenhängender Sätze von sich zu geben. Im übrigen hatte diese Rede einen weiteren unbestreitbaren Vorzug, sie war frei oder fast frei von der üblichen Metaphorik der Rechtsbeistände vor Gericht. »Du siehst auf diese Weise«, schrieb ich Hannah, »dass Serjoschka seine Bestimmung gefunden hat. Ich glaube, er wäre ein schlechter Dieb geworden – Du erinnerst Dich an all seine misslungenen Unternehmungen auf diesem Gebiet; er wäre ein schlechter Geschäftsmann geworden – erinnere Dich, wie er beim Handel mit pornographischen Ansichtskarten ein Fiasko erlitt, dabei war das eine ausgesprochen gängige Ware. Jetzt hält er Reden, und das gelingt ihm am allerbesten. Offensichtlich wurde er als Redner und Mann des öffentlichen Lebens geboren, vielleicht sogar als Vorsitzender, und da würde ich Serjoschka wirklich vielen anderen vorziehen.«

Bisweilen, ungefähr einmal in zwei oder drei Monaten, erhielt ich von Hannah, was wir unter uns als »Brief zwischen den Zeilen« bezeichneten. Der Inhalt war meist von unbestimmt lyrischer Art, da gab es gewöhnlich Zitate, unvollendete Sätze, bedauernde Seufzer. Ich wusste ja, dass ihr Privatleben misslungen war. »Wir beide kennen so viele gleichartige Dinge, so viele gleichartige Empfindungen!«, schrieb sie oft. Ich habe niemanden erlebt, bei dem sich gemischtes Blut so heftig ausgewirkt hätte wie bei Hannah.

In ihr steckte die unerbittliche jüdische Anspruchshaltung gegenüber denen, die sie liebte, sie lebte in der jüdischen sinnlichen Welt, die mich mit ihrer unbändigen Intensität bestürzte; aber das vereinte sich in ihr mit dem weit ausholenden russischen Anlaufnehmen und dem riesigen, unbewussten Wissen und Verständnis für die Dinge, das womöglich für den unstabilen slawischen Genius besonders typisch ist. Allein das genügte schon, um ihr die Chancen auf bedingungsloses und fragloses Glück zu nehmen. Als sie mir schrieb, welche Forderungen sie an einen Mann stellte, den sie lieben könnte, erboste mich das, weil ich aus einer Menge von Gründen dieser Mann nicht sein konnte und weil ich das mehr als alles andere wollte – und ich antwortete ihr, dass alle Frauen auf der Welt, reineweg alle, nur die klügsten, besten, bemerkenswertesten Männer liebten, Unterschiede gebe es nur in Nuancen; glücklich aber seien lediglich diejenigen, und das auch lediglich dann, wenn sie ihre Analysefähigkeit verlören, obgleich sie manchmal den Anschein dieser Fähigkeit behielten; aber das sei eine ganz offensichtliche und stets misslungene Parodie auf mögliches Denken. »Ich werde Dir kein Traktat über die Liebe schreiben, aber wenn Du möchtest, führe ich Dir ein Beispiel echten, unterkühlten Glücks vor.« Und in der Antwort auf eines ihrer Zitate: »Je suis dans un état qui est aussi loin de la joie que du chagrin; peut-être que c'est le bonheur«[*], erzählte ich ihr von einer Frau, die ich kannte. Sie wusste, dass man mit zwanzig heiraten sollte, und sie heiratete – mit Erfolg und Umsicht; sie meinte, dass man ein Kind haben müsste – und tatsächlich brachte sie wohlbehalten ein Mäd-

[*] Ich bin in einem Zustand, der ebenso weit von Freude wie von Kummer entfernt ist; vielleicht ist das Glück

chen zur Welt; sie fand, dass man einen Liebhaber brauchte, und tatsächlich hatte sie einen Liebhaber. Sie wusste alles im voraus, aufgrund theoretischer, längst verinnerlichter Vorstellungen; wusste, dass sie aufgeregt zu sein hatte, wenn sie zu einem Rendezvous ging – und war tatsächlich ein wenig aufgeregt; wusste, dass sie dem Ehemann etwas vorzulügen hatte – und log tatsächlich mit fast unverstelltem Vergnügen; und so lebte sie im Zustand dieses unterkühlten Glücks, das ein Ergebnis sorgfältiger Vorbereitung war. Eigentlich lebte sie, wie, sagen wir, ein Text auf Bestellung geschrieben wird: Der Held begibt sich zunächst irgendwohin, danach unternimmt er irgendwas, dann begegnet er einer Frau, die … usw. Zur gleichen Zeit fällt ihm unwillkürlich ein … usw. Setzt er das alles in Beziehung, kommt er zu dem Schluss, dass … usw. Er verfährt so und so und gelangt wohlbehalten ans Ende des Werks, wobei er manchmal so etwas wie verkrampfte Glaubwürdigkeit behält. Absolut genauso lebte diese Frau, sie hatte ein für allemal sich selbst erfunden und wich niemals von ihrem Thema ab – und zweifellos war sie glücklich. Eine andere, eine keineswegs dumme, selbständige Dame mit untrüglichem Geschmack, war absolut glücklich mit ihrem Geliebten, einem kahlköpfigen Mann mit Bäuchlein, der zwanzig Jahre älter war als sie, hemmungslos von sich überzeugt, ungewöhnlich stutzerhaft und unglaublich dumm. Gegen allen Augenschein hielt sie ihn für einen sehr klugen und ein wenig umdüsterten Menschen und erzählte hinter vorgehaltener Hand, er schreibe wunderbare Gedichte, wolle sie aber nicht veröffentlichen. »Du erzählst immer weiter Anekdoten«, erwiderte nun Hannah, »Du machst dein Leben lang nichts anderes, als Anekdoten zu erzählen. Nicht von dergleichen habe ich Dir geschrieben, und das weißt Du sehr wohl.« Daraufhin schrieb ich ihr einen endlosen Brief, in dem ich mein Verhältnis zu ihr darlegte und sagte, alle meine Briefe und Anekdoten seien bloß »bonne mine au mauvais jeu«[*].

* * *

Mein Verhältnis zu Hannah wurde noch durch einen persönlichen Umstand getrübt, nämlich den unerträglichen Unterschied zwischen dem Leben, das ich mir immer vorgestellt hatte, und dem Leben, das ich in Wirklichkeit führen musste. Seit langen Zeiten hatte ich mir fast unbewusst, doch stetig und beharrlich vorgestellt, es komme der Augenblick, da für mich eine riesige, umfassende und den gesamten Sinn meines Daseins ausdrückende Liebe beginne. Alles Sonstige konnte nur die Vorbereitung zu dieser Aufwallung der Gefühle sein, konnte nur eine vorläufige Prüfung sein, konnte des weiteren als Material für Vergleiche dienen und nur eine zweitrangige Rolle spielen, aber die Hauptsache stand noch bevor. Zugleich gestaltete sich mein Leben in einer Weise, dass dies nie eintrat und auch gar nicht eintreten konnte. Aber eine andere Vorstellung konnte ich mir nicht mehr zulegen, und das hinderte mich, viele bemerkenswerte Dinge zu schätzen, da ich an ihnen vorüberging, fast ohne sie zu sehen, ohne ihnen Beachtung zu schenken, ich verlor nur Zeit bei dieser unnützen Vorbereitung auf etwas, das sich letzten Endes nicht ereignen sollte. Ich hatte in einer kleinen russischen Stadt einen älteren Beamten gekannt, einen Menschen, den Dienst, Familie und der jahrelange Rechtsstreit um eine erbärmliche Erbschaft belasteten und der überhaupt kümmerlich, trostlos

[*] gute Miene zum schlechten Spiel

und öde dahinlebte. Aber dieses Leben ließ ihn gleichgültig oder fast gleichgültig, denn was er am allermeisten liebte, wessen Grandiosität nichts etwas anhaben konnte, auch die unansehnlichste Wirklichkeit nicht, war Shakespeare. Noch mit vierzig machte er sich daran, Englisch zu lernen, um »Lady Macbeth« im Original zu lesen, er las auch fast die ganze riesige Literatur über Shakespeare und schrieb einmal sogar einen Artikel über den großen Dramatiker – schrieb daran gewiss einen Monat, fügte endlose Fußnoten mit Verweisen auf die Quellen seiner Thesen an, obgleich der ganze Artikel gerade mal hundertfünfzig Zeilen lang war. Einen Traum hatte er im Leben, einen unsinnigen und zugleich unaussprechlich prächtigen, nämlich einmal den Hamlet zu spielen. Längst konnte er die Rolle auswendig, auf Englisch wie auf Russisch, wusste alles, bis zum letzten Atemzug, zur letzten Pause, zum letzten Ausrufezeichen. Er organisierte eine kleine Laientruppe, zu der die unvermeidlichen Telegraphistinnen sich meldeten sowie jene besonderen Fräuleins, die auf Russlands tristen, abgelegenen Bahnstationen, wo der Zug meist nicht einmal hielt, sich zum Bahnsteig begaben, um gerade diesen Zug nicht zu verpassen – langsam spazierten sie über den Sand des Bahnsteigs, lächelnd und den Kopf mit dem üppigen Haar zurückgeworfen, und vielen von uns ist, glaube ich, jenes kurze Bedauern erinnerlich, das wir aus schwer beschreibbarem Grund empfanden, während wir am Zugfenster standen und dieses blitzschnell und für immer davonfliegende Lachen sahen. Nun, die Truppe war gebildet, das Schauspiel sollte im Stadttheater aufgeführt werden, es gab unzählige Proben, und das waren, denke ich, die einzigen Tage im Leben dieses Menschen, an denen er erfuhr, was das ist: echtes Glück. Längst kannte er auch die besondere, staubige Luft der Kulissen, auch den schmalen, dunklen Durchgang hinter der Bühne, der vollgestellt war mit den gelblich roten Kartonsäulen aus einer griechischen Tragödie und erstaunlich, ja unglaubwürdig grünen Bäumen von greller, äußerst ätzender Farbe, unter der Stämme und Laub eines Frühlingshains sich bogen und wellten – für eines dieser Stücke aus dem Leben der fortschrittlich gesinnten Jugend, das sich vorwiegend am Busen der Natur abspielte; er kannte auch die Holztreppen, die in unregelmäßigen Spiralen nach oben stiegen, auch jene enge Gasse, wo der Schatten von Hamlets Vater auftauchen musste, auch den Geruch von Puder, Seife und billigem Kölnischwasser, der, vermischt mit dem Geruch von Staub, Papier und Holz, still vor sich hin welkte. Er wusste, wie er auftreten, wie er die ersten Worte auf der Bühne sprechen würde und wie sie dann, in diesem unvergesslichen Augenblick, Shakespeare verstehen würden, William Shakespeare in all seinem Ruhm, und die schreckliche Tragödie des dänischen Prinzen. Da jedoch, als alles bereits fertig war, am Tag der Aufführung, vielleicht eine Stunde bevor er zum Theater aufbrechen musste, kam eine jener Bahnsteigfräuleins mit gleichgültigem Gesicht zu ihm in die Wohnung und sagte, sie sei gebeten worden, ihm auszurichten, die Aufführung sei abgesetzt. Von diesem Schlag konnte er sich danach nie mehr erholen. Er hatte sich längst mit dem Rechtsstreit wie mit dem Dienst wie mit der schlecht riechenden Frau und ihrem garstigen Charakter abgefunden, auch damit, dass er Beamter war in einer kleinen Provinzstadt, aber diese zweite Hamlet-Tragödie konnte er nicht mehr ertragen. Ich erfuhr später, dass er einige Monate danach an einer kruppösen Lungenentzündung starb, und mit ins Grab nahm er seine maßlose und selbstlose Liebe zu dem berühmten englischen Dramatiker vom Ende des sechzehnten und Anfang des siebzehnten Jahrhunderts.

Diese Geschichte musste mir einfach in den Sinn kommen bei den Ereignissen, die sich zuletzt in Hannahs Geschichte zugetragen hatten und deren Unvermeidbarkeit ihre tödliche und nicht wiedergutzumachende Bedeutung keinesfalls verringern konnten. Bereits seit langer Zeit hatte Hannah schon nach Paris reisen wollen, und jedesmal hatte sie irgend etwas davon abgehalten: mal ein Engagement, das auszuschlagen sie nicht das moralische Recht hatte, mal familiäre Umstände, mal auch, dass ihr Urlaub nur für eine Reise nach Kalifornien reichte, mal noch anderes. Da plötzlich war alles bereit, sie sollte auf einem großen Ozeandampfer nach Europa aufbrechen, ihr Name stand in der Liste berühmter Passagiere, doch im letzten Augenblick wurde sie krank, und die Reise wurde um einige Monate verschoben. Ich hatte fast die Hoffnung verloren, sie wiederzusehen, als ich plötzlich ein Telegramm erhielt, mit dem und dem Zug komme sie nach Paris. Das Telegramm war bereits in Le Havre aufgegeben worden und war nur wenig schneller als der genannte Zug, nicht einmal Blumen kaufen konnte ich noch, und zwanzig Minuten später stand ich bereits am Bahnhof. Ich erblickte Hannahs rotes Haar von weitem – seltsamerweise trug sie keinen Hut – und drängte mich mit Mühe durch die dichte Menge. Hannah streckte mir die Hand entgegen, die ich vor lauter Überraschung küsste, sagte zu mir auf Russisch, sie werde mich in zwei Stunden im Hotel erwarten, und sogleich wandte sie sich auf Englisch an einige Journalisten, mit einer offenbar vorbereiteten Rede, wie sehr sie Paris liebe – wo sie, wie ich genau wusste, noch nie gewesen war –, sagte, sie habe eine wunderschöne Reise gehabt, fügte noch einige offiziös aufrichtige Worte über Frankreich hinzu und fuhr in jemandes wunderschönem Automobil davon.

An alledem war nichts Unnatürliches, im Grunde konnte es gar nicht anders ablaufen. Auf mich hatte es allerdings eine deprimierende Wirkung, deren Ursprung ich mir nicht erklären konnte. Ich fühlte mich irgendwie leer; rein körperlich hatte ich ein Gefühl, dem sehr ähnlich, was ich auf einem Feld empfunden hätte, einem Feld im Sommer, vor Sonnenuntergang, einem fernen, öden und düfteschweren, während ein Zug an mir vorbeidonnerte und davonjagte. Ich saß lange auf der Terrasse eines Cafés, beobachtete ohne Ziel und Zweck die Bewegungen von Menschen und Automobilen; schon zog der Abend heran, nun tauchte auf den Straßen, vorerst nur als Einsprengsel in der üblichen Menschenmenge, jenes besondere Publikum auf, das mit heranziehender Dunkelheit auf die Straßen drängt: ältere, sanguinische Abenteuerlustige, durch ein Wunder vom zweiten Gehirnschlag genesen, die freudig die Möglichkeit fröhlichen Lebens nutzten und vergaßen, dass ihr Tod jeden Augenblick eintreten konnte – wie es einmal vor meinen Augen mit einem lebensfrohen, korpulenten Herrn geschah, der im Café saß und fest seine Gefährtin umarmt hielt, dann plötzlich, laut und kurz röchelnd, zu Boden stürzte, beim Fallen noch Stühle und Tischchen umriss, und im nächsten Moment lag er da, in verquerer und letzter Haltung, das tief blaurote Gesicht mit einer nicht mehr menschlichen, wie bei einem überfahrenen Hund zerbissenen Zunge zum Boden gewandt; schon tauchten junge Leute in besonders farbenfrohen Schuhen auf, gekleidet mit besonderem, entschieden flegelhaftem Schick, dazu die Augen verstört und borniert, und ich wusste, dass trotz ihres äußerlichen Wohlergehens fast jeden dieser Leute letzten

Endes traurige Aussichten erwarteten, die aus einer Abfolge von Gefängnissen und Krankenhäusern, Krankenhäusern und Gefängnissen bestanden, bis hin zum letzten Gefängnis oder letzten Krankenhaus; an die Kaffeehaustischchen setzten sich, trügerisch und wie nebenbei, vorerst noch wenige Frauen mit englischen Zigaretten, plump farbenfroh lackierten Nägeln und stark riechendem Parfüm. Sie lachten, wenn sie angesprochen wurden, entblößten alle Zähne zwischen den fast unmerklich, fast unerkennbar, doch unaufhaltsam absackenden Mundwinkeln, was die Müdigkeit und Muskelschlaffheit ihrer vorerst noch fast glänzenden Haut entlarvte. Aus Bussen und Metro quoll eine Menge unzähliger Angestellter und Arbeiter, sie bogen um die Ecke und verschwanden, und mit sich trugen sie ihre tagtägliche Müdigkeit. Aus einer offenen Bodenluke unweit des Cafés stiegen Arbeiter der unterirdischen Abflusskanäle, in Kleidung aus festem Gewebe und langen, bis zum Gürtel reichenden Stiefeln; von der Rue d'Amsterdam jagte, unter besonders durchdringendem Gehupe, mit schwindelerregendem Tempo und ohrenbetäubendem Geröhre, ein roter Wagen herbei, ein Bugatti, an dessen Steuer ein junger Mann mit melancholischem und ausdruckslosem Gesicht saß; er bog scharf nach rechts, die Räder seines Autos streiften fast den Gehsteig und wirbelten eine Spritzfontäne aus einem Bächlein auf, das friedlich längs der Bordkante floss, und einige Passanten wurden getroffen; von Beschimpfungen begleitet, raste der Bugatti, nach einem Satz durch die Luft und zwei langsameren Zickzackkurven, mit voller Fahrt in Richtung Champs-Élysées. Wenige Augenblicke später vernahm ich jenes typische Geräusch, das beim heftigen Zusammenstoß von Autos entsteht. Menschen setzten sich in Richtung des Geräuschs in Trab; mit anderen ging auch ich, und an einer Straßenecke erblickte ich den verunstalteten Bugatti, auf den ein riesiger Zwanzigtonner, Paris–Marseille, geprallt war. Der junge Mann war weg; unter dem umgestürzten Wagen schaute nur ein krampfhaft zuckendes Bein hervor, seltsamerweise in einem geplatzten Schuh mit dicker weißer Gummisohle. Dann ertönten die Sirenen eines Polizeiautos und der Feuerwehr, und ich ging weiter, vermied den belastenden und atembeklemmenden Moment, wenn unter den Bruchstücken eines Autos ein verstümmelter oder toter Mensch hervorgezogen wird. Selbst auf den Gesichtern derer, die der junge Mann mit Wasser bespritzt hatte, und selbst wenn sie ihn vor wenigen Augenblicken noch aufrichtig gehasst hatten, erblickte ich wie in einem riesigen Spiegel soundsooft die gleiche leidende und mitleidige Grimasse, die auch mein Gesicht verzerrte.

Und ich begab mich zu Fuß in Richtung des Hotels, wo Hannah abgestiegen war. Ich war versunken in einem besinnlichen Zustand, mir zog die ganze Geschichte meines Wartens durch den Kopf, und ich suchte die beiden letzten Eindrücke zu verjagen, den Unfall des Bugatti und die Begegnung mit Hannah auf dem Bahnhof. Nun dachte ich intensiv an unsere, Hannahs und meine, so weit in die Ferne gefahrene Stadt, an ihre abendliche, provinzielle Stille, an die langsam auf den Horizont zurollende Sonne, an den weichen Staub auf dem Straßenpflaster, an die Tauben in der Abendluft und ihre besondere Spezies, die beim Fliegen unablässig Purzelbäume schlug in der Luft, wie ein tollkühner Äquilibrist im unermesslichen Zirkus des bläulich dunkelnden Himmels; an die langsame Gestalt des Feuerwehrmanns auf dem hölzernen Wachturm, an das gemächliche Tuten der kleinen Lokomotiven mit dem hohen Schornstein, das vom Bahnhof herübertönte, begleitet vom Eisenklirren beim Kuppeln der Waggons und von den Pfiffen der Rangierer; an Abreisen und Rückreisen, Datschen und Städte und an die verlorene Weite Russlands. Erst nach einer Weile merkte ich, dass ich durchaus auf dem richtigen Weg war, Straßen überquerte nach dem Pfeifen des Polizisten, der die Autos halten ließ, und überhaupt mich verhielt wie ein Mensch in durchaus normalem Zustand. Eigentlich hätte das nicht verwundern müssen, lebte ich damals, auf den ersten Blick, ja auch wie ein durchaus normaler Mensch, und es bedurfte besonderer Ereignisse, um mir zu zeigen, in welchem Maß mein gesamtes Dasein durchdrungen war von Schimären, von Einbildung und vom Betrachten jener vielschichtigen Welt, die ich mir seit langem und sorgsam bewahrt hatte und für unanzweifelbar und real hielt, dabei war sie nur das Resultat meiner Phantasie und hätte niemals eine Rechtfertigung oder Bestätigung finden können.

Hannah begrüßte mich diesmal mit stürmischer Herzlichkeit. In den ersten Minuten konnte ich allerdings nicht den rechten Ton finden, um mit ihr zu reden; aber ich begann sie nach der Familie auszufragen, und sie erzählte, wie sehr sich ihre Mutter in Amerika langweilte, welche Projekte ihren Bruder beschäftigten, und allmählich ging unser Gespräch zu Themen über, die uns beide gleichermaßen interessierten. Aber schon damals, in diesem ersten Gespräch, geführt in nachsichtig erinnerndem Tonfall, wie wenn von einer Zeit die Rede wäre, da wir seelisch ärmer waren als jetzt, was nicht richtig war – schon damals konnte ich eine stets von neuem auftauchende Besonderheit nicht übersehen: Tausende Werst vom Ort seiner Entstehung entfernt, hatte alles zweifellos Veränderungen erfahren und klang nicht mehr so wie früher. Es waren leichte, unwesentliche

Veränderungen, ähnlich denen, die ich konstatierte, als ich in einem russischen Geschäft in Paris zum erstenmal eingelegte Pilze entdeckte, russische eingelegte Pilze, die ich sehr gern mochte und die ich seit Russland nicht mehr gegessen hatte. Ich kaufte sie sogleich und probierte sie; ja, das war, so schien es, noch der gleiche herbe Geschmack, aber irgend etwas fehlte, ich hätte nicht sagen können, was genau. So hatten in Russland auch die Wörter anders geklungen, und dieselbe Abfolge zögerlicher russischer Intonationen hatte überzeugender gewirkt als hier, obgleich es ein und dieselben Sätze waren und ihre Bedeutung nicht weniger zutreffend; die Wörter waren dieselben und auch Hannahs erstaunliche Stimme war dieselbe, allerdings klang sie wie hinter einer dünnen, undurchsichtigen Wand. Am ersten Abend kam unser Gespräch zu keinem Schluss, das heißt, genauer gesagt, wir schafften es nicht, ein paar wichtige Sätze über das Allerwichtigste zu sagen.

Am nächsten Morgen war Hannah bei mir, und begrüßt wurde sie voll Entsetzen von meiner Vermieterin, einer überaus ehrenwerten russischen Dame ungefähr aus den neunziger Jahren des vorigen Jahrhunderts, die durchdrungen war von unerschütterlicher Hochachtung für ihre eigene Vergangenheit und die Vergangenheit ihres Ehemanns, eines völlig verschlissenen, aber äußerst würdigen Greises.

Trotz ihrer Achtung füreinander kam es zwischen den Ehegatten oft zu Streitigkeiten gesellschaftspolitischer Art, wobei der Ehemann eine gewisse Liberalität an den Tag legte und beispielsweise Pobedonoszews Verhalten nicht billigte, und mich rief er zum Zeugen an, dass dieses Verhalten die ungünstigsten Ergebnisse gezeitigt habe. Im ersten Augenblick begriff ich gar nicht, um wen es ging, bis ich mich mit einiger Mühe des Namens entsann, der sich wie das he-

roische Pseudonym eines Kriegskorrespondenten mit nicht
allzu wählerischem Geschmack anhört; vor historischen Urteilen drückte ich mich jedoch, indem ich auf meine Un-
wissenheit verwies, und der Greis wiegte tadelnd den Kopf.
Viele jüngere Ereignisse hatten die Wohnungsinhaber, bei
denen ich ein Zimmer mietete, schlicht nicht begriffen und
nicht wahrgenommen, und die Tatsache der jüngsten Revolution blieb für sie unwesentlich und unfassbar. Darin
stimmten sie überein; ihre Streitigkeiten konnten dynasti-
sche Fragen betreffen oder die Rasnotschinzen in der Literatur oder die Slawophilen, aber keinesfalls das, was sich in
Russland 1917 ereignet hatte. Trotz des schaurigen chrono-
logischen Abgrunds, der uns trennte, trotz der unvermeidlichen Komik vieler ihrer Behauptungen musste ich einfach,
an ihm wie an ihr, die seltene seelische Integrität und absolute moralische Lauterkeit schätzen; ich denke, weder er
noch sie hatte im Lauf ihres außerordentlich langen Lebens
je eine unehrenhafte Tat begangen oder jemandem Böses
angetan. Aber in ihrer Gesellschaft kam ich mir annähernd
so vor wie der Held eines utopischen Romans, sagen wir, unser Zeitgenosse gerät durch ein Wunder ins England des
siebzehnten Jahrhunderts, bloß mit dem Unterschied, dass
wir drei nun doch eine Sprache gleichen Ursprungs sprachen, mochte sie sich auch in den letzten fünfzig Jahren
stark verändert haben. Der Wohnungsinhaber bestand darauf, in meinem Zimmer eine Ikone aufhängen zu lassen,
und als ich ihm nahezubringen suchte, das sollte vielleicht
nicht erfolgen, weil … – ich senkte die Stimme und sagte,
manchmal kämen mir Zweifel an der Existenz Gottes, wagte
ihm jedoch nicht zu sagen, ich sei Atheist –, da wiegte er den
Kopf und erwiderte, das Christentum existiere zweitausend
Jahre und meine Zweifel könnten es nicht erschüttern, wor-

auf ich ihm sogleich beipflichtete. Dann fügte er noch hinzu, an sich seien Zweifel nicht schlimm, sie seien sogar besser als blinder Glaube, weil sie würdiger und vernünftiger seien; der Gedanke, diese Zweifel könnten für das Christentum negative Schlüsse zur Folge haben, kam ihm nie in den Sinn, da war er völlig unverwundbar. Und erst einige Zeit später begriff ich, dass meine Pariser Vermieter wie auch der Shakespeare-Liebhaber letzten Endes meine Unglücksgenossen waren, denn trotz aller äußeren Unterschiede war ich ebenso weit von der Wirklichkeit entfernt wie sie.

Das sollte sich aber nicht sofort herausstellen: Am Anfang war alles gut, wenn auch nicht so allumfassend und mitreißend, wie ich angenommen hatte. Hannah hätte ich überhaupt nichts vorwerfen können, außer einigen unbedeutenden Kleinigkeiten wie ihre Angewohnheit, mich am Ärmel zu zupfen, wenn sie mit mir nicht einverstanden war; sie war lieb zu mir, geduldig und gütig, und sie war ebenso verständig wie früher, ich hatte nie Schwierigkeiten, ihr etwas zu erklären. Aber sowohl von ihrer wie von meiner Seite tauchte nach und nach Unüberwindliches auf. Ich konnte nicht begreifen, warum sie vielen unwichtigen Dingen eine – aus meiner Sicht – überzogene Bedeutung beimaß, etwa der Einstellung des oder jenen Kritikers oder Dirigenten oder den Rezensionen einiger deutlich inkompetenter Leute. Ihr kam es absurd vor, dass ich manchmal frühmorgens, fast bei Tagesanbruch, allein durch den Bois de Boulogne oder verschlafene Pariser Straßen streifte und dreckbespritzt und, wie sie sagte, in unverständlicher und gegenstandsloser Hochstimmung zurückkehrte. Entscheidend aber war, dass ihrer Ankunft in Paris Jahre eines Lebens vorhergegangen waren, das ich nicht kannte und von dem ich jene künstliche Vorstellung hatte, die sie in mir hatte wecken wollen – weshalb ich den Eindruck gewann, es seien alles komische Missverständnisse und ein paar unangenehme Fehler gewesen, überhaupt eine fast unwesentliche Vergangenheit, die nicht zählte. Zugleich war offenkundig, dass es sich bestimmt nicht so zugetragen hatte, wie Hannah es schilderte, dass es andere, gewichtigere und bedeutendere Dinge gegeben hatte, »du plomb dans les ailes«*, wie ich einmal zu ihr sagte, als wir über die Resultate unserer Vergangenheit sprachen, von der loszukommen oder die auszulöschen nicht in unserer Macht stand.

Ich hatte eine solche Vergangenheit nicht oder fast nicht. Doch je länger es dauerte, desto stärker empfand ich mich voll Entsetzen nicht mehr als den, für den ich mich bislang gehalten hatte, und bald stand für mich außer Zweifel, dass ich mich von Hannah trennen musste, wenn ich ihr nicht das Dasein vergällen wollte. Am traurigsten war dabei, dass dies weder meine Liebe zu Hannah noch mein Verhältnis zu ihr betraf. Es war meine persönliche Behinderung, eine auf den ersten Blick sogar unwichtige, doch genauso unstrittige Behinderung wie die eines Gelähmten oder Krüppels. Am treffendsten ließ es sich noch mit Morphiumsucht oder Opiumabhängigkeit vergleichen, obschon ich vollkommen gesund war, Suchtmittel nur theoretisch kannte und in meinem ganzen Leben wahrscheinlich nicht mehr als einen Liter Alkohol getrunken hatte. Aber die langen Jahre fruchtloser und angespannter Träumerei waren nicht spurlos an mir vorübergegangen. Ich konnte mich leicht in jede beliebige Rolle hineindenken, in jede beliebige Gestalt, aber nur, wenn sie nicht den Kreis meiner Visionen verließ, jene Welt, für deren Erschaffung ich einen so ho-

* Blei in den Flügeln

hen Preis gezahlt hatte. Jene Welt bekam von der Berührung mit der anderen, realen Welt Risse und zerbröckelte, und das konnte ich nicht ertragen. In der realen Welt konnte ich unbeeinträchtigt existieren, war sie nur ideal weit von meinem Phantasieleben entfernt, genauer gesagt, nicht dem Phantasieleben, sondern dem, wie mein Leben hätte sein müssen. Solange es sich um Büroarbeit oder Unterricht handelte, das heißt um etwas, das mir fernlag und mich überhaupt nicht berührte, ertrug ich es mit dem üblichen, leicht überwindbaren Abscheu, wie allzu langwierigen Regen oder Kälte. Aber dieser Empfindung durfte in der phantasierten Großartigkeit meines zweiten Lebens absolut nichts entsprechen, nichts durfte es antasten.

Anfangs, als ich diese Beobachtung gemacht hatte, wollte ich mir erst selbst nicht glauben, es kam mir unmöglich vor. Nun prüfte ich alles sorgfältig, ich rief mir mein ganzes Leben ins Gedächtnis und musste tatsächlich konstatieren, dass ich eigentlich nie, ganz gleich unter welchen Umständen, gelebt hatte, wie es einem gesunden und normalen Menschen entsprochen hätte – ich hatte nur gewartet, und jeder Abschnitt meines Lebens war nur wieder ein Spannungsfeld des Wartens. Nichts von dem, was ich zu tun hatte, interessierte mich; die Realität, mit der ich konfrontiert war, konnte nur zwei Gefühle in mir wecken, Spott oder Abscheu – mit Ausnahme jener im Grunde seltenen Fälle, wenn sie fiktiven sentimentalen Konstruktionen glich, also dem, was mir lag, das heißt dem Ergebnis von jemandes ebenfalls sentimentaler Phantasie. Ich wusste, dass Gefühle in reiner Form, wie ich sie auf der Bühne gesehen oder von denen ich gelesen hatte, im gewöhnlichen Leben fast nie vorkommen, ebenso wie keine Vorstellung rein als solche entstehen kann, ohne dass neben ihr ein paar unnötige Gefährten auftauchen; dies war das Gesetz der logischen Un-möglichkeit, und gerade dagegen protestierte ich still-schweigend mit aller Kraft. Von allem, was existiert, liebte ich noch am meisten die Kinder, denn an vielen hatte ich, trotz ihrer schon beachtlichen geistigen Komplexität, eben-diese reinen Gefühlsregungen beobachtet, die Erwachsene nicht hatten und nicht haben konnten. Diese Unmöglich-keit war derart augenfällig, dass man sich nur damit abfin-den konnte – und ich schützte mich vor jedweder Enttäu-schung, indem ich mir ein für allemal die Sichtweise zu-legte, in jedem neuen Menschen erst einmal eine überaus negative Erscheinung zu sehen; deshalb freute ich mich auf-richtig, wenn dieser Mensch sich in geringerem Maß als dumm erwies, als es natürlich gewesen wäre, und in höhe-rem Maß anständig war, als ich es zu Recht erwartete. Na-türlich hätte ich aber niemals zulassen können, dass diese Menschen an meinem persönlichen Seelenleben teilhatten, auch konnten sie nicht auf irgendeine Seelenregung von meiner Seite rechnen. Ausnahmen gab es wenige, und das waren Menschen, deren ich mir absolut sicher war und die ich lange und gut kannte, mit denen ich mich jedoch fast nie traf. Ein Leben auf solch negativen Prinzipien fußen zu lassen war natürlich unmöglich.

All das war komplizierter, als es mir auf den ersten Blick erschien, vor allem, weil Hannah fast genau meiner Vorstel-lung von ihr entsprach, ich hätte ihr nicht den mindesten Vorwurf machen können. Andererseits waren die Umstän-de, unter denen alles ablief, völlig frei von unangenehmen Begleiterscheinungen – der Schuldige, dass alles nicht auf-ging, war einzig und allein ich. Mir gehörte das allerbeste, wovon ich nur träumen konnte: Hannahs warme Haut, ihre erstaunliche Stimme, ihre zärtlichen Hände. Das war einzigartig, war grandios, hatte nur den einzigen Nachteil, dass es Realität war. Zugleich ließ die jahrelang trainierte Phantasie mich nicht innehalten, und ich war gezwungen, meinen einsamen Weg fortzusetzen, als es dazu, sollte man meinen, gar keine Notwendigkeit mehr gab. Der phantasierte seelische Luxus, an den ich mich gewöhnt hatte, unterschied sich nun doch von dem, was jetzt war, und ich erstickte regelrecht in der dichten Luft dieses Glücks, auch wenn ich mir kein besseres vorstellen konnte. Womöglich war das fast die Grenze zum Wahnsinn; als ich das endgültig begriffen hatte, verspürte ich jedenfalls unüberwindliches Entsetzen.

* * *

In den allerersten Tagen kam ich mir ähnlich vor wie ein Mensch, der allmählich begreift, dass er an einer unheilbaren Krankheit leidet: Er hegt immer noch die verzweifelte Hoffnung, vielleicht sei alles nur ein Versehen; aber die unerbittlichen Symptome wiederholen sich, und schließlich kommt der Moment, da es keine Zweifel mehr gibt. Ich ging aus dem Haus, streifte durch die Straßen, saß stundenlang allein im Café und dachte angestrengt über diesen unerwarteten und katastrophalen Endzustand dessen nach, wovon ich so lange geträumt hatte. Ich musste zu dem Schluss kommen, dass mein Ungenügen endgültig war, danach blieb kein Raum mehr, weder für Hoffnung noch für Erwartung.

Daraufhin sprach ich mit Hannah. Ich schilderte ihr alles, worüber ich nachgedacht hatte, und ich konnte sie davon überzeugen, dass weder sie noch meine Liebe sich geändert hatten. »Aber du verstehst«, sagte ich, »es ist offenbar so etwas wie eine Geisteskrankheit, sie vor dir zu verbergen, habe ich kein Recht.«

Sie wiegte den Kopf, ich saß ihr gegenüber im Sessel und hielt ihre Hände.

»Woher hast du das?«, sagte sie langsam. »Es ist trotz allem unerklärlich.«

»Ich weiß, Hannah, aber es ist so.«

»Ja, und – du sagst dich von allem los?«

»Ich weiß nicht. Ich weiß nur, dass solch ein halbes Existieren mir erniedrigend zu sein scheint. Verstehst du, dich opfern kann ich nicht. Zu lange und zu sehr liebe ich dich.«

»Von außen könnte man meinen, dass du wirklich verrückt bist.«

Wir schwiegen gewiss eine Minute. Dann begann ich, Hannah zu schildern, wie ich sie liebe, warum und wofür, und zu sprechen fiel mir um so leichter, als ich vollkommen aufrichtig war. Darüber verging viel Zeit – viele langsame Abendstunden. Danach sagte Hannah, dass sie abreise und dass sie mir aufrichtig Genesung wünsche, und sie fügte hinzu, dass sie mich nicht verlassen wolle.

»Du verlässt mich nicht, du wirst hierbleiben«, sagte ich hochgestimmt. »Und wenn ich genügend Kraft in mir spüre, um deine tatsächliche Rückkehr, deine tatsächliche Anwesenheit zu bewältigen, bin ich wieder mit dir. Nur wird das tausendmal besser sein.«

Drei Tage danach reiste sie ab. Je mehr die Abreise sich näherte, desto leichter und besser fühlte ich mich, sogar das Bedauern über die Trennung war nicht so schmerzhaft, wie es hätte sein müssen.

»Ich kehre zurück!«, sagte sie zu mir, als der Zug anfuhr und ich neben ihrem Fenster herging. »Du wirst mir schreiben, und ich kehre zurück!«

»Ich werde dir schreiben«, sagte ich. »Ich werde auf dich warten.«

Der nächtliche Gefährte

Es begann mit einem kleinen Missverständnis, das in einer Juninacht, um zwei Uhr früh, in Paris entstanden war, vor rund zehn Jahren. Ich ging aus einem nördlichen Vorort nach Hause, und bis zur Place du Trocadéro gelangt, wollte ich mich auf die städtische Bank setzen, um eine Papirossa zu rauchen. Beim Näherkommen sah ich, dass dort schon jemand saß; noch von weitem war an dem gesenkten Kopf und der auffälligen Starrheit der Gestalt zu erkennen – wohl ein Greis. So war es auch; ich setzte mich ans andere Ende der Bank, holte eine Papirossa hervor und steckte sie an. Der Greis murmelte etwas.

»Verzeihen Sie, sagten Sie etwas?«, fragte ich.

Worauf der Greis, mit einemmal verärgert, schroff entgegnete:

»Ja, ich sagte, dass man mir sogar nachts keine Ruhe lässt.«

Er hatte einen runden Kopf mit grauem, spärlichem Haar, zornige schwarz-weiße Augenbrauen und ein unbewegliches Schnurrbartgesicht, das ein für allemal den Ausdruck verhaltener Tobsucht angenommen hatte.

»Entschuldigen Sie«, sagte ich und erhob mich, »ich wollte Sie nicht behelligen.« Und ich wandte mich zum Gehen. Plötzlich ließ eine unerwartet kräftige Stimme mich zusammenzucken vor Verwunderung – derart unglaublich schien es, dass sie zu diesem Menschen gehörte, der gewiss achtzig Jahre alt war; ich hielt inne.

»Junger Mann!«

Ich drehte mich um.

»Sie kennen mich nicht?«

»Nein, Monsieur.«

»Kennen mich tatsächlich nicht? Sind kein Journalist? Sie können mir Ihr Wort geben, dass Sie kein Journalist sind?«

Ich erwiderte, dass ich tatsächlich kein Journalist sei. Nun beruhigt, stieß der Greis jäh hervor: »Setzen Sie sich!«, und ich setzte mich erneut auf die Bank. Es war eine warme Juninacht, aber nach einem unlängst durchgezogenen Regen war die Luft frisch und feucht.

»Sie sind kein Franzose?«, fragte der Greis ebenso jäh.

»Nein, Russe.«

»Ah, daher treibt es Sie um drei Uhr nachts herum.«

Ich sagte zu meiner Rechtfertigung, dass ich auf dem Heimweg sei. Der Greis nickte. Wenige Augenblicke später fragte er dann, wie alt ich sei. Ich antwortete, er schaute mich an, und plötzlich lächelte er breit, und als ich fragte, was ihn erheitere, sagte er:

»Die Ungereimtheit, Unsinnigkeit von allem. Wissen Sie, zu meinem Tod sind in allen Zeitungen die Nachrufe bereits fertig, und eine halbe Stunde nachdem ich gestorben bin, können Sie davon in jeder Ausgabe lesen.«

Da wurde die vage Erinnerung, deren ich mir kaum bewusst war, auf einmal schlagartig klar: Schon im Moment davor hatte ich offenbar gewusst, dass ich diesen runden Charakterkopf und diesen grauen Schnurrbart irgendwo, als etwas längst Bekanntes, gesehen hatte. Sobald ich mich an das unsichere Licht der Straßenlampen auf dem Platz gewöhnt hatte, schaute ich mir die Augen meines Gesprächspartners genauer an; sie waren ideal ausgeblichen und hatten einen derart seltsamen Ausdruck, wie ich ihn noch nie bei jemandem bemerkt hatte – eine erstaunliche Mischung von Ingrimm und Trauer.

Ich antwortete ihm, das sei ein Wesenszug dieser Profession und habe mich stets empört; ebenso empörend, wenn auch verständlich, sei das Verhältnis zum Tod, das Totengräber und Angestellte von Bestattungsfirmen haben; manchmal komme mir das so abscheulich vor, sagte ich, dass ich nur in der ironischen Gerechtigkeit des Schicksals Trost fände, denn mit derselben verbohrten Gleichgültigkeit würden diese Leute auch ihre eigenen Kollegen begraben. Und ich erzählte dem Greis, wie während des Bürgerkriegs in Russland einer meiner Kameraden mit Typhus im Sterben lag und an seinem Bett der stockbesoffene Feldscher Feofan stand, sich mit unsicheren Fingern eine Papirossa drehte und einen Witz erzählte, und als ich ihn fragte, ob es noch Hoffnung gebe, schaute er mich aus trüben Augen an und erwiderte:

»Bist ein komischer Kauz. Siehst denn nicht – der geht zum Teufel, und du fragst noch. Schau auf seine Fresse, ist ja zu sehen, oder?«

Doch einige Monate später – und fast auf demselben Bett im Krankenwaggon – lag, von Granatsplittern am Bauch verwundet, der Feldscher Feofan im Sterben. In seinen leeren Augen, die bereits den bleiernen Ausdruck der Agonie angenommen hatten, standen Tränen, er sagte andauernd: Mein Gott, muss ich wirklich? Mein Gott, muss ich wirklich? Alles, was er je gewusst oder gedacht hatte, war schon gestorben, existierte in diesen Minuten nicht mehr für ihn; er ging von uns, und aus allem, was gewesen war, nahm er nur den einzigen Satz mit: »Mein Gott, muss ich wirklich?« – dabei hatte er bislang stets gemeint, er glaube nicht an Gott und fürchte den Tod nicht, und in seinem Leben hatte er vielleicht recht gehabt, während er jetzt, im Sterben, sich irrte. Aber auch der Begriff des Irrtums existierte nicht mehr in seinem Bewusstsein, er war dort, auf der anderen Seite, dort, einige Zentimeter von seinem Körper entfernt, wo ich stand, und seine Augen sahen noch mein grünes Hemd mit den Schulterklappen, den breiten Ledergürtel und die dunkle Revolvertasche.

Der Greis schaute mich aufmerksam an und sagte, als ich meine Erzählung beendet hatte:

»Und Sie meinen, das sei gut?«

»Nein, das meine ich nicht.«

»Und wozu ist es nütze, dass Sie Dinge wissen, die Sie nicht wissen sollten? Es ist doch ewig die Geschichte des Lazarus: Von dort kehrt niemand zurück. Oder, wenn Sie so wollen, wie eine zertretene Pflanze: Man lebt verunstaltet, gleicht seiner Umgebung nicht mehr. Lieben Sie Orden?«

»Orden?«, fragte ich perplex. »Nein, darüber habe ich auch nie nachgedacht.«

»Sehr schlecht«, sagte der Greis. »Ich habe oft bemerkt, dass der Mensch Orden lieben sollte. Wenn sie für ihn keinen Wert darstellen, ist das ein sehr schlechtes Zeichen, ein äußerst schlechtes. Was machen Sie in Paris?«

Ich sagte, dass ich studiere, nannte ihm meine Professoren. Er lachte mit überraschender und für ihn offenbar untypischer Gutmütigkeit und sagte, seines Erachtens gehörten sie zur Kategorie der vergleichsweise unschuldigen Dummköpfe. Irgendwann, versprach er, werde er mir diese Theorie erklären. »Irgendwann?«, fragte ich. »Aber ich werde Sie ja vielleicht nie wiedersehen.« Der Greis zuckte die Schultern, und mir war es nun peinlich; ich begriff, dass ich das nicht hätte sagen sollen. Er wandte rasch den Kopf ab, und da er meinen Gedanken erriet, stieß er wieder jäh hervor, dass er den Tod nicht fürchte, tatsächlich nicht fürchte, nicht so wie der Feldscher Feofan. Im übrigen, vielleicht in der letzten Minute … »Haben Sie den ›Faust‹ gelesen?«, unterbrach er sich plötzlich und antwortete sich selbst:»Ja, natürlich haben Sie ihn gelesen, die Russen lesen alle.«

Ich hatte mich schon an seine jähe, sprunghafte Gesprächsführung gewöhnt. Es wurde noch ein wenig frischer, am Mond zogen von Zeit zu Zeit Wolken vorbei, über dem Montmartre dämmerte, matt rötlich, der Morgen. Der Greis erhob sich von der Bank und reichte mir seine Hand im schwarzen Zwirnhandschuh.

»Auf Wiedersehen«, sagte er, »es hat mich gefreut, mit Ihnen zu reden. Sie können sich nicht vorstellen, was für ein Vergnügen es ist, einen Menschen zu sehen, der keine Fragen stellt und nicht vorhat, sich Vorteile durch Sie zu verschaffen.«

»Eine schmeichelhafte Einschätzung natürlich, wenn auch eine negative«, sagte ich, ungewollt lächelnd, »ich muss Ihnen meinerseits für Ihre Zugewandtheit danken.«

»Wir begegnen uns vielleicht noch«, sagte er, »ich gehe manchmal nachts spazieren, wohne ganz in der Nähe. Und da meine Füße schon fast die gesamte Entfernung durchschritten haben, die ihnen vom Schicksal auferlegt wurde, gehe ich von Montmartre nicht nach Auteuil, sondern nur bis zu diesem Platz. Leben Sie wohl.«

Er legte die Hand kurz an den Kopf und ging. Ich stand und schaute ihm nach: auf den gebeugten Rücken, auf die ziemlich raschen Bewegungen seiner fast nicht einknickenden Beine, die er mit ausgestellten Fußspitzen aufsetzte, fast als ob er auf den Fersen ginge. Ich wartete, bis er, meiner

Schätzung nach, wohl sein Haus erreicht hatte, dann begab ich mich nach Hause; es war schon nach vier Uhr früh.

* * *

Dass ich ihn nicht gleich erkannt hatte, ließ sich nur damit erklären, dass die Begegnung vollkommen überraschend war, unwahrscheinlich. So war mir winters einmal, im Morgengrauen, in einem Café des Montparnasse, wo sich gewöhnlich Zuhälter treffen, ein solider älterer Mann aufgefallen, an einem Tischchen, auf dem zahllose Aschenbecher und vier unausgetrunkene Gläser mit Rotwein standen; er spielte Karten mit einer Frau in Schwarz, sie saß mit dem Rücken zu mir, ihr Gesicht sah ich nicht. Aber der Mann kam mir verblüffend bekannt vor, und erst im nächsten Moment begriff ich, wer es war: ein bekannter Politiker, ehemaliger russischer Minister, den ich in völlig anderer, repräsentativer Umgebung zu sehen gewohnt war. So war es auch bei meinem Gesprächspartner, ich erkannte ihn erst, nachdem er gesagt hatte, in allen Zeitungen seien die Nachrufe auf ihn längst fertig.

Seine Biographie war aller Welt bekannt, ebenso sein Spitzname, seine legendäre Schroffheit, sein tobsüchtiges Wesen; all das ging auf unfassbare Weise einher mit einem kolossalen Verstand; man nannte ihn den letzten Staatsmann Europas. Sein Leben war in der Tat ungewöhnlich, er hatte alles gehabt, was ein Mensch sich wünschen kann – riesigen, unvergleichlichen Ruhm und fast uneingeschränkte Macht, somit das, was er seit der frühen Jugendzeit verachtet und gehasst hatte. Wie fast alle sehr klugen Menschen hatte er keinerlei Illusionen, und seine riesige Lebenserfahrung hatte jene eisige Verachtung für die Menschen und jene stetige Erbitterung, über die Tausende Artikel und Dutzende Bücher verfasst worden waren, nur verstärkt und bis ins Extrem getrieben. Von der Welt zurückgezogen, fristete er nun die letzten Tage und Wochen seines unendlich langen Lebens. Ich rief mir seine ausgeblichenen Augen und den Gang mit den ausgestellten Fußspitzen ins Gedächtnis; er war um die neunzig Jahre alt. Für mich war er ein längst vergangenes historisches Ereignis, die lebende Ruine einer längst verschwundenen Welt, und es war unfassbar, ungereimt und großartig, dass er die gleiche Luft atmete und in den gleichen leeren und beunruhigenden Zeiten lebte, in den dreißiger Jahren des jetzigen Jahrhunderts.

Ich bezweifelte, dass ich ihn noch einmal zu Gesicht bekäme, aber von Zeit zu Zeit ging ich zu der späten Stunde dorthin, wo ich ihn beim erstenmal getroffen hatte, saß, rauchte und wartete; aber seine gebeugte Gestalt tauchte nicht auf. Es vergingen rund zwei Wochen, und eines Nachts sah ich ihn erneut. Er saß auf seiner Bank, den Kopf gesenkt, und hob ihn langsam, als ich schon vor ihm stand.

»Ach, Sie sind es?«, sagte er statt einer Begrüßung. »Sie haben wieder Ihren Hut vergessen.«

Ich erwiderte, dass ich nie einen Hut trage.

»Mag sein, das ist weniger dumm, als es auf den ersten Blick erscheint«, sagte er, »mag sein, mag sein. Obgleich ich es bezweifle«, fügte er mit plötzlich heiteren Augen hinzu. »Setzen Sie sich, setzen Sie sich. Warum rauchen Sie so schlechte Zigaretten, haben Sie kein Geld? Ja? Das ist gut, in diesem Alter braucht man kein Geld.«

»Ich würde mir erlauben …«

»Ja, ich weiß. Sie meinen, andere würden Geld dumm verschwenden, Sie würden es klug verschwenden. Eine Täuschung.«

Seine Augen wurden zu Schlitzen, er lachte.

»Ich freue mich sehr, dass Sie guter Stimmung sind«, sagte ich.

»Seit gestern habe ich keine Schmerzen mehr«, antwortete er. »Das hat natürlich nichts zu bedeuten, in der Juristensprache heißt das sursis*. Aber ich nähere mich, junger Mann, ich nähere mich. Was macht Ihr Studium?«

Ich antwortete, dass ich mich auf die Geschichte der ökonomischen Doktrinen vorbereite. Er zuckte die Schultern und sagte dann bedauernd, da gäbe es wohl interessanteren Zeitvertreib und es sei dumm, wenn ein Mann, der viel essen und seine Tage mit der Geliebten verbringen müsse, in einem geschlossenen Raum säße und unsinniges Zeug studierte, das niemand braucht, zumal auch alle ökonomischen Doktrinen überhaupt nichts taugten. Die Theorie der Physiokraten hielt er, wie er sagte, noch für die am wenigsten dumme. Und nun erläuterte er mir in raschen, abgerissenen Sätzen seine Ansichten über die Haltlosigkeit jener Thesen, die in der Politökonomie als grundlegend galten – und mich frappierte sein außerordentliches Gedächtnis. Die überwiegende Mehrheit der Ökonomen hielt er für Dummköpfe; soweit ich mich erinnere, sagte er nur von Turgot, der sei klug gewesen. Adam Smith war seiner Ansicht nach ein Kompilator, Ricardo ein Spekulant, Proudhon ein Bauernschädel, unfähig zu jeglicher Evolution. Dann unterbrach er sich selbst und sagte:

»Da sitzen Sie nun und denken: Jetzt schlägt der Alte über die Stränge.«

»Nein, aber Sie haben diesen Problemen ja viel Zeit gewidmet in Ihrem Leben.«

* Aufschub

»Leider, leider«, sagte er rasch. »Aber das hat keinerlei positive Ergebnisse gezeitigt, alles Quatsch und Klimbim: Die menschliche Gesellschaft fußt auf gegenseitigem Bestehlen – und davon steht in keinem ökonomischen Traktat etwas.«

»Aber gerade die Physiokraten haben doch zwischen Dieben und Geschäftsleuten keinen großen Unterschied gemacht.«

»Sie hatten recht, sie hatten recht. Können Sie ein Automobil lenken?«

Das kam so unerwartet wie während unseres ersten Gesprächs die Frage, ob ich Orden liebe. Ich bejahte.

»Das ist gut«, sagte der Greis kurz. »Wurden Sie in Russland geboren? In welcher Stadt?«

»In Petersburg.«

»Ein erstaunliches Land, hält Überraschungen bereit. Ich erlebe sie nicht mehr, doch Sie werden sie erleben. Wenn Sie am Leben bleiben.« Danach fügte er hinzu: »Ich erinnere mich an den letzten Imperator, er war ein unbedeutender Mann. Andererseits, ein Hundertsechzigmillionenvolk zu lenken ...« Er dachte nach, dann sagte er den unübersetzbaren Satz: »N'importe qui peut s'y casser le cul.«[*]

Nun sprach er über die Geschichte und sagte, sie sei Fälschung und Lüge, denn die Ereignisse geschähen nie so, wie sie beschrieben werden.

»Aber die Erstürmung der Bastille ...«

»Blödsinn ... Zwei Verrückte und drei Dummköpfe, und das nennt sich historisches Ereignis, was sagen Sie dazu?«

»Mir schien, dass die Erstürmung der Bastille nicht als

---

[*] Daran kann sich ein jeder das Genick brechen.

solche, sondern als Anfang eines bestimmten historischen Prozesses, der ...«

»Quatsch. Dem historischen Prozess sind die Begriffe Anfang und Ende fremd, wie auch aller Natur. Nichts als Konvention, die purste, purste Konvention. Verstehen Sie?«

Er heftete seine farblosen, verärgerten Augen auf mich.

»Sie bestehlen sich gegenseitig, sie verschlingen sich gegenseitig, das ist der Inhalt aller Geschichte. Ach, Sie meinen die Faktoren?«, sagte er, obwohl ich kein Wort gesagt hatte. »Die Faktoren sind Niedertracht und Idiotie.«

»Mir schien, dass ...«

»Sie haben vielleicht ein gutes Herz, Sie möchten nicht denken, dass die Welt so und nicht anders eingerichtet ist. Außerdem verstehen Sie nichts von ihr.«

Er klopfte mir auf die Schulter und lächelte.

»Nicht, dass ich Sie für dümmer hielte als andere, keineswegs, das meine ich nicht. Aber Sie verstehen nicht, so wie Kinder schlüpfrige Witze nicht verstehen. Darum geht es.«

Alles, was er sagte, kam mir erstaunlich vor – nicht weil es dem Üblichen so gar nicht glich, sondern weil seine sämtlichen Aussagen durchweg negativ waren. Und das erschien mir unglaubwürdig; allmählich glich er dem Bösewicht aus einem billigen Roman, in dem durchweg alle schlechten Eigenschaften vereint sind und dem selbst die kleinste, selbst die zufälligste Tugend fehlt. Doch zugleich war er ein noch lebendiger und kluger Mensch, und seine durchgängig negative Haltung kam mir unmöglich vor. Das sagte ich ihm.

»Sie sind ein Wilder«, erwiderte er. »Sie stellen Fragen, die zu stellen sich nicht gehört. Ein Europäer würde sich das niemals erlauben. Aber ich ziehe es vor.«

Sein Gesicht verzerrte sich, er kniff die Augen zu, und

plötzlich glitt er langsam von der Bank. Ich fing ihn am Arm auf, spürte einen Augenblick den mageren, greisenhaften Unterarm. Sein Körper kam mir unglaublich leicht vor. Gewiss eine Minute atmete er schwer, in seinen Augen stand Verzweiflung. Dann sagte er:

»Begleiten Sie mich nach Hause und kommen Sie unbedingt morgen wieder her, zur gleichen Zeit.«

Für die unbedeutende Strecke, die uns von dem Haus trennte, in dem er wohnte, brauchten wir zwanzig Minuten; ein paarmal wurde ihm übel, und sein Körper sackte sofort zusammen; wir blieben stehen, warteten, bis er zu Atem kam, dann setzten wir den Weg fort. Auf den letzten Metern schritt er sicherer.

»Ich danke Ihnen«, sagte er an seiner Türschwelle. »Also, morgen sehen wir uns. Wenn ich Sie um einen Gefallen bitte, werden Sie ihn mir nicht abschlagen?«

Ich war sehr erregt und erwiderte, ich stünde ihm voll und ganz zur Verfügung. Er verabschiedete sich und reichte mir die zitternde Hand im stets gleichen Zwirnhandschuh.

Als ich mir am nächsten Tag die Abendzeitung kaufte, sah ich schon auf der ersten Seite sein Porträt unterhalb der Meldung, ihn habe ein Anfall von Urämie ereilt. In dem Artikel hieß es, angesichts des vorgerückten Alters des Patienten enthielten sich die Ärzte aller weiterer Aussagen.

* * *

Nachts kam ich zur Place du Trocadéro, obwohl völlig offensichtlich war, dass es überhaupt keinen Sinn hatte. Ich wusste, dass er schwer krank war, vielleicht im Sterben lag und folglich nicht nur selbst nicht kommen, sondern sich wohl auch kaum an das unbedeutende Treffen erinnern und mich irgendwie benachrichtigen konnte. Zumal er meine Adresse nicht kannte, nicht einmal meinen Namen. In jenen Tagen verbrachte ich dort viele Stunden, und sogar die Polizisten, die hie und da über den Platz gingen, schauten allmählich, wie mir schien, misstrauisch her, behelligten mich aber nicht, offenbar weil ich nicht wie ein Clochard aussah und es außerdem in jener Zeit zu keinen Unannehmlichkeiten gekommen war. Aber ich vermute, wenn in dem Quartier damals ein Diebstahl vorgefallen wäre, hätte ich bestimmt aufs Kommissariat kommen und wegen meines ständigen nächtlichen Aufenthalts auf dem Platz eine Erklärung abgeben müssen; und meiner Geschichte hätte natürlich niemand geglaubt.

Ich hätte mich zu diesem ermüdenden Bereitschaftsdienst nicht verpflichtet gefühlt, wenn der Greis mich nicht gefragt hätte, ob ich ihm nicht irgendwann einen Gefallen erweisen könnte. Das Wort »irgendwann« hatte in seinem Mund fast die Bedeutung von »unverzüglich«; ihm blieb sehr wenig Zeit; diese war nach Tagen bemessen, vielleicht nach Wochen, folglich musste ich jeden Augenblick bereit sein. Lange zerbrach ich mir den Kopf, was er wohl von mir wollte und weshalb er meinte, ich könnte ihm diesen Gefallen erweisen. Er wusste nichts von mir oder fast nichts, hatte weder von meinen Möglichkeiten eine Vorstellung noch vom Grad meiner Bereitwilligkeit, ihm bei etwas zu helfen, ganz gleich, was es wäre. Außerdem, was konnte er wohl benötigen? Auch wenn er sich längst von der Macht zurückgezogen hatte, wirkte sein Name nach wie vor magisch, er brauchte nur eine Anordnung zu treffen, damit alles ganz nach seinem Willen erledigt würde. Ich zweifelte nicht, dass ihm eine feierliche Bestattungszeremonie bevorstand, dass die Trauerränder für die Nachrufe längst fertig waren und dass das ganze Land nur auf seinen Tod wartete, der wohl in allernächster Zeit eintreten musste. Und woran, an welche ungewöhnliche Sache konnte dieser Mensch in seinen letzten, seinen schlimmsten Tagen denken? Weder Bedauern noch Bereuen, noch der Wunsch, irgendeinen Fehler zu korrigieren, dürfte, wie mir schien, ihm geblieben sein, diesem Greis, dessen Verachtung für die Menschen tatsächlich eine beispiellose, fast unmenschliche Wucht erlangt hatte.

Es vergingen drei Wochen. Ich wusste aus den Zeitungen, dass sein Gesundheitszustand sich verbessert hatte, dass er tags zuvor zum ersten Mal vom Krankenbett aufgestanden war. Und da sah ich nachts, wie er mühselig und ungewöhnlich langsam auf den Platz zuging. Ich rannte ihm entgegen und hakte ihn unter.

»Danke, danke«, stieß er hervor, so jäh wie immer. »Wir reden später, wenn wir es noch schaffen. Jetzt habe ich es sehr eilig, ich muss ihm zuvorkommen!«, sagte er nach kurzem Innehalten.

Wir kamen an der Bank vorbei. Ich wollte ihn Platz nehmen lassen.

»Nein, nein«, sagte er. »Wissen Sie noch, ich hatte Sie um einen Gefallen gebeten?«

»Ich kann nur wiederholen, dass ich Ihnen zur Verfügung stehe – genauso wie vor drei Wochen.«

»Sie sagten, Sie könnten ein Automobil lenken. Könnten Sie mich nach Beaulieu fahren?«

»Wann?«, fragte ich.

»Jetzt gleich«, erwiderte er.

»Ich bin bereit«, sagte ich. Ich wollte ihn fragen, ob er in der Lage sei, die langen Stunden dieser Fahrt durchzuhalten, sagte aber kein Wort. Wir setzten den Weg fort und befanden uns schon auf einer der Avenuen, die den Platz umgeben. Der Alte sagte:

»Das Automobil steht in der nächsten Garage. Ich habe Sie gebeten, mich zu fahren, weil ich nicht möchte, dass irgendwer von dieser Reise erfährt.«

Ich neigte schweigend den Kopf. Als wir die Garage betraten, wo uns der Nachtwächter, ein Araber, empfing, zeigte der Greis mir den Wagen, mit dem wir fahren sollten; es war ein wunderbarer Chrysler. Ich öffnete die Wagentür, der Greis kletterte hinein, auf seinen Stock und meine Hand gestützt, ich fuhr den Wagen aus der Garage, und zwanzig Minuten später waren wir bereits auf der Straße nach Fontainebleau.

* * *

Baumschatten flogen dem Auto entgegen; der Motor lief vollkommen lautlos, und nur wenn ich einen Blick auf den Tacho warf, spannte ich unwillkürlich alle Muskeln an, da ich fast unbewusst auf einen schrecklichen Zusammenstoß gefasst war. Die Straße war im übrigen fast leer, Autos begegneten wir äußerst selten. Zweimal entging ich durch ein Wunder, wie mir schien, einem Unfall. Es passierte, weil mir plötzlich die Scheinwerfer ausgingen und ich vor Aufregung den Schalter nicht ertasten konnte. Der Mond kam bald hervor, bald verschwand er hinter Wolken; es war die Stunde vor der Morgendämmerung. Vor mir fuhr ein hoher Lastwagen; jedesmal wenn ich aufholte, um an ihm vorbeizuziehen, tauchte vor meinen Augen ein schwarzer Punkt auf, dessen Herkunft ich mir absolut nicht erklären konnte; so etwas war mir noch nie passiert. Als ich beim drittenmal beschloss, den Punkt nicht zu beachten – es war ein wenig heller geworden –, und auf das Gaspedal drückte, erkannte ich diesmal deutlich, unmittelbar vor der Windschutzscheibe, das Ende einer Schiene, die einige Meter über die Ladefläche des Lastwagens hinausragte; ich trat auf die Bremse, der Wagen verlangsamte geschmeidig die Fahrt, und der Punkt entfernte sich. Ich überholte den Lastwagen und ließ das Auto auf vollen Touren laufen, da ich den Zeitverlust wettzumachen suchte, und nach einigen Kilometern wäre ich beinahe zwischen zwei Zwanzigtonner geraten, die einander entgegenkamen. Aber an dem einen, der Richtung Paris fuhr, brannten die vorderen Scheinwerfer nicht, und aus der Ferne waren beide Laster gleichermaßen von drei roten Lichtern erleuchtet; ich hatte sie in einer Kurve erblickt und meinte, sie würden hintereinander fahren. Als ich den ersten überholt hatte, näherten sich die roten Punkte des anderen mit unglaublichem Tempo, wie im Traum, und erst da begriff ich, was los war. Der Wagen fuhr zu schnell, hätte ich scharf gebremst, hätte das Auto sich überschlagen, so musste ich entschleunigen, indem ich bald auf die Bremse trat, bald losließ; und als ich endlich spürte, dass ich den Wagen ganz im Griff hatte, konnte ich gerade noch nach rechts wechseln, und der Laster zog mit jenem besonderen Zischen und Pfeifen vorüber, das für Dieselmotoren typisch ist.

Beim Blick nach hinten sah ich den Greis mit geschlossenen Augen dasitzen; offenbar döste er und hatte nichts mitbekommen. Die Städte und Dörfer, die wir durchfuhren, waren zu dieser Tageszeit vollkommen leer. Pfähle mit Schildern, bis zu der und der Stadt seien es soundsoviel Kilometer, huschten vorüber. Längst war die Sonne aufgegangen, es wurde heiß, ich zog das Jackett aus. Als ich zum erstenmal hielt, um zu tanken, nutzte der Greis den Halt, um mich zu fragen, ob ich die Reise ohne Unterbrechung bis Beaulieu durchstünde.

»Ich schon«, sagte ich, »aber meinen Sie nicht, dass es für Sie sehr schwierig wird?«

»Denken Sie nicht an mich«, entgegnete er. »Ich döse die ganze Zeit, und essen kann ich ohnehin nichts.«

»In diesem Fall«, sagte ich, »schaffen wir es.«

Aber gegen zwölf Uhr mittags spürte ich beunruhigt, dass ich todmüde war; zum Glück waren um diese Zeit schon viele Autos auf der Straße, ich musste meine Aufmerksamkeit anspannen. Außerdem rauchte ich eine Papirossa nach der anderen, und so hielt ich mich einigermaßen. Je länger, desto schwerer fiel es mir allerdings, Toulon hatten wir jedoch schon hinter uns. Noch zweimal tankte ich, schließlich – es war etwa acht Uhr abends – durchfuhren wir Nizza, und auf der Straße, die ich so gut kannte wie die Straße in Paris, an der ich wohnte, erreichten wir Beaulieu. Ich stoppte das Auto vor einer kleinen Villa, die von Palmen umgeben war. Mir hüpften Feuerfunken vor den Augen, und ich schwankte leicht. Ich öffnete die Wagentür und half dem Greis beim Aussteigen.

»Danke, mein Lieber«, sagte er. »Gehen Sie, legen Sie sich schlafen. Wenn Sie ausgeschlafen haben, kommen Sie hierher. Kommen Sie morgen vormittag. Gute Nacht. Brauchen Sie Geld?«

»Ja, ich habe vier Franken in der Tasche.«

Ich ging ins nächste Hotel, aß etwas, vor mich hin dösend, ging dann in das Zimmer, das mir zugeteilt wurde, fand kaum die Kraft, mich auszuziehen, und fiel in Schlaf wie ein Toter.

* * *

Ich wachte um neun Uhr morgens auf, hatte elf Stunden durchgeschlafen. Im Zimmer war es stickig, aus einem nahen Garten drang der Gesang von Zikaden, und solange ich noch nicht endgültig zu mir gekommen war, wozu es nun doch einige Augenblicke brauchte, verblüfften mich diese Töne besonders. Dann hörte ich unten eine Frauenstimme, die sich entfernte, einem offenbar stehengebliebenen Gesprächspartner antworten: »Je le crois bien«[*], und das mit solch einem – ganz unanzweifelbar – südlichen Akzent, dass mir sogleich die endlose nächtliche Reise einfiel und der Greis, den ich gestern am Eingang der Villa mit den Palmen zurückgelassen hatte. Ich kleidete mich an, ging zum Friseur, kaufte mir dann unterwegs eine Badehose und ein Handtuch. In der kleinen Bucht, an deren Ufer Beaulieu liegt, war das Meer wie immer ideal ruhig; tief auf dem Grund schimmerten dunkle Steine, auf den Unterwasserinseln nah am Ufer wuchsen Algen, aus denen wie lebende Fontänen ganze Schwärme kleiner Fische stoben; winzige grüne Krabben huschten über die Steine am Grund, und um sie zu sehen, musste man bäuchlings, fast reglos, auf dem Wasser liegen, das Gesicht ins Meer tauchen und angespannt nach unten schauen. Wieder einmal verblüffte mich die besondere Lautlosigkeit Beaulieus und seine reglose Schönheit. Ihren Ruhestand verbrachten hier – wie an der gesamten Mittelmeerküste, doch hier besonders – sehr betagte und sehr erschöpfte Menschen, die auf einen trügerisch sanften, südlichen Tod warteten im Treibhaus des von Sonne und Meer glitzernden Talkessels. Diese Menschen lebten in der Tiefe ihrer Häuser, auch früher hatte ich sie oft in Beaulieu gesehen; sie waren stets zu sorgfältig gekleidet,

[*] Das glaube ich gern

223

trugen ideal unnötige Krawatten, Krägelchen und Schirmchen, und doch konnte selbst die grausame Sonne des Sü-
dens sie offenbar nicht gänzlich erwärmen; zu ihr stieg,
dachte ich mir, aus der Tiefe dieser ausgedörrten Körper
schon jene letzte Kühle empor, gegen die es keine Arznei
gibt. Manchmal waren sie in Begleitung von Hunden fast
immer guter, wenn auch heute fast verschwundener Rassen,
die aber unansehnlich waren, klägliche Augen hatten und
ihren Herrchen glichen. Und bloß einmal hatte ich neben
einer hochgewachsenen Greisin, deren trockene Hand einen altersschwachen Pudel an der Leine führte, eine junge
Dame von zweiundzwanzig oder dreiundzwanzig gesehen,
offenbar ihre Gesellschafterin; sie hatte einen Körper wie
gemeißelt unter ihrem leichten Kleid, volle Lippen und
hungrige Augen mit langen Wimpern; sie ging an mir vorbei – ich saß auf einer Bank und las Zeitung –, drehte sich
mehrmals um, und kurz darauf bemerkte ich, dass ich einen ganzen Artikel gelesen und kein Wort verstanden hatte.
Ich schaute ihnen nach, ging dann in ihre Richtung und
sah die Gruppe erneut, den alten Pudel, dem die Hinterbei-
ne wegsackten, die Greisin mit ihrem langsamen Gang auf
nicht einknickenden Beinen und daneben den sonnenge-
bräunten Rücken des Mädchens mit der wie eingeölten
Haut sowie den beim Gehen leicht schaukelnden, prachtvollen Körper. »Unsinnig und großartig«, sagte ich laut zu
mir selbst, ohne recht zu wissen, weshalb das unsinnig und
was großartig war.

Nach dem Baden ging ich an diesem Tag noch ein paar
Kilometer zu Fuß, erreichte Cap-Ferrat, wo ich Kaffee trank,
und kehrte gegen halb eins nach Beaulieu zurück; nun war
es Zeit, mich dorthin zu begeben, wo ich gestern meinen
Gefährten gelassen hatte. Ich läutete an dem schmiede-

eisernen Tor; mir öffnete eine junge Frau, die offenbar über mein Kommen informiert war, denn sie stellte keine Fragen; sie führte mich in ein Zimmer mit einem Sofa, zwei Sesseln und einem kleinen Tischchen mit Aschenbecher; auf dem einzigen Kupferstich, der die Wand schmückte, fuhr, die vielstöckigen weißen Segel stramm gebläht, eine uralte und sehr klassische Fregatte. Kurz darauf wurde ich weiter hineingebeten, und ich kam auf eine Terrasse, die auf einen kleinen Garten hinausging und von einem braunen Sonnensegel überdeckt war; und in dem Ziegelrot, das die Sonnenstrahlen unter dem Segel verbreiteten und das eine unglaubliche, malerische Atmosphäre schuf, erblickte ich eine kleine Greisin mit sehr lebhaften Augen und darin, wie mir schien, Spuren von Tränen. Dem war im übrigen keine besondere Bedeutung beizumessen, denn wie ich mich bald überzeugen konnte, weinte sie mit ungewöhnlicher Leichtigkeit und aus unbedeutendstem Anlass. Doch in allem – ihrem Lächeln wie ihrer Sprechweise, in den Gesten ihrer kurzen, ausgetrockneten Arme wie in den Intonationen ihrer schwachen Stimme – lag ein ungewöhnlicher Charme. Sie sprach ein sehr gutes Französisch mit einem kaum merklichen, derart unwesentlichen Akzent, dass er sich nur schwer zuordnen ließ.

»Sie also haben Ernest hergebracht?«, sagte sie zu mir. »Sehr gut haben Sie daran getan, sehr gut. In Paris verkrustet er. Und da er sehr alt ist und schon immer einen schrecklichen Charakter hatte, muss das unerträglich sein. Ein wenig von unserer südlichen Sonne wird ihm nicht schaden. Sagen Sie« – sie senkte die Stimme, und in ihren Augen tauchten augenblicklich Tränen auf –, »geht es ihm tatsächlich sehr schlecht?«

Was konnte ich ihr antworten? Ich sagte, nein, ich persönlich glaubte das nicht, und wie sie wissen müsse, verstünden die Ärzte nichts und seien selbst über alle Veränderungen im Zustand eines Kranken stets verblüfft, nur verheimlichten sie diese Verwunderung, denn sonst verlören sie die Achtung der Patienten. Aber sie wissen nicht mehr als wir, Madame, dessen bin ich mir völlig sicher. Außerdem, da er eine solche Reise bewältigen konnte, von Paris nach Beaulieu, sei folglich sein Gesundheitszustand gar nicht so schlecht.

»Ja, vielleicht haben Sie recht«, sagte sie mit einem Seufzer.

Nun waren aus dem Nebenzimmer schwere, schlurfende Schritte zu hören, ich wandte den Kopf und erblickte den Greis; er trug einen dunkelgrauen Morgenrock, der seine ungewöhnliche Magerkeit verhüllte, und er ging mit noch größerer Mühe als sonst. Ich stand auf und verbeugte mich.

»Guten Tag, wie haben Sie geschlafen?«, fragte er. »Haben Sie sich erholt? Der Mensch ermüdet im Grunde nur einmal im Leben, von dieser Müdigkeit befreit ihn keine Erholung, bis er …«

»Er neigt sehr zu Aphorismen«, sagte die Greisin, »warum haben Sie keine Bücher geschrieben, Ernest?«

»Sie wissen, dass ich wenig Zeit hatte, außerdem hat noch kein einziges Buch in der Menschengeschichte etwas geändert.«

»Sie sind unverbesserlich, Ernest«, meinte die Greisin, »und das Evangelium zum Beispiel?«

»Sie verlangen doch nicht von mir, dass ich ein Neues Testament verfasse.« Der Greis lächelte.

Ich betrachtete ihn aufmerksam; er hatte sich über Nacht sehr verändert, sein Gesicht war weicher geworden, wenngleich die Falten sich darauf mit derselben, wenn nicht gar mit noch größerer, schonungsloser Schärfe abzeichneten. Aber im Ausdruck seiner ausgeblichenen Augen, der mich so frappiert hatte, als ich ihn zum erstenmal betrachtete, sah ich nicht mehr den ursprünglichen und wohl beständigen Ingrimm; nur Bedauern war in ihnen zurückgeblieben, und das war so überraschend und ungewöhnlich und, würde ich sagen, passte derart nicht zu ihm, dass ich unablässig darauf wartete, ob sich sein Blick nicht erneut ändern würde, und jedesmal wurde meine Erwartung enttäuscht. Dadurch wirkte er sofort schutzloser, und aus dem, wie ihn die Zeitgenossen kannten, verwandelte er sich in einen sehr alten und sehr kranken Menschen, der nur noch wenige Tage zu leben hatte.

Wir dejeunierten zusammen. Die Greisin beklagte sich über die Köchin, die ihren Worten nach an außergewöhnlicher Vergesslichkeit litt und immer alles durcheinanderbrachte. »Bloß gut, wenn sie nicht noch Pfeffer in die Süßspeise streut.« Nach Meinung der Hausherrin gab es dafür zwei Gründe, einmal das Alter der Köchin und zweitens, dass sie trank, wie alle Frauen aus dem Norden. »So eine dumme Alte!«, sagte sie. »Aber ich kann ihr doch nicht den Laufpass geben. Überlegen Sie mal, sie ist bei mir im Dienst ...« Hier versank sie in Nachdenken, konnte sich nicht erinnern, und schließlich läutete sie zweimal. Auf das Läuten erschien eine mittelgroße Frau in Schwarz, mit scharfen, männlichen Gesichtszügen.

»Christina, wie viele Jahre sind Sie bei mir im Dienst?«, fragte die Greisin. Die Köchin zuckte zusammen, wie es mir erst vorkam, dann begriff ich, dass sie einen Schluckauf hatte; sie war tatsächlich angeschickert und antwortete mit überraschend hoher, heiserer Stimme.

»Sechsunddreißig Jahre, Madame. Ist das alles, was Sie von mir wollten?«

»Ja, Sie können gehen. Sehen Sie, Monsieur, sechsunddreißig Jahre.«

»Tja«, sagte der Greis, »tja, über sie müsste man ein Buch schreiben.«

»Was sagen Sie da, Ernest? Was soll man über sie schreiben? Sie hat ihr Leben lang gekocht und getrunken und sonst nichts.«

Der Greis wiegte den Kopf.

»Im Lauf dieser sechsunddreißig Jahre wurden Millionen Menschen getötet, Millionen verstümmelt, andere legten Tausende Kilometer zurück, wurden allem, was sie wussten, untreu, vergaßen ihre Muttersprache, ganze Länder verschwanden von der Erdoberfläche, es gab Revolutionen, Bürgerkriege, die Welt war nahe daran, zu zerbrechen – doch Christina hat in der ganzen Zeit Fleisch gebraten, Calvados getrunken, und sogar die Namen jener Länder sind ihr unbekannt. Und jetzt wollen Sie mir sagen, das sei nicht absurd?!«

»Alles ist absurd, Ernest, aber Köchinnen sind trotzdem notwendig. Sie ist nie Minister gewesen, die arme Christina, kann man ihr das denn zum Vorwurf machen?«

»Im Gegenteil«, sagte der Greis mit einem Lächeln, an das ich mich schon langsam gewöhnte, »man muss ihr dazu gratulieren.« Und kurz darauf fügte er hinzu: »Ihr und uns.«

Nach dem Dejeuner nahm er mich beiseite und fragte, ob ich in Paris Dringliches zu erledigen hätte, das meine Anwesenheit erforderte. Ich erwiderte, nein, niemand warte auf mich; der einzige Mensch, der meine Abwesenheit bemerken könnte, sei die Wirtin des Hotels, in dem ich wohnte; aber auch sie würde sich nicht sehr wundern, dieser Tage

hätte ich gezahlt, an ein mehrtägiges Fernbleiben sei sie bei
mir inzwischen gewöhnt, und selbst angenommen, dass sie
noch nicht daran gewöhnt sei, würde das keine Rolle spielen. Der Greis sagte, er beabsichtige, übermorgen nach Paris abzureisen, und wir könnten mit demselben Automobil
zusammen fahren.

»Ich stehe in Ihrer Schuld«, sagte er, »und Sie haben das
Recht, einige Dinge zu erfahren, um die Gründe für mein
seltsames Verhalten zu verstehen.«

»Auf gar keinen Fall möchte ich …«

»Ich weiß, ich weiß. Aber ich fühle mich nicht berechtigt,
verstehen Sie … Ich will es Ihnen erklären.« Plötzlich unterbrach er sich. »Wohin gehen Sie jetzt?« Ich sagte, ich würde
nach Nizza fahren, ich wollte meine Bekannten treffen. Wir
verabredeten, dass ich das Automobil, das immer noch unbeweglich und dick mit Schmutz bedeckt an der gleichen
Stelle stand, in Ordnung bringen und ihn übermorgen am
Vormittag abholen würde.

* * *

In diesen anderthalb Tagen fuhr ich ununterbrochen um-
her, ich beeilte mich, alle Orte aufzusuchen, die ich kannte und liebte. Ich unterhielt mich über Politik in einem
kleinen Café jenes Fleckens, wo ich ein Jahr zuvor den Sommer verbracht hatte, versuchte in einer grün-braunen Grot-
te hinter Cap-Ferrat vergeblich, Fische zu fangen, kletterte
die wie Korridore schmalen Straßen des mittelalterlichen
Städtchens Saint-Paul hoch, saß abends im Hafen von Villefranche und beobachtete die amerikanischen Matrosen
vom kürzlich angekommenen Kreuzer sowie die flinke Besitzerin eines unbedeutenden Geschäfts, die, kaum hatte sie

das Schiff erblickt, ihr französisches Ladenschild mit einem offenbar längst vorbereiteten und speziell für solche Fälle hergestellten Stück Stoff verhängte, worauf stand: »Your little shop«. Die Matrosen tanzten mit den schönen Mädchen des Orts, von denen immer mehr zum Hafen kamen, während am Ufer, als Chef einer speziellen amerikanischen Hafenpolizei, ein vierzigjähriger Mann mit Segeltuchgamaschen stand, der nicht sonderlich groß war, aber fast quadratisch, einen schweren Unterkiefer und pudschwere Fäuste hatte, zweifellos mit allen Wassern gewaschen und gleichmütig auf alles gefasst war. Von dort fuhr ich nach Nizza, schaute mir im Kino die Wochenschau an, danach besuchte ich Antibes, stieg zum Leuchtturm hinauf und blickte lange auf das – an jenem windstillen Abend – unbewegliche Meer und die durchgehende Linie der Straßenlaternen an der langen und kurvenreichen Uferstraße. Und wie jedesmal wenn ich in den Süden Frankreichs kam, war mir wieder, als sei ich endlich in die Heimat gelangt; und ich verstand nicht, wie meine Bekannten sich von der ständigen Hitze, dem unentwegt wolkenlosen Himmel und dem unter der Sonne glitzernden Meer entnervt oder ermüdet fühlen konnten. Sogar das süßliche, schon aufdringliche Dekor einiger Orte stieß mich nicht ab, es ließ mich gleichgültig, wie auch die Ortsansässigen ihm gleichgültig gegenüberstanden. Und ähnlich den Einwohnern von Beaulieu wäre auch ich gerne hier gestorben, hätten meine – in jenem Augenblick – schon kraftlosen Lungen in letzten Atemzügen diese erstaunliche Luft aufgenommen, die Meer, Sonne, Hitze und den fernen Duft glühend heißer Kiefern in sich vereint.

Ich kehrte über die bekannten Wege nach Beaulieu zurück. Da war die Villa, auf deren Dach stets eine Katze aus Porzellan stand; in dieser Villa lebte eine reiche und sehr

hochmütige Greisin, die durch den Betrieb von Freuden-
häusern in Paris ein Vermögen gemacht hatte; ihre Karriere hatte sie als Vierzehnjährige auf den Trottoirs der Rue
Saint-Denis begonnen, und nun verlebte sie hier den Rest
ihres langen und kriminellen Daseins. Da war die Villa »Anjuta« mit Schmuckhähnchen, hölzernen Glöckchen, einer
ewig reglosen Wetterfahne und einer Darstellung des heiligen Nikolaus am Tor; »Anjuta« gehörte einem ehemaligen
Garde-Offizier, einem offenbar äußerst draufgängerischen
Menschen, der in den neunziger Jahren des vorigen Jahrhunderts, seinen Worten nach, in Petersburg stadtbekannt
war; dazu das übliche und stets griffbereite Arsenal von Erinnerungen an »Klubs«, in denen die unglückseligen und
wenig wahrscheinlichen Bäder in Champagner eine Rolle
spielten; davon hatte er, meine ich, denn doch irgendwo gelesen, während unfreiwilliger Mußestunden im Gefängnis
oder bei grimmigstem Geldmangel, da er zu normalen Zeiten nichts las außer der Bibel, wie er selbst sagte; mir war es
lange unfassbar, wozu dieser Mensch die Bibel brauchte, bis
ich einst bemerkte, dass sie dick mit Staub bedeckt war; darauf beruhigte ich mich.

Durch die Nachtluft schallte hie und da Hundegebell, in
sich ausweitenden Halbkreisen; ein Hund begann, weiter
unten antwortete ein anderer, jenseits der Kurve ein dritter,
dann – oh, ihre Stimmen erkannte ich sofort – bellten
soundsooft, in wütendem Bariton, zwei Bulldoggen aus der
rosa Villa, dort, wo der Weg die Biegung machte, hin zum
Meer, und wo ein Mann mit Goldreif am rechten Arm wohnte, der sich nach alter Gewohnheit puderte und die Nägel
färbte und von dem es milde hieß, er sei ein Mann mit »seltsamen Sitten«; aber Bulldoggen hatte er gute.

Ich schlief zum Gesang der Zikaden ein und träumte vom

Besitzer der Villa »Anjuta«; er schwamm durch ein stürmisches Meer, und aus dem Wasser ragte sein Kopf, unbeweglich wie eine Holzkugel, ein vollkommen kahler Kopf mit bedrohlichem, nach oben weisendem Schnurrbart.

* * *

Ich verließ den Süden diesmal mit doppeltem Bedauern, denn außer der – für mich persönlich unerquicklichen – Rückkehr nach Paris nötigte das Schicksal mich erneut, jenes trostlose Terrain zu betreten, dessen Zentrum mein Gefährte war. Ihm ging es wieder schlechter, er hatte sich in einen weiten Mantel gehüllt, obgleich fast tropische Hitze herrschte. Um ihn zu verabschieden, traten die Hausherrin und Christina vor das Tor. Wir fuhren ab, ich drehte mich ein paarmal um, schaute bis zur Straßenbiegung auf diese beiden Gestalten und versank darüber so in Gedanken, dass mir wohl erst nach einer Weile das leise Surren des Motors und das trockene Rauschen der Reifen auf der glühheißen Straße bewusst wurde. Als wir Nizza hinter uns hatten, trat ich aufs Gaspedal und ließ das Auto fast auf vollen Touren laufen. Die Hand des Greises berührte meine Schulter; er saß jetzt nicht hinter mir wie beim letzten Mal, sondern neben mir.

»Sie brauchen nicht zu hetzen«, sagte er, »das ist nun nicht mehr notwendig.«

Ich drosselte ein wenig das Tempo.

»Was würden Sie sagen, welcher Nationalität gehört sie an?«

Ich erwiderte, das zu bestimmen falle mir schwer. Sicher sei ich mir lediglich, dass sie keine Französin ist oder ihre Kindheit im Ausland verbracht hat.

»Eine Spanierin«, stieß der Greis jäh hervor.

Wir fuhren einige hundert Meter weiter. Die Sonne stand hoch; links der Straße glitzerte endlos und kräuselte sich das Meer.

»Sie haben sich bestimmt den Kopf zerbrochen«, sagte der Greis, »was das alles wohl zu bedeuten hat.«

Er lächelte; ich wandte den Kopf und erblickte seine leeren und fernen Augen. Dann wickelte er sich noch fester in den Mantel, faltete seine Hände in den schwarzen Zwirnhandschuhen und begann zu sprechen.

Zuerst erklärte er, dass er sich an mich gewandt habe, weil er absolut niemand in die Geschichte dieser Reise einweihen wollte, weder seinen Chauffeur noch irgend jemand sonst, und weil er außerdem die Zeitungen, die unverzüglich davon erfahren hätten, hasste und verachtete. Der Gedanke, er könnte mich bitten, sei ihm plötzlich gekommen, und da hatte er mich gleich gefragt, ob ich ein Automobil zu lenken verstehe. Weiter erklärte er in lakonischen, doch für mich schmeichelhaften Wendungen, er habe Vertrauen zu mir gefasst und halte mich überhaupt für einen rundum anständigen Menschen. Ich unterbrach ihn:

»Über Ihre anderen Urteile kann ich mich nicht äußern, dazu habe ich kein Recht. Aber was das betrifft, täuschen Sie sich, da bin ich mir sicher.«

Er erklärte, er habe das nur auf negative Eigenschaften bezogen, also, dass ich nicht versuchen würde, daraus einen Nutzen zu ziehen, dafür um Geld zu bitten – was nicht so wichtig, aber unangenehm gewesen wäre –, und dass ich meinerseits ihn nicht um Protektion angehen würde. Aber sollte es mir Vergnügen bereiten, dass ich mich für keinen anständigen Menschen halte, habe er auch nichts gegen diesen unschuldigen Wunsch.

»Ich bin hergereist«, sagte der Greis und schluckte hörbar Speichel, »dies ist meine vorletzte Reise, denn bei der nächsten werde ich bereits anders überführt.«

Sogleich stellte ich mir die Trauervorhänge an seiner Haustür in Paris vor, die Menge der Neugierigen auf dem Trottoir, die Absperrungen der Polizei und den langsam die Champs-Élysées hinabschreitenden Trauerzug.

»Aber um den Grund für diese Reise zu erklären«, sagte er, den Blick gerade vor sich gerichtet, »muss ich viele Jahre zurückkehren.«

Nun erzählte er mit veränderter Stimme – wobei ich in dieser Veränderung den vielleicht unbewussten Kunstgriff eines Menschen zu hören meinte, der in seinem Leben Tausende von Reden gehalten hatte –, wie er die Frau, die wir gerade verlassen hatten, kennenlernte und ein Verhältnis mit ihr einging. Begegnet war er ihr bei einem Pferderennen und hatte darum gebeten, ihr vorgestellt zu werden. Sie war zwanzig Jahre jünger als er, ihr Vater … Im übrigen hatten biographische Einzelheiten, wie er sagte, keine Bedeutung. Sie war verheiratet, hatte keine Kinder. Sie verließ ihren Mann. Am erstaunlichsten schien ihm, dass über diese einzige und wunderschöne Liebesaffäre seines Lebens – eine Liebesaffäre, an der er nicht ein Wort hätte ändern mögen – sich nicht so berichten ließ, dass es jemand anderes verstanden hätte. Sie war die einzige Frau, die von den Möglichkeiten, die ihre Situation ihr eröffnete, nicht eine für sich ausgenutzt habe. Sie lebten nicht zusammen – das war aus vielen Gründen nicht möglich –, manchmal sahen sie sich lange Monate nicht, aber in den schwersten Stunden seines Lebens stand sie ihm stets bei. Seit langem war ihm, seinen Worten nach, schon bewusst gewesen, dass er sich auf niemand verlassen konnte, dass ihn bei einem Sturz niemand unterstützen würde; aber er wusste gleichfalls, dass sie ihm niemals untreu würde. Durch sein gesamtes Leben wanderte ihr leichter Schatten. Sie war immer ausgeglichen, immer liebevoll und ein wenig spöttisch und sagte sogar, sie würde ihn nicht sehr lieben. Aber sobald er wieder einmal ein Duell auszufechten hatte, war sie an diesem Tag unweigerlich in Paris, reiste aus Spanien oder England oder Beaulieu an, das sie besonders liebte.

So verging das Leben, und schrittweise, mit jedem Jahr, waren die ohnehin nicht zahlreichen Gedanken, Gegenstände und Menschen, an die der Greis glaubte, immer weniger geworden, und nun war seit Jahren nichts mehr davon übrig.

Er war zu klug, als dass er gesagt hätte, es gebe überhaupt keine positiven Werte; er erklärte lediglich, dass es für ihn keine gebe. Das sei wie bei den Ruinen; andere schauten sie an, und ihre Einbildungskraft baue darüber die riesigen Städte auf, die ins Dunkel der Geschichte entschwunden sind; er dagegen sehe nur herabbröckelnde Steine, mehr nicht. Er bereue nichts, wie er mir sagte; und dass er diese stinkende Hölle bald verlassen müsse, in der er ein derart endlos langes Leben zugebracht hat, müsse ihn eher freuen als bekümmern, so er denn noch Freude empfinden könne. Nein, er habe nicht den Wunsch, irgend etwas umzugestalten oder eine Veränderung anzustrengen, wie eine bestimmte Menschenkategorie sich das erhoffte; einfach ignorante Verrückte seien das, angeworben unter Erfolglosen, Mördern und Degenerierten, und ihre Tätigkeit werde von verfetteten Bourgeois subventioniert. Nein, er habe nicht den geringsten Wunsch, diesen Leuten zu helfen. »Sollen sie doch krepieren, sollen sie doch krepieren, sie haben nichts Besseres verdient.« Hier aber habe er in dem vergangenen halben Jahrhundert, in diesen langsamen fünfzig Jahren, ein Gefühl gekannt, das ihm nicht untreu wurde, das eine so ideale, so vollkommene Verkörperung gefunden habe. Er verstummte; hinter der nächsten Straßenbiegung blinkte und verschwand das Meer.

»Ich konnte nicht sterben, ohne mich von ihr verabschiedet zu haben, das war meine letzte und wichtigste Verpflichtung. Jetzt bin ich allein.«

Wir reisten diesmal ganz langsam, und das war in gewisser Weise sinnvoll – für ihn, weil er tatsächlich nicht mehr zu hetzen brauchte, und für mich, weil es mir leid tat abzureisen. Mich hatte plötzlich der Wunsch gepackt, nach Beaulieu zurückzukehren, mit dieser Frau zu sprechen und zu versuchen, sie und ihr Leben zu verstehen; mich trieb eine irrsinnige Begierde, das Wesentliche, das Grundlegende an diesen beiden Existenzen zu erfassen – aber nicht, was sich in ein paar Sätzen schildern lässt, sondern das andere, das einer Erklärung und dem Verstehen Unzugängliche, das in unglaublicher Klarheit, in kurzem und blendendem Lichterglanz schlagartig vor mir erstehen würde. Aber das war unmöglich.

Dem Greis fielen unterdessen allerlei Einzelheiten aus seinem Leben mit dieser Frau ein, es tat ihm leid, von dem Thema abzulassen, dabei tat ihm gewöhnlich gar nichts leid; aber es war die einzige Harmonie, die er erfahren hatte, denn in allem Übrigen umdrängte ihn von allen Seiten jene tote und erbarmungslose Stille, die sein endgültiges Schicksal war. Plötzlich aber tauchte, für mich vollkommen überraschend, in dieser Erinnerungsstille noch etwas auf.

»Ich kann mich einfach nicht an ein großartiges Gedicht erinnern«, sagte er, »ein sehr naives und lichtes, das wir beide einst zusammen lasen, auch war damals schönes Wetter,

und es war am Anfang unserer Bekanntschaft. Ein wunderschönes Gedicht, ich glaube, von Baudelaire. Sie müssten es
kennen. Ich weiß nur noch die ersten drei Worte: Lorsque
tu dormiras … weiter kann ich mich nicht erinnern.«

»Ich kenne dieses Gedicht«, sagte ich, »bloß ist es alles
andere als naiv. Ein sehr trauriges und unheildrohendes Gedicht.«

»Rufen Sie es mir ins Gedächtnis.«

Ich schloss die Augen, konzentrierte mich wie gewohnt,
und sogleich sah ich die Buchseite vor mir. Ich wusste es
noch auswendig.

Lorsque tu dormiras, ma belle ténébreuse,
Au fond d'un monument construit en marbre noir,
Et lorsque tu n'auras pour alcôve et manoir
Qu'un caveau pluvieux et qu'une fosse creuse;

Quand la pierre, opprimant ta poitrine peureuse
Et tes flancs qu'assouplit un charmant nonchaloir,
Empêchera ton cœur de battre et de vouloir,
Et tes pieds de courir leur course aventureuse,

Le tombeau, confident de mon rêve infini
(Car le tombeau toujours comprendra le poète),
Durant ces grandes nuits d'où le somme est banni,

Te dira: «Que vous sert, courtisane imparfaite,
De n'avoir pas connu ce que pleurent les morts?»
– Et le ver rongera ta peau comme un remords.[*]

[*] Wenn du schlafen wirst, meine dunkle Schöne,
Tief unter einem Denkmal aus schwarzem Marmor,

»Ja, Sie haben recht«, sagte er, »warum nur kam es mir immer vor, als habe dieses Gedicht etwas Heiteres?«

Er überlegte und sagte nach einem Lächeln:

»Ja natürlich, nur deshalb, weil wir in dem Augenblick, als wir es lasen, glücklich waren.«

Zum ersten Mal in dieser ganzen Zeit benützte er den Ausdruck »wir waren glücklich«. Ich warf einen raschen Seitenblick auf ihn: In seinen Mantel gehüllt, die behandschuhten Hände unbeweglich auf den Knien, saß er zusammengesackt in den Polstern des Automobils und blickte aus seinen schrecklichen, leeren Augen gerade vor sich hin.

* * *

Zurück reisten wir drei Tage, hielten oftmals und erreichten Paris an einem späten Juliabend. Bevor wir aus dem Auto stiegen, nahm er meine Hand, hielt sie ein paar Augenblicke und dankte mir kurz; es kam mir vor, als dächte er in dem Moment an anderes. Ich brachte den Wagen in diesel-

> Und wenn du als Alkoven und Behausung nur noch
> Eine regennasse Gruft und eine hohle Grube haben wirst,
> Wenn der Stein, der auf deine bange Brust drückt
> Und auf deine Flanken, gefügig durch charmante Nonchalance,
> Dein Herz daran hindern wird, zu schlagen und zu begehren,
> Und deine Füße, ihre abenteuerlichen Touren zu unternehmen,
> Wird das Grab, Vertrauter meines endlosen Traums
> (Denn das Grab wird den Dichter immer verstehen),
> Während dieser langen Nächte, da der Schlaf gebannt ist,
> Dir sagen: »Was nützt es Ihnen, unvollkommene Kurtisane,
> Nicht gewusst zu haben, was die Toten weinen?« –
> – Und der Wurm wird deine Haut annagen wie ein Gewissensbiss.
> *Charles Baudelaire: Remords posthume*

be Garage, aus der ich ihn geholt hatte, und kehrte schließlich zurück nach Hause, wo sich unterdessen keine Veränderungen ergeben hatten. Und drei Tage später stand in den Abendzeitungen erneut fett gedruckt, dass meinen Gefährten ein zweiter Anfall ereilt hatte. Diesmal war allen klar, dass sein Leben am Ende war.

Er starb nach einer schlimmen Agonie in der nächsten Nacht. Ich war nicht auf seiner Beerdigung, das kam mir unnötig vor. Sein Tod war dermaßen natürlich, er selbst gehörte so lange schon der Vergangenheit an, dass sein Tod keine starken Gefühle hervorrufen konnte, ich denke, nicht einmal bei Nahestehenden. Ich las eine platte, klischeehafte Beschreibung seiner Beerdigung und dachte mir nur, dieser bemerkenswerte Mann habe Besseres verdient als einen Zeitungsbericht, verfasst von einem halbgebildeten Journalisten. Aber das war unvermeidlich, das war äußerst typisch für jene Welt, die der Greis sein Leben lang so tief verachtet hatte. Und ich hätte keinen Anlass gehabt, zur Erinnerung an diese Reise zurückzukehren, da ich mir ja schon eine endgültige Vorstellung gebildet hatte: lange Jahre in der »stinkenden Hölle« und der leichte Schatten jener einzigartigen Frau, die es wert war, lediglich ein paar Stunden vor der unabwendbaren Agonie in den Süden zu reisen, um vor dem Tod von ihr Abschied zu nehmen – ich wäre dazu nicht zurückgekehrt, wenn ich ein Jahr nach der Reise nicht Christina begegnet wäre, Madames Köchin.

Über das Leben des Mannes habe ich dennoch viel und lange nachgedacht, ich las ein dickes Buch, das er verfasst hatte, rief mir seine ungewöhnliche Karriere ins Gedächtnis, die erstaunliche Erbarmungslosigkeit seiner Urteile und seine rigorose, unerträgliche Illusionslosigkeit, in der jeder andere Mensch hätte ersticken und sich eine Kugel in den

Kopf jagen müssen. Sein einziger Trost war folglich dieser »leichte Schatten«, von dem er gesprochen hatte. Ich wusste nichts von dieser Frau, außer was er mir berichtet hatte; aber in seinem Bericht kam sie mir zu vollkommen vor, einem stilisierten Porträt oder einer beinahe rührenden Erinnerung ähnlich. Augenfällig war natürlich, dass sie über unzweifelhaften und in früheren, längst vergangenen Zeiten fast unwiderstehlichen Charme verfügte; davon konnte man sich leicht überzeugen, wenn man nur ein paar Minuten mit ihr sprach. Bei dem einzigen Mal, als ich sie sah, hatte sie auf mich den Eindruck gemacht, durchsichtig zu sein wie ein Kind – eine besondere Mischung von Naivität, von Geist und unzweifelhafter seelischer Reinheit. Und letzten Endes brauchte es, um von diesem harschen und schwarzseherischen Menschen so geliebt zu werden, unbesiegbare Anziehungskraft und Außergewöhnlichkeit und vielleicht noch etwas, das ich nicht anders zu bezeichnen wüsste denn als seelische Genialität.

Und so war sie mir im Gedächtnis geblieben: eine glanzvolle Vision aus jenen Zeiten, als ich das Glück hatte, noch nicht zu existieren. Sie blieb es auch, wiewohl ich ein Jahr später in einem kleinen, verrauchten Café von Villefranche Christina beim Aufbrechen helfen und sie dann nach Hause führen musste – sie war so betrunken, dass sie sich kaum auf den Beinen hielt; und Christina berichtete mir, wobei ihr Bericht von Schluckauf und Geschimpfe unterbrochen wurde, was für eine geizige Herrin sie habe, wie sie ihr Leben lang die Liebhaber gewechselt und wie sie diesen in den letzten Jahren alles Geld gezahlt habe, das ihr ehemaliger Fast-Ehemann schickte, ein sehr berühmter Mann und Minister, der im vergangenen Jahr gestorben sei. Mich erkannte Christina natürlich nicht; zu allem anderen war es spät und dunkel, und wir gingen zusammen auf dem Weg oberhalb von Villefranche, wo es nachts so scheint, als wüchsen aus dem Abgrund, über dem Meer, unbewegliche Bäume, deren Laub sich den Hang hochschwingt, bis dorthin, wo der steinerne Höhenflug der Meeresküste noch weitergeht und nach kurzer Zeit, wie alles übrige, im dichten Dunkel verschwindet.

Aber Christinas Bericht machte keinerlei Eindruck auf mich und konnte natürlich nichts ändern, obgleich ich glaube, dass sie die Wahrheit sagte. Wenn die jahrelange Lüge und die Treubrüche der spanischen Schönen nicht im geringsten ihren Charme vermindert und zu solch erstaunlicher und beispielloser Vollendung geführt hatten, so dürfte, glaube ich, vor diesem glanzvollen Betrug jegliche Wahrheit verwelken und ideal unnütz werden.

Eine Seelenmesse

Es war in den harten und traurigen Zeiten der deutschen Besetzung von Paris. Der Krieg bemächtigte sich immer größerer Gebiete. Hunderttausende Menschen zogen über die zugefrorenen Wege Russlands, in Afrika tobten Schlachten, in Europa explodierten Bomben. An den Abenden versank Paris in eisiger Finsternis, nirgends brannten Straßenlaternen oder leuchteten Fenster. Nur in seltenen Winternächten erhellte der Mond die zugefrorene, fast phantomhafte Stadt, die erschaffen zu sein schien von jemandes ungeheuerlicher Phantasie und vergessen in der apokalyptischen Tiefe der Zeiten. In den mehrstöckigen Häusern, die längst nicht mehr geheizt wurden, herrschte eisige Feuchtigkeit. An den Abenden blinkten in Wohnungen mit dicht verhängten Fenstern die Glasscheiben an den Rundfunkgeräten auf, und durch das Knacken der Störgeräusche ertönte die Stimme: »Ici Londres. Voici notre bulletin d'information …«[*]

Die Menschen waren schlecht gekleidet, auf den Straßen sah man wenig Leute, der Autoverkehr war längst zum Erliegen gekommen; durch die Stadt fuhr man auf Wagen, bespannt mit Pferden, und das verstärkte noch den Eindruck tragischer Unglaubhaftigkeit dessen, was vor sich ging und jahrelang das Leben des Landes bestimmte.

In jenen Zeiten kam ich einmal in ein kleines Café in einem Pariser Vorort, wo ich mich mit einem zufälligen Be-

---

[*] Hier spricht London. Sie hören unsere Nachrichtensendung

kannten verabredet hatte. Es war an einem Abend des grimmigen Winters 1942. In dem Café waren viele Leute. Am Tresen standen gut gekleidete Menschen – in Schals, Pelzkragen, gebügelten Anzügen –, tranken Kognak, Likör oder Kaffee mit Rum und aßen Schinkenbrote; Schinken hatte ich lange nicht mehr gesehen. Später erfuhr ich, was den Schinken, den Kognak und alles übrige erklärte: Die Stammgäste des Cafés, in das der Zufall mich geführt hatte, waren Russen, die Schwarzhandel trieben. Vor dem Krieg, in den friedlichen und satten Zeiten, waren die meisten dieser Leute arbeitslos gewesen, und das nicht, weil sie keine Arbeit gefunden hätten, sondern, weil sie nicht arbeiten wollten, da ein unbegreiflicher und hartnäckiger Widerwille sie davon abhielt, so zu leben wie alle anderen, also in die Fabrik zu gehen, ein Zimmer in einem schlechten Hotel zu mieten und alle zwei Wochen den Lohn ausbezahlt zu bekommen. Diese Leute lebten in chronischer und meist unbewusster Auflehnung gegen die europäische Realität, die sie umgab. Viele von ihnen verbrachten die Nächte in Holzbaracken, die, zusammengezimmert aus Brettern, auf den verwilderten Brachen der Pariser Vororte finster vor sich hin rotteten. Sie kannten sämtliche Pariser Nachtherbergen, das kärgliche gelbe Licht über den Eisenbetten in den riesigen Schlafsälen, die feuchte Kälte an diesen finsteren Orten, ihren beständigen säuerlichen Gestank. Sie kannten die Heilsarmee, die Spelunken und erbärmlichen Cafés der Place Maubert, wo die Kippensammler sich trafen, den kältestarren Schlaf auf den Bänken der unterirdischen Metrostationen und das endlose Vagabundieren durch Paris. Viele hatten auch die französische Provinz kreuz und quer durchfahren und durchwandert – Lyon, Nizza, Marseille, Toulouse, Lille.

Nun aber, nachdem die deutsche Wehrmacht mehr als die Hälfte des französischen Territoriums okkupiert hatte, waren im Leben dieser Männer ungewöhnliche Veränderungen eingetreten. Ihnen hatte sich die plötzliche und wundersame Möglichkeit eröffnet, reich zu werden, und das ohne besondere Anstrengung und im Grunde fast ohne zu arbeiten. Die deutsche Wehrmacht und die mit ihr verbundenen Organisationen kauften en gros, ohne zu handeln, alle Waren, die ihnen angeboten wurden: Stiefel und Zahnbürsten, Seife und Nägel, Gold und Kohle, Kleider und Beile, Leitungen und Maschinen, Zement und Seide, einfach alles. Diese Männer wurden zu Vermittlern zwischen deutschen Käufern und französischen Geschäftsleuten, die ihre Waren verkauften. Und wie im arabischen Märchen wurden die vor kurzem noch Arbeitslosen reich.

Sie lebten nun in warmen Wohnungen, deren frühere Besitzer ausgezogen waren und unverständliche Bilder, schöne Teppiche und bequeme Sessel zurückgelassen hatten. Sie trugen goldene Uhren mit goldenen Uhrarmbändern, an ihren Fingern steckten Ringe mit echten Edelsteinen. Jeder von ihnen hatte in der Vergangenheit ein schwieriges Leben geführt, hatte zu Fuß riesige Entfernungen überwunden – Städte, Straßen und Wege in den verschiedensten Ländern –, und nun hatten sie erreicht, wovon sie niemals auch nur zu träumen wagten.

Ich lernte zunächst einen von ihnen kennen, Grigori Timofejewitsch, einen hageren älteren Mann mit tiefliegenden Augen und kantigem Kinn. Ihm begegnete ich bei meinem Freund, einem ehemaligen Sänger, der seinerzeit in Cabarets und Cafés aufgetreten war. Doch zu den Zeiten, als ich ihn kannte, lag das alles schon in der Vergangenheit. Er war schwer an Schwindsucht erkrankt und stand nur selten vom Bett auf. Aber jedesmal wenn ich ihn besuchte, nahmen seine abgemagerten Hände von der Wand die riesige Gitarre, die wie ein Klavier klang, und mit seiner tiefen Stimme, auf die sich die Krankheit erstaunlicherweise überhaupt nicht ausgewirkt hatte, sang er alle möglichen Romanzen und Lieder; mich verblüffte jedesmal der Reichtum seines Repertoires. Grigori Timofejewitsch kannte ihn seit der Kindheit, sie stammten beide aus einem kleinen Städtchen unweit von Orjol. Außer mir sprach niemand Grigori Timofejewitsch mit Vor- und Vatersnamen an, immer war er nur Grischa oder Grischka. Den Sänger dagegen sprach niemand nur mit Vornamen an, alle nannten ihn Wassili Iwanowitsch.

»Da habe ich nun ein Bild gekauft, Wassili Iwanowitsch«, berichtete Grischa. »Übrigens habe ich dir ein gebratenes Huhn mitgebracht.«

»Danke«, sagte Wassili Iwanowitsch. »Was für ein Bild hast du denn gekauft, Grischa?«

»Kein Allerweltsbild, Wassili Iwanowitsch. Wieviel Geld ich dafür bezahlt habe – es graust mich, daran zu denken. Aber der Inhalt ist schon sehr prachtvoll.«

»Was ist da denn gemalt?«

»Dargestellt ist da, Wassili Iwanowitsch, ein riesiger Adler, und der fliegt irgendwohin, doch auf seinem Rücken, verstehst du, sitzt so ein junger Mann, den er anscheinend davonträgt. Nicht ganz verständlich zwar, aber der Adler, ich sag dir, besser geht's gar nicht. Viele Male habe ich das Bild betrachtet, und es ist jedesmal dasselbe, ein großartiges Bild, da gibt es nichts.«

»Und wer ist der Maler?«

»Das weiß ich nicht«, sagte Grischa. »Irgendein sehr berühmter. Der Verkäufer hat mir den Namen gesagt, hab ihn vergessen. Weiß nur noch, er hat gesagt, im Vergleich mit ihm sei Repin ein Tolpatsch. Wie das Bild heißt, hat er auch gesagt, aber weißt du, das hab ich gar nicht recht gehört, so sehr blieb mir die Luft weg.«

Ich sah später das Bild in Grischas Wohnung, es war eine Kopie von Rubens' »Entführung des Ganymed«.

Bilder kauften übrigens alle oder fast alle Klienten des Cafés, genauso wie sie Gegenstände aus Gold oder Münzen kauften. Diese Menschen, die nie etwas gehabt hatten, entwickelten auf einmal eine sprunghafte und chaotische Raffgier, die im übrigen nie die westliche Form mechanischen Geldanhäufens annahm. Eher vergeudeten sie ihr Geld, vergeudeten es ohne Sinn und Ziel, auf eine besonders abstruse Weise. Ich erinnere mich an einen von ihnen, einen hochgewachsenen und schwermütigen Mann mit schwarzem Bart; er hieß Spiridon Iwanowitsch. Er stand im Café und trank Kognak. Auf der Straße ging derweil ein Glaser vorüber und rief mit melancholischer Stimme:

»Vitrier! Vitrier!«[*]

»Ich kann dieses Geschrei nicht hören«, sagte Spiridon Iwanowitsch. »Einfach nicht! Meine Nerven! Der schreit doch nutzlos, wer braucht ihn denn?«

Von der Straße klang erneut der Ruf:

»Vitrier! Vitrier!«

Spiridon Iwanowitsch rannte aus dem Café, trat zu dem Glaser und sagte zu ihm auf Russisch:

»Zerreiß mir nicht das Herz, um Himmels willen, sei still! Was kostet dein ganzer Ramsch?«

Dann besann er sich und wiederholte seine Frage in gebrochenem Französisch. Der verblüffte Glaser gab, nach

[*] Der Glaser kommt! Der Glaser!

247

einigem Gedrucke, eine Antwort. Spiridon Iwanowitsch zückte die Brieftasche, bezahlte, was die gesamte Ware kostete, wartete, bis der Glaser sich entfernt hatte, und kehrte an den Tresen zurück, um seinen Kognak auszutrinken, der ihm besonders geräuschvoll in der Kehle blubberte und hin und her schwappte, im Takt mit dem zackigen Adamsapfel.

»Den ganzen Tag plagst du dich ab«, murmelte Spiridon Iwanowitsch, »von morgens an Ärger, das wurde nicht geliefert, dort fehlen die Waren, und nun zerreißt mir der Mensch noch hier das Herz. Bloß abends ruhst du aus. Kommst heim, schaltest die Heizung an und legst dich ins Bett. Liegst und denkst: Bist durch, Spiridon Iwanowitsch, endlich angekommen. Ausruhen müssen wir, Kameraden, nicht mit Glasern herumblaffen, ausruhen.«

»Ausruhen wirst du im Jenseits, Spiridon Iwanowitsch«, sagte Wolodja, ein athletischer Mann um die vierzig, Fachmann für Gold. »Glaser dürfte es dort, nehm ich an, nicht geben, wozu dort Glas? Bloß Wolken und Engel, sonst nichts.«

»Auch kein Gold«, sagte einer der Besucher.

»Das ist noch nicht heraus«, meinte Wolodja. »Ich war mal in der Kathedrale Notre-Dame, dort hängt ein Becher für Opfergaben. Ich schau, da steht drauf geschrieben: ›Für die Seelen im Fegefeuer‹. Also gelangen irgendwelche Finanzmittel auch ins Fegefeuer.«

»Das machen die Katholiken so«, sagte Grigori Timofejewitsch. »Das Geld geht natürlich an die Kirche, damit gebetet wird für diejenigen, die, wie sie meinen, im Fegefeuer sein dürften. Aber du hast recht, was da steht, ist natürlich seltsam.«

Aus irgendeinem Grund prägte sich mir besonders dieser Tag ein, als Spiridon Iwanowitsch seinen Monolog hielt:

der heisere Klang seiner Stimme, die Bewegung des Adams-
apfels an dem abgemagerten und langen Hals, und diese
Worte – ausruhen müssen wir, Kameraden; der Ausdruck
seiner betrunkenen und erschöpften Augen prägte sich mir
ein, die winterliche Dämmerung und die Mischung der Al-
koholdünste im Café.

Und als Grigori Timofejewitsch gegangen war, sagte Wolodja zu mir:

»Ich hätte nicht vom Jenseits anfangen sollen, hätte besser geschwiegen. Mir ist angst um Grischa, er tut uns allen
leid. Ein guter Mensch, bloß macht er es nicht mehr lang,
hat längst schon Schwindsucht.«

Dann fing Wolodja an, von seinen Geschäften zu reden.
Wie immer war, was er sagte, mit Fachbegriffen gespickt:
Prozentangaben, Legierungen, Karate, der oder jener Edel-
steinschliff. Es war klar, dass er sich in der kurzen Zeit, die
seit dem Tag vergangen war, als die Deutschen Paris einnah-
men, wohl kaum alle diese Dinge hatte aneignen können.
Als ich ihn einst fragte, woher er solche Kenntnisse habe,
antwortete er, ihn habe immer alles interessiert, was Gold
und Juwelen betraf. Vor dem Krieg sei er, wie alle seine
Freunde im Café, meist arbeitslos und oft obdachlos gewesen. Aber er habe Stunden vor den Schaufenstern der Ju-
weliere in der Rue de la Paix verbracht, habe mit Hilfe des
Wörterbuchs Fachliteratur gelesen und bereits gewusst, bei
welcher Temperatur das eine oder andere Metall schmilzt
oder in welchen Wirtschaftszweigen Platin benötigt wird –
und so konnte dieser seinerzeit zerlumpte und fast bettel-
arme Mensch zu einem Experten in der Juwelierkunst werden. Vor dem Krieg war sein Interesse jedoch vollkommen
uneigennützig gewesen, er hatte sich niemals vorgestellt,
dass er eines Tages dieses unerreichbare Schaufenstergold

plötzlich in seinen Händen halten würde. Nur ein einziges Mal hatte er, seinen Worten nach, einen adäquaten Gesprächspartner gefunden, der ebensogut Bescheid wusste wie er, und das war ein Holländer mit blondem Bart und blauen Augen gewesen, ein bekannter Tresorknacker, mit dem Wolodja ein paar Stunden lang in derselben Zelle des Pariser Zentralgefängnisses saß, in das er wegen Landstreicherei geraten war, also deshalb, weil er weder Geld noch eine ständige Adresse hatte.

Beim Blick auf Wolodja kehrte ich oftmals zu dem Gedanken zurück, wie fiktiv doch eigentlich die sogenannten sozialen Unterschiede sind; dieser Obdachlose hätte Eigentümer eines großen Juweliergeschäfts irgendwo in der Rue du Faubourg Saint-Honoré sein müssen.

Andere Besucher des Cafés, die Freunde von Wolodja und Grigori Timofejewitsch, verfügten nicht über eine so ausgeprägte Individualität. Sie alle tranken viel, vergeudeten ihr Geld, ohne es zu zählen, die meisten hatten Frauen oder Geliebte eines ganz bestimmten Typs – retuschierten Photographien vom Titelblatt einer Damenzeitschrift gleich, Blondinen in Pelzmänteln, letztere über Beziehungen einem verzweifelten Juden abgekauft, der seine Familie schon an einen sicheren Ort verfrachtet hatte und nun unter Lebensgefahr alles verkaufte, was ihm von seinem Pelzgeschäft noch geblieben war. Die Klienten des Cafés verbrachten ihre Tage mit dem Warten auf die nächste Warenpartie und in Telephongesprächen, und abends spielten sie Karten, wobei sie hohe Beträge verloren und gewannen.

Grigori Timofejewitsch sagte zu mir:

»Ich lebe jetzt natürlich gut. Bloß sehe ich, dass ich früher nicht die rechten Wunschträume hatte. Zum Beispiel erinnere ich mich an eine Nacht in Lyon, im Winter. Kein

Geld, keine Arbeit, kein Zimmer. Ich übernachte in einem Rohbau, immerhin ein Dach, wenigstens durchnässt mich nicht der Regen. Es ist kalt, ich habe nichts zum Zudecken. So liege ich auf Brettern, wissen Sie, kann nicht einschlafen, werde einfach nicht warm – und träume vor mich hin. Hätten Sie, Grigori Timofejewitsch, denk ich mir, doch eine nette Wohnung, mit einer, verdammt nochmal, Zentralheizung, ein nettes Bett mit Leintüchern. Und abends trägt die Frau das Nachtessen auf, Wurst, Vorspeisen, Beefsteaks. Das wäre ein Leben!«

Seine Augen wurden nachdenklich.

»Doch heraus kam, das ist alles nicht das Rechte. Nicht darum geht es. Vielmehr, nicht nur darum. Worum, weiß ich nicht, weiß bloß, dass nicht darum. All das habe ich jetzt: eine Wohnung, Essen, eine Frau, sogar ein Badezimmer – lebe herrlich und in Freuden. Aber wie sich zeigt – alles nicht das Rechte. Jetzt denke ich folgendermaßen. Zum Beispiel, ein Mensch gerät ins Elend, oder sagen wir, wird bettelarm. Da meint der Dummkopf, das wichtigste sei: Wäre er nicht bettelarm, wäre alles gut. Na schön. Jemand greift ihn auf, wie im Märchen wird er gekleidet, kriegt Schuhe, eine Wohnung und alles übrige, und ihm wird gesagt: Jetzt lebe, sei glücklich. Aber wo findst du es, das Glück? Im Badezimmer? Da hab ich am Arm eine goldene Uhr, ›Longines‹, gekauft von Wolodja. Gezahlt hab ich dafür so viel, wie ich in früherer Zeit in einem halben Jahr nicht verbraucht hätte. Ich schau auf die Zeiger, und was sagen sie? Sie sagen, ist doch klar: Wir bemessen Ihnen, Grigori Timofejewitsch, die Zeit. Es war fünf, jetzt ist es sechs Uhr. Folglich bleibt Ihnen eine Stunde weniger zu leben.«

Er schaute tatsächlich auf seine Uhr.

»Sieben Uhr? Noch eine Stunde weniger. Aber das

schreckt mich nicht. Mir tut nur eines leid: So viele Jahre habe ich gelebt und doch nicht begriffen, worin es besteht, das menschliche Glück. Na schön, hast dich aufgewärmt, gegessen, getrunken. Und weiter?«

Es ergab sich, dass ich rund zwei Wochen nicht ins Café kam. Dann kam ich wieder hin, an einem späten Februarabend. Grigori Timofejewitsch war nicht da, und als ich fragte, was mit ihm sei, hieß es, er sei krank, im Bett. Ich ging zu ihm, er wohnte nicht weit weg.

Er lag im Bett, abgemagert und unrasiert, seine Augen waren heiß und traurig. Über seinem Bett schimmerten, im Licht des Kronleuchters, bläulich die Flügel von Rubens' Adler. Ich fragte ihn, wie er sich fühle, er antwortete – schlecht.

»Die Bettdecke kommt mir schon schwer vor«, sagte er, »das ist das letzte. Mein Ende ist da. Ich sterbe und habe immer noch nicht begriffen, was ich im Leben gebraucht hätte.«

Er starb nachts, drei Tage nachdem ich bei ihm gewesen war. Wolodja sagte zu mir:

»Grigori Timofejewitsch ist verstorben. Morgen werden wir ihn beerdigen, die Seelenmesse abhalten. Kommen Sie? Das Totenamt findet in Grigori Timofejewitschs Wohnung statt, um vier Uhr nachmittags.«

Wolodja hatte Grigori Timofejewitsch nie anders genannt als Grischa oder Grischka, ich war mir nicht einmal sicher, ob er seinen Vatersnamen kannte. Jetzt machte es den Eindruck, gelebt habe Grischa, und gestorben sei ein anderer Mensch, Grigori Timofejewitsch. Als ich am nächsten Tag kam, sah ich, dass in Grigori Timofejewitschs gesamter Wohnung überall Blumenkränze lagen. Wo Wolodja diese Blumen aufgetrieben hatte, im Februar des Jahres 1943, im hungrigen Paris, und wieviel sie gekostet hatten, das konnte ich mir nicht vorstellen. Alle Besucher des Cafés, Grigori Timofejewitschs Freunde, waren bereits da, alle hatten sie veränderte, fast nicht erkennbare Gesichter, wie das Menschen unter solchen Umständen immer haben.

»Wir warten auf den Priester«, sagte Wolodja leise. Der Priester, ein alter Mann mit heiserer, erkälteter Stimme, traf eine Viertelstunde später ein. Er trug einen abgeschabten Talar, sah traurig und müde aus. Er kam herein, bekreuzigte sich, seine Lippen sprachen lautlos einen Satz. Im Sarg lag, von Blumen bedeckt, Grigori Timofejewitschs Leiche, bekleidet mit einem schwarzen Anzug, und sein totes Gesicht schien zu jenem Himmel zu blicken, wohin der Adler mit Ganymed aufgestiegen war.

»Aus welcher Gegend stammt der Verstorbene?«, fragte der Priester.

Wolodja antwortete, aus dem und dem Kreis, Gouvernement Orjol.

»Ein Nachbar also«, sagte der Geistliche. »Ich bin selbst von dort, keine dreißig Werst entfernt. Wie schade, ich wusste nicht, dass ich einen Landsmann beerdigen muss. Und wie hieß er?«

»Grigori.«

Der Priester schwieg eine Weile. Es war offensichtlich, dass dieses Detail – dass der Verstorbene aus derselben Gegend war wie er – ihn besonders beeindruckte. Mir kam es vor, als ob er womöglich dachte: Nun sind auch wir an der Reihe. Dann seufzte der Priester, bekreuzigte sich noch einmal und sagte:

»Hätten wir andere Zeiten, würde ich für ihn eine richtige Seelenmesse abhalten, wie sie bei uns in den Klöstern gehalten wird. Bloß ist meine Stimme jetzt heiser, mir allein fiele es schwer, doch so Gott will, reicht es zumindest für eine kurze Seelenmesse. Vielleicht hilft mir jemand von Ihnen, stimmt mit ein? Unterstützt mich?«

Ich blickte zu Wolodja. Sein Gesicht hatte einen Ausdruck, wie ich es mir niemals hätte vorstellen können, tragisch und feierlich.

»Halten Sie die Seelenmesse wie im Kloster«, sagte er, »wir unterstützen Sie, fallen nicht aus dem Takt.«

Er drehte sich zu seinen Kameraden um, hob beide Arme mit einer gebieterischen und, wie mir schien, gewohnten Geste – der Priester sah ihn verwundert an; und die Seelenmesse begann.

Nirgends und niemals, weder davor noch danach, habe ich einen solchen Chor gehört. Nach einiger Zeit war die ganze Treppe in dem Haus, wo Grigori Timofejewitsch wohnte, voller Menschen, die dem Gesang lauschen wollten. Der heiseren und traurigen Stimme des Geistlichen respondierte der Chor, den Wolodja leitete.

»Wahrlich, es ist alles eitel, das Leben nur Schatten und Schlaf, denn es plaget sich vergebens ein jeglicher Erdgeborener, wie es heißt in der Schrift: Alsbald wir die Welt gewinnen, so lassen wir uns im Grabe nieder, wo vereint sind Zaren wie Bettler.«

Darauf wieder die erbarmungslose Mahnung:

»Solcherart ist unser Leben: wahrhaft eine Blume und ein Rauch und ein Morgentau. Kommet, wir erblicken klar an den Gräbern, wo die Kraft des Leibes, wo die Jugend, wo die Augen sind und wie der Anblick des Fleisches. Alles verwelkt wie Gras, alles verwüstet.«

Wenn ich die Augen schloss, kam es mir allmählich vor, als sänge eine einzige mächtige Stimme, bald tiefer, bald höher, und als erfüllte ihre Klangbewegung allen Raum rings um mich. Mein Blick fiel auf den Sarg, und in diesem Augenblick sang der Chor:

»Ich weine und klage, alsbald ich den Tod im Sinne habe und den im Sarge Liegenden sehe, unsere nach Gottes Ebenbild erschaffene Schönheit, nunmehr ohne Gestalt, ohne Glanz, nicht anzuschauen.«

Noch nie war mir eine Seelenmesse so erschütternd vorgekommen wie an diesem trüben Wintertag in Paris. Noch nie hatte ich mit solch packender Gewalt empfunden, dass der menschliche Genius vielleicht nirgendwo eine solch fürchterliche Vollkommenheit erlangt hat wie in dieser Verbindung glühender und feierlicher Worte mit den Tonfolgen, in denen sie auftauchten. Noch nie zuvor hatte ich mit solch durchdringender Hoffnungslosigkeit begriffen, dass der Tod unaufhaltsam allen nahte, die ich liebte und kannte und für die ebendas Gebet zum Himmel aufstieg, das der Chor nun sang:

»Schenke der Seele Deines Knechtes Ruhe bei den Heiligen …«

Und ich dachte, dass in der fürchterlichen, auch mir unerbittlich näherrückenden Stunde, wenn alles, weshalb es sich, vielleicht, zu leben gelohnt hat, zu existieren aufhört, dass dann keine Worte und keine Töne außer denen, die ich gerade hörte, jene Ausweglosigkeit wiedergeben können, ohne die sich weder begreifen lässt, was Leben ist, noch sich vorstellen lässt, was Tod ist. Und dies war das wichtigste, alles übrige hatte keine Bedeutung.

»Denn alle werden wir vergehen, alle werden wir sterben, Zaren wie Fürsten, Richter wie Bedrücker, Reiche wie Arme und alle menschliche Natur.«

Und über den Verstorbenen werden ebendiese Worte ertönen, glühend wie Eisen.

Als das Totenamt zu Ende war, fragte ich Wolodja:

»Wo haben Sie das her? Wie ist es zu diesem Wunder ge-kommen, wie haben Sie einen solchen Chor gebildet?«

»Ach, einfach so«, sagte er. »Der eine hat früher in der Oper gesungen, der andre in der Operette, der dritte ein-fach in der Kneipe. Und alle haben natürlich in einem Chor gesungen. Den Gottesdienst aber kennen wir seit der Kind-heit, bis zum letzten Atemzug.«

Danach wurde der Sarg mit Grigori Timofejewitschs Lei-che geschlossen, hinausgetragen, auf den Katafalk gestellt und zum Friedhof draußen vor der Stadt gefahren. Dann brach die Februardämmerung an, dann versank Paris in sei-ne zu dieser Zeit übliche eisige Finsternis, und diese Nacht überdeckte alles, was sich gerade ereignet hatte. Und nach-dem noch einige Zeit vergangen war, kam es mir allmählich vor, als wäre nichts dergleichen gewesen, als wäre es eine Vision gewesen, ein kurzzeitiger Einbruch der Ewigkeit in jene zufällige historische Wirklichkeit, in der wir lebten, fremde Wörter in einer fremden Sprache benutzten, nicht wussten, wohin wir gingen, und vergessen hatten, woher wir kamen.

Anmerkungen

Genossin Brack

Beendet am 1.12.1927 (Vermerk des Autors im Manuskript). Originaltitel *Towarischtsch Brak*. Veröffentlicht in der Zeitschrift »Wolja Rossii«, 2/1928.

Beide Wörter des Titels bedürfen einer Erklärung. Das russische *Towarischtsch* wird für »Genosse« wie für »Genossin« verwendet, es gibt keine spezifisch weibliche Form. Das Wort *brak* wiederum hat im Russischen zwei völlig unterschiedliche Bedeutungen. Zum einen bezeichnet es, wie auch in anderen slawischen Sprachen, »Ehe« (dass Tatjana aus einem unehelichen Verhältnis stammt, ergibt einen hübschen Nebeneffekt); zum anderen »Ausschuss, unbrauchbare Ware«, und in dieser Bedeutung ist es über das Polnische wohl aus dem Deutschen eingewandert.

Da auch »*Brak*« keine weibliche Form aufweist, wie das bei Familiennamen russischen Ursprungs sonst der Fall ist (z. B. Iwanowa), verleiht der Titel der Heldin schon allein grammatikalisch eine männliche Entschlossenheit.

7 Doch wirkt der Gram: Zitat aus Alexander Puschkins Gedicht »Elegie« von 1830.

10 Hang zu Igor-Sewerjanin-Zitaten: Der Lyriker Igor Sewerjanin (1887–1941) war in den zehner Jahren auf Rezitationsabenden durchs Land gereist und berühmt geworden. Trotz futuristischer Ausrichtung hatte ihn seine »Salonpoesie« – Stichwort »Ananas mit Champagner« – zum Idol auch ansonsten lyrikferner Kreise werden lassen.

15 Es loht und braust der Brand von Moskau: Das damals populäre Lied bezieht sich auf 1812, den Brand von Moskau im Krieg gegen Napoleon.

18 Gerätst du ins Sinnen: Zigeunerromanze, gibt die Stimmung der vorrevolutionären Jahre wieder; ihre erste Zeile: »Tolldreiste Nächte, schlaflose Nächte …«

257

28 Tote sind ohne Schande: Geflügeltes Wort aus der altrussischen Geschichte, noch heute geläufig. Wie die Nestorchronik berichtet, soll der Kiewer Großfürst Swjatoslaw 971 mit diesen Worten seine Soldaten zum Kampf gegen die byzantinische Armee aufgeputscht haben.

31 Au pied de l'échafaud: Alexander Puschkin zitiert die Zeile von André Chénier im Poem auf diesen Dichter, der während der Französischen Revolution hingerichtet wurde.

Martin Raskolinos

Veröffentlicht in der Zeitschrift »Wolja Rossii«, 8–9/1929.

34 Narr in Christo: In der russisch-orthodoxen Kultur hat die Figur des »Jurodiwy« eine lange Tradition. Meist handelte es sich um wandernde Mönche, die in (vorgeblicher) Dummheit oder Geistesverwirrung sich herausnahmen, Wahrheiten auszusprechen, die üblicherweise unterdrückt wurden.

– *Altgläubiger:* Aufgrund von Reformen im 17. Jahrhundert kam es in der orthodoxen Kirche zu einem Schisma und zu Abspaltungen. Die »Altgläubigen« bekannten sich weiterhin zu den Riten, die vor den Reformen galten; sie wurden deshalb verfolgt und in abgelegene Regionen gedrängt.

– *Geißler* oder Chlysten: Ekstatische christliche Sekte, in der Selbstkasteiung praktiziert wurde. Mindestens ab dem 17. Jahrhundert in Russland verbreitet.

37 Selig seid ihr: Zitat aus der Bergpredigt, Matthäus 5,1, in älterer Übersetzung.

– *Ephräms des Syrers:* Kirchenlehrer und Schriftsteller des 4. Jahrhunderts. Das in der russischen Literatur mehrfach zitierte Gebet bittet um Erkenntnis der eigenen Sünden und um ein tugendhaftes Leben.

46 Joli: Gasdanow spielt auch in dieser Erzählung mit den Namen. Das französische Adjektiv »joli« bedeutet »hübsch«; dem Liebhaber der Sängerin hat der Autor ebenfalls ein Adjektiv als Nachnamen verpasst, russ. »priwlekatelny« ist »anziehend« oder »attraktiv«. Außerdem trägt das Paar androgyne Züge, zum einen der/die attraktive Anjuta, zum anderen Andrée, ein Name, dessen russische Transkription nicht zwischen männlicher und weiblicher Namensform unterscheidet.

Bei »Raskolinos« liegt die Verbindung zu Dostojewskis Figur nahe, allerdings lässt die nichtrussische Namensendung eher an einen byzantinischen Raskolnikow denken.

Hawaiigitarren

Beendet am 27.12.1929 (Vermerk des Autors im Manuskript). Originaltitel *Gawaiskije gitarry*. Veröffentlicht in der Zeitschrift »Wolja Rossii«, 1/1930.

Jahrzehnte später berichtet Gasdanow, dass es sich bei der »Schwester« um seine Kusine Awrora Gasdanowa handelte, eine Ballerina. Sie hatte ihm in Konstantinopel geholfen, in ein russisches Gymnasium aufgenommen zu werden, damit er sein Abitur machen konnte. In Paris war Awrora 1927 jung gestorben.

Die »Hawaiigitarren« wiederum erinnern an den Sänger Alexander Wertinski (1889–1957). Er galt in den Jahren vor der Revolution als Sinnbild der Décadence: Im Pierrot-Kostüm, kalkweiß geschminkt, trat er mit elegischen Chansons auf. Während der Emigration gehörte er, vor allem in den Pariser Jahren um 1930, zu den Stars des russischen Exils. In seinem Lied »Überm rosafarbnen Meer« (Verse von Georgi Iwanow) weckt das »klagende Brausen der Hawaiigitarre« wehmütige Erinnerungen an frühere Zeiten; doch »wir lebten damals auf einem anderen Planeten«.

81 Zeichnung von Leonardo: Vermutlich das Selbstporträt des 60-jährigen Leonardo da Vinci.

Schwarze Schwäne

Beendet am 8.8.1930 (Vermerk des Autors im Manuskript). Originaltitel *Tschornyje lebedi*. Veröffentlicht in der Zeitschrift »Wolja Rossii«, 9/1930. Auf Deutsch erstmals in »Sinn und Form«, Heft 6/2013 erschienen (in der vorliegenden Übersetzung).

Der Eiserne Lord

Beendet am 17.11.1932 (Vermerk des Autors im Manuskript). Originaltitel *Schelesny Lord*. Veröffentlicht in der Zeitschrift »Sowremennyje sapiski«, 54/1934.

Auch in dieser Erzählung finden sich entfernte Hinweise auf Erlebtes. Gasdanows Vater, ein Forstwirt, war oftmals versetzt worden, unter anderem lebte die Familie einige Zeit in Sibirien.

Die Befreiung

Originaltitel *Oswoboschdenije*. Veröffentlicht in der Zeitschrift »Sowremennyje sapiski«, 60/1936.

Hannah

Das Manuskript trägt den Vermerk: Juli 1938. Veröffentlicht in der Zeitschrift »Russkije sapiski«, 11/1938.

166 Westler … Slawophilen: Die Gymnasiasten, aus deren Perspektive berichtet wird, amüsieren sich bereits mit Anspielungen auf die russische Geistesgeschichte. Die »Westler« sahen in Aufklärung und staatlichen Reformen nach westeuropäischem Vorbild Russlands Zukunft, während die »Slawophilen« auf die Prägung durch die orthodoxe Kirche und Russlands eigenem Weg zwischen Ost und West beharrten. Mitte des 19. Jahrhunderts hatten sich diese beiden Strömungen herausgebildet, und sie bestimmen die philosophischen und gesellschaftspolitischen Diskussionen in Russland oft bis heute.

172f Lindenhain … Metschnikow: In Charkow, wo Gasdanow als Gymnasiast lebte, gab und gibt es einen Vorort namens Lindenhain (Lipowaja Roschtscha). Und der weltberühmte Biologe und Immunologe Ilja Metschnikow, Nobelpreisträger von 1908, hatte tatsächlich in Charkow das Gymnasium besucht. Zwei Details, die darauf verweisen, dass bei diesem Rückblick auf die Zeit vor und während der Revolution Gasdanows Autobiographie durchschimmert.

177 Rückzug einer ganzen Armee: In Gasdanows Roman »Ein Abend bei Claire« geht der Erzähler näher darauf ein, wie die geschlagene Weiße Armee nach Süden zog und ihre Reste von der Krim evakuiert wurden.

− *an den sogenannten historischen Tagen in Paris:* Wohl die Unruhen und Streiks von 1936, als in Frankreich die Volksfront an die Macht kam.

199 Pobedonoszews Verhalten: Konstantin Pobedonoszew (1827– 1907), einflussreicher konservativer Staatsmann, der vor allem zur Regierungszeit Alexanders III. (1881–1894) die Autokratie des Zarenregimes nachdrücklich stützte. Wörtlich übersetzt, bedeutet sein Name »Siegesträger«, deshalb klingt für Gasdanows Erzähler sein Name *wie das heroische Pseudonym eines Kriegskorrespondenten.*

200 Rasnotschinzen: Menschen aus nichtadligen Schichten, die weder dem Kleinbürgertum noch der Kaufmanns- oder Bauernschaft angehörten; dank ihrer Bildung meist Intellektuelle, die liberalen Ideen anhingen. Ein in der russischen Literatur des 19. Jahrhunderts weit verbreiteter sozialer Typ.

Der nächtliche Gefährte

Originaltitel *Notschnoi sputnik.* Veröffentlicht in der Zeitschrift »Russkije sapiski«, 16/1939. Diese Erzählung ist als erster Text Gasdanows auf Deutsch erschienen (und sollte jahrzehntelang auch der einzige bleiben): »Der nächtliche Reisegefährte«, übersetzt von Isabella von Oettingen. In: »Russische Erzähler des XX. Jahrhunderts«, ausgewählt von Eugen Gagarin, München 1948. Für die vorliegende Ausgabe wurde der Text neu übersetzt.

207 Place du Trocadéro … ein Greis: Gasdanow verleiht seiner Figur sowohl im Auftreten wie im Erscheinungsbild Ähnlichkeit mit dem französischen Politiker Georges Clemenceau (1841–1929). Selbst der Handlungsort gibt sich authentisch, denn Clemenceau wohnte unweit der Place du Trocadéro.

Eine Seelenmesse

Originaltitel *Panichida*. Veröffentlicht in der Zeitschrift »Nowy schurnal«, 59/1960.

Erlebtes und Erdachtes
Kurzprosa aus einer russischen Migrantenwelt

Kaum zwanzigjährig, landete Gaito Gasdanow Ende 1923 in Paris. Zunächst verdiente er sich als Hilfsarbeiter den Lebensunterhalt, zeitweise schlug er sich auch als Clochard durch. Trotz des mühsamen Überlebens brachte er schon ab 1926 Erzählungen in russischen Exilzeitschriften heraus, und diese Erzählungen fanden sofort Beachtung.

Mark Slonim, Redakteur einer dieser Zeitschriften, lernte den jungen Autor 1928 kennen, also zu der Zeit, als Gasdanow gerade »Genossin Brack« fertiggestellt hatte: »Er war nicht sehr groß, breit in den Schultern, gut gebaut und stark, mochte Sport und Leibesübungen; Freunden führte er oft gymnastische Kunststücke vor, besonders gern lief er kopfüber auf den Händen. Damals war er 25 (geboren 1903), sah aber fast wie ein Junge aus. Sein Lachen war ansteckend, seine gescheiten kleinen Augen verwandelten sich dann in schmale Schlitze, von denen ein Netz dünner Falten ausging. Dieselbe Mischung von Jugendlichkeit und Reife bemerkte ich an seinen ›aufmüpfigen‹ Reden und seinem Verhalten. Er war fröhlich, scherzte oft, erzählte gern Witze und halb erfundene ›Vorfälle aus dem Leben‹, und er verstand es, als mitreißender Gesprächspartner zu brillieren. Doch war nicht schwer zu begreifen, dass ihn das Leben nicht verwöhnt hatte.«

Tatsächlich hatte schon der Halbwüchsige Jahre der Not und des Schreckens durchlebt. Mit knapp 16 war er, von der Schulbank weg, aus Charkow in den russischen Bürgerkrieg gezogen. Ein Jahr lang diente er als Soldat auf einem Panzerzug der Weißen im Süden Russlands, zuletzt wurde er mit den Resten der Armee von der Krim evakuiert. Nun folgte ein Lager auf Gallipoli, erneut eine Zeit des Hungers und militärischen Drills, bis Gasdanow nach Konstantinopel fliehen und in einem – zuletzt nach Bulgarien verlegten – russischen Gymnasium sein Abitur nachholen konnte.

Danach – Paris. Die Hauptstadt der Moderne zog in den »tollen Zwanzigern« Künstler aus aller Welt an; seit der Mitte des Jahrzehnts war sie zugleich die Hochburg des russischen Exils. In Paris erschienen russische Tageszeitungen und Bücher, es traten emigrierte Schauspieler, Sänger und Tänzer auf, es gab russische Hochschulen, sogar ein Konservatorium. Kaum zehn Jahre nach der Revolution kochten die politischen Leidenschaften noch immer hoch, das Spektrum der Parteien und Gruppen reichte von den Monarchisten über die »Kadetten« (Konstitutionellen Demokraten) und Sozialrevolutionäre bis zu Verteidigern der Bolschewisten und der jungen Sowjetunion. Derlei Debatten waren nicht Gasdanows Welt; noch einmal Mark Slonim: »… tatsächlich schwamm er gegen den Strom, erkannte keine Autoritäten an, war bei Emigrantengruppen und Zirkeln nirgends Mitglied und verteidigte sein Recht auf Unabhängigkeit und Freiheit. Mit Rhetorik bemäntelte Mittelmäßigkeit, Politikasterei oder Hurrapatriotismus konnte er rein physisch nicht ertragen, und von der öden Prosa kommunistischer Propagandaschreiber fühlte er sich genauso abgestoßen wie von sentimentalischen Emigrantenerinnerungen an die ruhmreiche Vergangenheit, an die drei Birken und die Liebe zum Vaterland.«[*]

---

[*] Beide Zitate von Slonim stammen aus seinem Nachruf auf Gas-

Gasdanow gehörte zum »Russischen Montparnasse«, zu den Autoren der jungen Generation, die erst im Exil die Literaturszene betraten und nicht wie Iwan Bunin oder Marina Zwetajewa bereits einen Namen hatten, als sie Russland verließen. Die Kluft zwischen den Generationen konnte kaum größer sein. Viele ältere Schriftsteller sahen es als ihre Mission an, die Traditionen der russischen Klassik im Ausland zu bewahren und fortzuführen, während sich die jüngeren mit solch rückwärtsgewandtem Blick nicht anfreunden konnten. Verbürgt ist, dass Gasdanow in der «Grünen Lampe«*, dem von Dmitri Mereschkowski und Sinaida Hippius geleiteten Literatursalon, durch harsche Kritik und scharfzüngige Bemerkungen auffiel. Seinen ästhetischen Vorlieben entsprach vielmehr das von Slonim geleitete »Kotschewje« (Nomadenlager), wo man sich wenig um nationale Literaturgrenzen scherte und sich zeitgenössischen Schriftstellern wie Marcel Proust oder James Joyce und deren Kunstverständnis nahe fühlte. In diesem Kreis stellte Gasdanow seine Werke vor oder berichtete über Neuerscheinungen; im Dezember 1933 beispielsweise eröffnete ein Vortrag von ihm das Gespräch über Louis-Ferdinand Céline und dessen »Reise ans Ende der Nacht«.

Der Russische Montparnasse lag lange im Schatten der Literaturgeschichte, von der »unbeachteten Generation« sprach Wladimir Warschawski, einer ihrer Vertreter. Erst in

danow, veröffentlicht am 19.12.1971 in der Zeitung »Nowoje russkoje slowo« und zitiert in Band 5 der russischen Gesamtausgabe.

* Die »Grüne Lampe« existierte von 1927 bis 1939 und sollte nach der Vorstellung des Gründerpaars Mereschkowski und Hippius zu einem »Ideen-Inkubator« im Pariser Exil werden. Bei den Lesungen und den teils literarischen, teils philosophischen Diskussionen gaben die namhaften Autoren den Ton an.

jüngster Zeit werden die vergessenen Autoren durch russische Neu- oder gar Erstausgaben erschlossen, auch durch deutsche Übersetzungen, so Boris Poplawski oder Anatol von Steiger. Und die Wissenschaft entdeckt den Russischen Montparnasse als eigene Epoche zwischen den Weltkriegen[*]: Im damals so kosmopolitischen Paris wuchs eine russische Autorengeneration heran, die, weltoffen und der Moderne zugewandt, aus der Exilsituation neue Kreativität zu gewinnen verstand. Ihr Paris war eine finstere, in den Gassen des Zentrums wie in den industriellen Außenbezirken von Armut und Elend gezeichnete Stadt. Hier, und nicht im funkelnden Paris, der »Stadt des Lichts«, erforschten sie die Traumata ihrer von Krieg und Revolution versehrten Zeitgenossen.

Die Bohème in Le Dôme oder La Rotonde, den Cafés des Montparnasse, in die Martin Raskolinos und andere Gestalten Gasdanows sich verirren, war allerdings nicht die Welt ihres Erfinders. Ab 1928 suchte er seine soziale Situation zu stabilisieren, indem er wie viele Emigranten nachts Taxi fuhr – der »Verband russischer Chauffeure« in Paris zählte 1200 Mitglieder; der zaristische »Fürst« oder »General« am Steuer des Taxis wurde damals zum Pariser Alltagsmythos. Daneben studierte Gasdanow an der Sorbonne Literaturgeschichte, Soziologie und Volkswirtschaftslehre; jede freie Minute las und schrieb er.

Eine Biographie wie die des Kindsoldaten Gasdanow drängt natürlich danach, aufgezeichnet zu werden. In der Tat schöpft Gasdanow den Stoff für seine Prosa während der

---

[*] Beispielsweise die 2015 erschienene, überaus materialreiche und anregende Studie von Maria Rubins: »Russian Montparnasse. Transnational Writing in Interwar Paris.«

ersten Schaffenszeit vorwiegend aus seinen Kriegserfahrungen und dem Pariser Emigrantenmilieu. Am stärksten autobiographisch durchsetzt ist sein erster Roman, »Ein Abend bei Claire« (1929/30), der eine Kindheit im vorrevolutionären Russland und den Weg eines Gymnasiasten in den russischen Bürgerkrieg schildert. Eine trügerische Konstellation, verführt sie doch dazu, zwischen Autor und Erzähler ein Gleichheitszeichen zu setzen. Trotz der Nähe des Erlebten geht Gasdanow auf Distanz zum eigenen Lebenslauf, er entwirft für die Erzählerstimme ein anderes Ich; als sein Alter Ego spricht Nikolai Sossedow, gleichsam ein naher Bekannter des Autors – das russische »sossed« bedeutet »Nachbar«. In den Krieg zieht dieser Junge »ohne Überzeugung, ohne Enthusiasmus, einzig aus dem Wunsch, im Krieg neue Dinge zu erblicken und zu begreifen«. Diese Haltung lässt durchaus Rückschlüsse auf den Autor zu, denn schon den jungen Gasdanow trieb seinerzeit keine politische Parteinahme für die Roten oder die Weißen an, sondern – Neugier auf den Menschen.

Mit seinem Debütroman »Ein Abend bei Claire« hat sich Gasdanow im Kreis der gleichaltrigen Autoren nach oben katapultiert, die Kritik nennt ihn in einem Atemzug mit Sirin, also Nabokov, damals schon dem Star der Emigrantenliteratur. Nun stehen Gasdanow die Türen der Redaktionen besonders weit offen, allein 1930 kann er sechs Erzählungen veröffentlichen, auch in »Sowremennyje sapiski«, der angesehensten Zeitschrift des Exils. Der eigenwillige Jungautor eckt nicht nur mit seinen provozierenden Urteilen an, sondern löst auch, wie er schreibt, Befremden aus. Georgi Adamowitsch, einer der gewichtigsten Kritiker des russischen Exils, der Gasdanow ein Leben lang begleitet, findet seine Prosa trotz vielfachen Lobs »seltsam«. Am Debütroman stören ihn die häufigen Beobachtungen und Reflexionen, die, so meint der Rezensent, von der Handlung ablenkten. Ähnliche Einwände werden auch gegen die Erzählungen laut. Wie tief die Verständnislosigkeit zwischen älterer und jüngerer Generation reicht, zeigt ein Kommentar von Boris Saizew, einem Schriftsteller aus dem vorrevolutionären »Silbernen Zeitalter«: Begabt sei Gasdanow ja schon, aber er komme ihm vor wie »ein Ausländer, der gut auf Russisch schreibt«.

Ebendie offene, schwebende, vorwiegend episch reihende Erzählweise ist an Gasdanows Prosa das Neue. Und darum Ungewohnte. In einem Prosastück wie »Hawaiigitarren« lässt sich kein straffer Handlungsstrang nachverfolgen. Dennoch zerfällt die Geschichte nicht. Zusammengehalten werden die – teils ins Surreale reichenden – Szenen durch die Wiederkehr der Motive und vor allem durch den Blick des Erzählers. Gasdanow formt seine Erzähler-Ichs unterschiedlich, mal tritt das Ich aktiv hervor wie in »Schwarze Schwäne« oder »Hannah«, seltener zieht es sich völlig zurück wie in »Die Befreiung«; manchmal blickt der Beobachter auch nur stumm aus einer Ecke wie in »Martin Raskolinos«. Die Betonung eines Erzähler-Ichs erlaubt jedenfalls ein freieres Assoziieren, als das bei einer strikten Fabelführung möglich wäre. Eine weitere Klammer bilden in Gasdanows Erzählungen wie in den Romanen die auffällig starken, manchmal wie der Blitz einschlagenden Auftakt- und Schluss-Szenen.

Den Blick des Lesers lenkt Gasdanow vorzugsweise nach innen, auf die »Bewegungen der Seele«. Seine Prosa wandert durch »Landschaften der Gefühle«, sie entwickelt ab ihren Anfängen eine russische Variante des Bewusstseinsstroms. Nach französischen oder anderen nichtrussischen

Vorbildern zu suchen dürfte müßig sein; Proust hatte Gasdanow zur Zeit seines Debütromans noch nicht gelesen, und falls er sich irgendwo orientiert haben sollte, genügten ihm sicher die Bewusstseinsstrom-Passagen in der Prosa seines Idols Lew Tolstoi. Die neue Erzähltechnik entsprach dem Lebensgefühl derer, die Kriege, Revolutionen und die Entwurzelung des Exils erlebt hatten; wem in diesen Katastrophen die Welt zerbrochen war, dem dürfte auch ein in traditionellem Sinn streng komponierter Plot fragwürdig geworden sein. In seinem Essay »Über die junge Emigrantenliteratur« von 1936 befindet Gasdanow mit wegwerfender Geste, zu schreiben wie noch 1909 oder 1910 sei weder interessant noch zeitgemäß.

Ein Thema, das den ehemaligen Soldaten Gasdanow nicht loslässt, ist der Tod. In »Die Wandlung«, einer frühen Erzählung von 1928, sagt ein Veteran aus dem Bürgerkrieg: »Ich bin deshalb gealtert, weil ich den Tod kenne. Ich kann ihn begrüßen wie einen alten Bekannten.« Viele von Gasdanows Figuren sind auf diesen »alten Bekannten« fixiert, manche geben sich auch freiwillig in seine Hände. Dabei erstaunt, mit welcher Leichtigkeit der Autor von Hinfälligkeit und vom Sterben spricht. Bestechend seine Ironie in »Befreiung«, und selbst ein Schicksal wie das von »Martin Raskolinos« schildert er nicht ohne Humor. Gasdanow unterscheidet sich da von seinen Altersgenossen. Seine geradezu stoische Widerständigkeit gegen die apokalyptischen Tendenzen des Russischen Montparnasse sei einmalig, schreibt eine russische Gasdanow-Forscherin[*]; sie charakterisiert diese Haltung als »mozartianisch«.

[*] E.L. Proskurina: »Jedinstwo inoskasanija: o narratiwnoi poetike romanow Gaito Gasdanowa.« Moskau 2009.

Schwarzem Trübsinn wie jeglichem Defätismus widersetzt sich schon der Stil dieser Prosa. Gasdanows Gegenmittel sind Rhythmus und Musikalität, der lange Atem seiner Sätze, ihr gespanntes Verharren und ihr hochgestimmter Tonfall. Die Übersetzerin gewinnt oft den Eindruck, als wirkten Gasdanows Sprache und Satzbau geradezu tröstlich; unwillkürlich drängt sich das – im Russischen allerdings recht abgenudelte – Dostojewski-Zitat auf: »Schönheit wird die Welt erretten.« Oder verhaltener ausgedrückt: Bei wahrhafter Literatur liegt das Was bereits im Wie.

Gasdanow war ein meisterhafter und sehr produktiver Geschichtenschreiber, ohne seine Kurzprosa wäre das Bild von seinem Werk unvollständig. Die russische Gesamtausgabe enthält über 50 Erzählungen, wovon die Mehrzahl in den 20er und 30er Jahren veröffentlicht wurde. Ein reicher Pool also, der eine thematische Auswahl ermöglicht. An den Texten der vorliegende Ausgabe lässt sich die allmählich wachsende Entfernung vom seelenzerstörenden Kriegsgrauen und von den Exilschocks nachverfolgen, mag die zeitliche Distanz auch, wie in »Hannah«, selbst nach vielen Jahren nicht zur Überwindung der Traumata führen. Allmählich löst sich Gasdanow von der Todesthematik und der eigenen Vergangenheit, damit geht einher, dass er sich bisweilen rein französischen Sujets aus seinem Umfeld zuwendet; auch diesen Weg gehen russische Exilautoren eher selten. »Eine Seelenmesse« von 1960 ist eine der letzten Erzählungen, in denen er sich mit dem Tod auseinandersetzt und einen Bogen schlägt zu den weit in die Ferne gerückten Erinnerungen ans einstige Russland.

Nach dem Zweiten Weltkrieg musste Gasdanow noch einige Zeit Taxi fahren, bis er ab 1953 für den Sender Radio Liberty als Redakteur tätig wurde, teils in Paris und teils

in München. Dort ist er, knapp achtundsechzigjährig, Ende
1971 gestorben.

Rosemarie Tietze